名家析名著丛书

名作欣赏

巴金

陈丹晨 主编

中国和平出版社

图书在版编目（CIP）数据

巴金名作欣赏 / 巴金著；陈丹晨主编. -- 北京：
中国和平出版社，2010.9
（名家析名著丛书）
ISBN 978-7-5137-0011-5

Ⅰ. ①巴… Ⅱ. ①巴… ②陈… Ⅲ. ①巴金（1904～
2005）－文学欣赏 Ⅳ. ①I206.7

中国版本图书馆CIP数据核字(2010)第174206号

《巴金名作欣赏》

巴金 著　　陈丹晨　主编

出 版 人：肖　斌
责任编辑：庞　旸　陈晓秋
美术编辑：杨　都　谢　颖
责任校对：陈海鸥　邸　洁
责任印务：宋小仓　曲利华

出版发行　中国和平出版社
社　　址：北京市西城区鼓楼西大街154号　　（100009）
发 行 部：(010) 84026164　84026019（传真）
网　　址：www.hpbook.com
E－mail：hpbook@hpbook.com
经　　销：新华书店
印　　刷：小森印刷（北京）有限公司

开　　本：720毫米×980毫米　1/16
印　　张：21
字　　数：220千字
版　　次：2010年9月北京第1版　　2010年9月北京第1次印刷
（版权所有　　侵权必究）

ISBN 978-7-5137-0011-5　　　　　　　　　定价：29.80元

（本书如有印装质量问题，请与我社发行部联系退换）

讲真话

巴金

巴金

名作欣赏

目 录

名作欣赏

巴金（1904～2005）

原名李尧棠，字芾甘，生于成都。早年入成都外国语学校学习。受五四新文化运动影响，立志改造社会，参加无政府主义宣传活动。后曾留学法国。1928年回国。从此毕生从事文学著译，著有《灭亡》、《家》、《爱情三部曲》、《憩园》、《寒夜》、《随想录》等大量长短篇小说和散文随笔近百种，是中国现代文学史中著译最丰、拥有读者最多、思想文化影响最大的作家之一。他还先后创办或主持参与《文学季刊》、《文季月刊》、《烽火》、《收获》等十多种重要文学刊物和文化生活出版社编辑工作，推出过大批优秀的作家和作品，对中国文学事业贡献至巨。他还先后被推选为中华全国文艺界抗敌协会理事、中国作家协会主席、全国政协副主席等职。他的作品已被翻译成英、法、俄、意、日、世界语等28种文字。他是20世纪中国具有世界影响的伟大作家之一，曾获意、法、美、俄、日等国的荣誉和奖励。中国政府授予他"人民作家"的称号。

名作欣赏

鉴赏文撰稿人

按文章顺序排列

刘　麟　中国现代文学馆副馆长

张慧珠　中国人民大学教授

刘慧贞　南开大学教授

牟书芳　曲阜师范大学教授

张沂南　宁波师范学院教授

辜也平　福建教育学院教授

晨　　　著名作家、评论家

张　挺　青岛大学师范学院教授

宋曰家　山东省作家协会研究员

前 言

◎ 漫画: 丁聪

一

巴金（1904—2005）是上个世纪中国最杰出的文学大师之一，他在世界上享有崇高的声誉。他的漫长的文学生涯和20世纪的中国历史几乎是一同走过来的，丰富而又坎坷曲折。

巴金出生在1904年11月25日，那正是中国最后一个封建王朝清帝国处于风雨飘摇的年代。不久，清帝国被推翻，从此中国结束了帝制。但是，两千多年来的封建文化传统在中国社会生活和人们头脑中始终有着深刻的影响和作用。

巴金，原名李尧棠，字芾甘。他出身在一个世代官宦的大家庭。巴金的童年是在温馨愉快的环境中度过的。母爱对于他是幸福、温暖而难忘的。在日常生活中，母亲常常对孩子们进行爱的教育，使他懂得了要去爱一切人，要去帮助那些在困苦中需要扶持的人，同情怜恤那些不幸的人。这些泛爱的思想像一颗种子播植在幼小的巴金心中,成为他后来人生道路上的起点。

但是巴金也曾在他家的院墙内看到另一种悲惨的人生。他父亲在清帝国最后几年曾在四川北部广元县做知县,巴金常常看到慈爱的父亲铁青着脸审理官司的情形。被打得皮开肉绽、鲜血淋漓的乡民还要忍痛叩头,感谢县官老爷打板子的恩典。李公馆的许多男女佣仆也常因为某些过失而被责打。有的因此被撵逐出去,沦为乞丐。有的因为受诬陷,愤而自缢。平时,巴金喜欢到公馆的马房里,和轿夫、佣仆们在一起玩,甚至躺在他们的破床上,看他们打牌,听他们讲述各种古怪的故事。他渐渐了解、熟悉了他们的痛苦的人生。于是,他的脑子里不时生出许多疑问:为什么世界上有些人竟是那么幸福享乐,另一些人竟是那么不幸苦痛;为什么有些人可以随便打人,另一些人只能随时挨打。

巴金在这个家庭里还目睹许多年轻女子在封建礼教专制下受苦、挣扎,最后终不免一个个失去了美丽的青春和生命。对于这个封建大家庭,他愈来愈觉得苦闷窒息而难以忍受,因而在精神上愈来愈疏离、厌烦。他宁可和佣仆在一起,感到更为亲切、温暖一些。有一次,当全家人欢天喜地过除夕的时候,这位李公馆的少爷竟然躺在阴冷脏污的马房里躲过了人们的寻找。

1919 年,五四新文化运动爆发了。当时巴金只有 15 岁。他那热烈而又寂寞的心一下子被这把烈火点燃了。他怀着一种无法遏制的热情和惊喜的心情去阅读各种新书报。这些书报中所宣传的许多新思想,都以一种不可抗拒的力量,征服了这个长期被禁锢的年轻的灵魂。俄国革命家克鲁泡特金的政治小册子《告青年》中所描绘的理想社会和号召人们去和剥削阶级作斗争的激昂呼喊；波兰廖·抗夫的剧本《夜未央》中描写一位俄国青年革命者反对专制统治去暗杀总督，正是他的恋人向他发出行动的信号，从而壮烈牺牲。这种种殉道献身精神都给巴金以深刻的影响。他流着热泪反复阅读这些书籍。他好像从中看到，一个幸福的新社会与明天的太阳同时升起来，一切的罪恶就会立即消灭。从此，他立志献身于社会革命。

少年时代的巴金还曾热情参加进步的学生运动，编刊物、写文章、发传单，反对军阀统治。为了到一个更广阔的世界去寻找献身革命的机会，1923年，他和三哥李尧林一起离开四川老家，到上海、南京上学。他还参加了学生的"五卅惨案"声援运动。

1927年1月，巴金满怀着忧郁和苦闷，告别了祖国，去法国求学。他在法国住了两年，并未正式进大学学习。每天清晨，他到卢森堡公园散步，白天闭门看书，晚上到夜校补习法文。他大量阅读和研究法国和俄国的历史、哲学著作。这两个国家有着悠久的革命传统，他敬仰、钦佩这些启蒙思想家和革命家为自由、平等、博爱而献身的精神。

在这期间，国内发生了"四一二"事变，蒋介石屠杀革命党人，老一辈无政府主义者李石曾、吴稚晖等公开支持国民党的清党活动，这使巴金非常愤慨。另外两位意大利工人，无政府主义者樊塞蒂和萨柯被美国政府处以死刑的事件曾经引起世界各地的抗议。巴金为此震惊而痛苦。他感到整个世界几乎都沉沦在疯狂的深渊，到处都是压迫、杀戮和流血。

他把这些苦闷、悲哀和探索尽情地宣泄在写作中，这就是他在 1928 年夏完成的第一部小说《灭亡》。第二年在当时影响最大的著名文学杂志《小说月报》连载发表，从此巴金走上了文学道路。

二

《灭亡》是巴金构筑文学之梦来代替青年时代革命之梦的转折，也是两者的连接点。他原想从事社会革命运动为创造一个新的世界而奋斗献身。现在他对于社会运动的现状开始感到幻灭。他觉得写小说表达自己的信念也许更合适些。像《灭亡》那样把自己长期积累的思考、情感充分宣泄出来，也是一种满足。

20 世纪 30 年代前半期，是巴金创作的旺盛期。他几乎日夜不停地写，忘了疲倦，忘了健康，没有娱乐，没有休息。在 1937 年抗日战争爆发前约 8 年左右的时间里，他以惊人的毅力和勤奋，写了约三百多万字的文学作品。许多著名的代

表作，如《激流三部曲》之一的《家》，《爱情三部曲》、《海的梦》、《春天里的秋天》、《神》、《鬼》、《人》等等，都是在这个时期完成的。尤其是《家》的发表轰动了文坛，特别引起广大青年读者的共鸣和喜爱。

抗战初期，巴金热情地参加了爱国救亡运动，他和茅盾等一起发起筹办了一个宣传救亡运动的文学刊物，名为《呐喊》，后改为《烽火》。这本刊物规模虽然不大，印刷装帧也很简陋粗疏，但却洋溢着爱国热情和抗日救亡的正义呼喊，因此极受读者欢迎。不久，上海陷落，这个刊物也不得不被迫停刊。顽强的巴金并不因此气馁。到了第二年，他几乎是单枪匹马，花了很大的精力和心血进行筹办工作，使《烽火》在 1938 年 5 月得以在广州复刊。因为他把编辑出版《烽火》看成是射向日本侵略者的子弹。

1938 年 10 月，广州陷落的前夕，巴金和未婚妻萧珊、弟弟李采臣、朋友林憾庐等人，随身除了携带简单行李外，还带着代靳以编辑的《文丛》杂志纸型，坐上一只木船。在昏暗的暮色中，听着寂寞单调的桨声，离开了这座即将变成空城的广州。他们辗转经过梧州、桂平、柳州，一直到 12 月才到达桂林。

整个抗战期间，巴金过着漂泊不定的生活，经常往返在桂林、贵阳、昆明、成都、重庆等后方。战争期间，物资缺少，生活艰难，但他仍和朋友们坚持进步的文学出版工作。同时，自己又连续写了反映抗战生活的《火》三部曲、《还魂草》，描写抗战期间底层人民悲惨生活和畸形精神面貌的《第四病室》，继续批判封建传统礼教戕害美好生命的《春》、《秋》和《憩园》等著名的中长篇小说。抗战胜利后，1946 年冬，他又完成了一部新的长篇杰作《寒夜》。这部小说淋漓地描写了旧时代的黑暗和绝望，知识分子内心的挣扎和困境浸透了作者深沉的悲哀和愤慨，也预示着长夜已经逼近终点，人们正盼望着、期待着温暖和光明的来临。

在 1929—1949 年整整 20 年的文学活动中，巴金成为中国最著名的多产作家之一。他的作品多数是在困难艰苦环境中，依靠自己坚韧的意志和火一样的热情写成的。因为他有一种真实坦诚的写作态度。他说：

"我愿意它们（他的作品）广泛地被人阅读，引起人对光明的爱惜，对黑暗的憎恨。"

"自从我执笔以来我就没有停止过对我的敌人的攻击。我的敌人是什么，一切旧的传统观念，一切阻碍社会进化和人性发展的不合理的制度，一切摧残爱的努力，它们都是我的最大的敌人。我始终守住我的营垒，并没有作过妥协。"

因此，他的作品里尽管写了许多悲苦的故事，忧郁的情绪，但总是鼓舞人们去向旧制度旧势力作斗争，去争取美好的未来。他坚定地深信："春天是我们的。"

三

巴金的小说艺术大致上经历了三个发展阶段。早期作品中英雄传奇色彩很浓烈，回响着为众人幸福献身的激昂的革命呼喊。他写的青年革命者，常常因为统治者的残酷高压和革命屡受挫折而带有一种病态的激进的悲剧性。《灭亡》中的杜大心就是其中一个典型。这类作品主要凭借作者的热情、想象和信念，以及外国历史，文学资料，富有浪漫主义的激情和幻想，语言汪洋恣肆，酣畅奔放，有强烈的感染、冲击

的力量。

　　后来，以《家》为代表的长篇小说的出现，标志着作家风格渐渐趋向写实。《家》主要取材于家族和社会现实的生活素材，都是作者本人亲身经历见闻和深切体验。艺术上注重人物个性、心理和环境、细节的真实描写，成为"五四"新文学运动史的一块丰碑。但是，这些作品仍然同时兼有鲜明强烈的反抗精神和喷薄汹涌的激情。而且，在30年代中期，这两类风格不同的作品对巴金来说几乎是同时并存的。作者在创作现实主义的《家》的同时，也创作了浪漫主义为艺术基调的《爱情三部曲》、《海的梦》等。

　　抗战以后，由于长期颠沛漂泊在战乱和流亡生活中，他愈来愈把目光投向那些不为人注目，挣扎沉浮在死亡线上的小人物。关注他们的心理、精神和物质生活形态和命运，相当深沉地体现了巴金的人道精神和爱心。短篇集《小人小事》、《第四病室》、《憩园》以及《寒夜》都是这个时期的代表作。那种以改造社会为己任，向旧生活挑战的革命英雄故事已不复再现。

1949年以后，巴金的生活和创作发生了很大的变化。他的很多时间用来参加各种社会活动。他也还参加了许多国际政治、文化交流活动，他也曾两次到朝鲜体验战地生活。他写了许多散文、报告文学，也写了一些短篇小说，歌颂新的建设成就，歌颂中国人民志愿军的英雄事迹，记述了一些国外政治、文化生活。但是，渐渐地，他对社会政治生活中种种畸形现象开始有所保留。偶然，在他的文章中也透露了一些他的困惑和质疑。他内心感到寂寞和孤独。尽管他已是一位有着数十年丰富写作经验和卓越文学成就的老作家，他也有强烈的写作欲望和高度责任感，他对社会生活也有相当的了解和体验。但是，在那样的政治环境和文艺思想影响下，他却和他的同时代许多老作家一样在十多年中终于没有能写出一部有分量的文学作品。在《巴金全集》中，1949年以前的20年创作的小说、散文约有十三卷之多，而1949年到1966年的17年中竟只有三卷。可以说，这是巴金文学生涯的一个低谷时期，这是他始料未及的。他所写的一些作品不再像前期那样能够经受历史和时间的考验，具有持续的生命力。

"文革"发生后，巴金未能逃脱这一可怕的残酷的劫难，饱经诬蔑、屈辱和迫害。他的妻子萧珊含冤惨死。这对巴金感情上的打击是沉重的。他知道，在这样恐怖统治年代，他巴金是一个字都不可能出版的。但在"文革"后期，稍有空隙时间，他就顽强地从事译著工作，决心把19世纪俄国作家赫尔岑的巨著《往事与随想》翻译出来。这是一部长达一百多万言的巨著，内容相当丰富，通过各方面的叙写，反映了以镇压十二月党人起家的俄国沙皇尼古拉一世统治的黑暗恐怖时代。巴金寄希望于未来，要把译著留给后人。他在翻译过程中，就像同赫尔岑一起行走在19世纪俄罗斯的黑夜里，他像赫尔岑诅咒尼古拉一世的统治那样咒骂现实生活中的法西斯专政。他把自己的愤怒悲痛的感情完全寓托在这个翻译工作中了。他深信，黑暗终将过去，恐怖统治不会太久了。

这一天终于来到了。1976年10月，万恶的"四人帮"被打倒了，那种半幽禁的"反革命分子"生活彻底结束了。被剥夺了10年的说话、创作的权利又重新回到巴金手里。他又夜以继日地写作起来。他写小说、散文、随想录、创作回忆录。他要把自己的真实思想，对于历史和现实、社会和文艺的看法毫无保留地写出来告诉读者。他年迈有病，但他还是顽强地写。从1979年到1986年，他完成了近50万字的新著《随想录》。

《随想录》涉及到20世纪以来中国社会历史和人生价值、道德观念、个人思想情感、文化秩序等等广泛范围，形成对旧秩序的一种挑战和冲击。它和各阶层潜在的和鲜明的变革要求相呼应，因而吸引着广大的知识界人士和普通民众。《随想录》也是中国知识分子痛苦的反思和觉醒的结晶。他大声疾呼"讲真话"成了振聋发聩的时代呼声，他也被人们誉为20世纪中国人民的良心。《随想录》被认为是可与二三十年代鲁迅杂文相媲美的新创造。

四

就文学体裁而言,巴金一向是以中长篇小说的成就而著称的。人们一般也都以《家》、《寒夜》等为其代表作。本书本也应将这些名著优先选入。由于篇幅所限,这些数十万言的作品只好忍痛割爱。有心的读者也还可以比较方便寻找到这些作品的单行本来阅读。

其实,巴金也是"五四"以来短篇小说和散文创作的大家,数量繁多,题材广泛,艺术表现手法多样,内容相当丰富。这里选了他写外国生活的、知识分子的、小人物的、历史题材的……各种不同样式的短篇小说,都是优秀的有代表性的作品。其中像《洛伯尔先生》、《第二的母亲》是他的早期作品,过去不太为人们注意,却是很有特色的佳作,本书特别选入并作了诠释,想会受到读者喜爱。巴金的散文作品更是各种体裁兼备,如自传体、回忆录、序跋、游记、通讯、随感、杂文、散文诗等等都有独特创造。他的旅途记事,固然记述他对社会生活的见闻,但又寓有自己的感慨和思考,抒发了自己的悲哀和欢乐。他的散文诗深受屠格涅夫的影响,常常把哲理思考、炽烈情感和某些生活片断的细致描写融汇在一起,通过优美抒情的文笔,创造出一种深邃、充实、富有诗意的境界。他的回忆怀念文章,不仅记录了自己走过的道路和亲友的事迹,而且渗透了他的血和泪。本书从各个不同角度对各种作品都有所选录,并分为散文、小说二卷,大致构成一个绚丽丰富的艺术画卷,使读者可以从这一个小小的选本中略略窥见到这位文学大师的某些侧影。

巴金 70 多年的文学生涯都是他的一颗燃烧的心的表达。他写作是为了使人们变得善良些、纯洁些、对别人有用些,使生活变得美好和幸福。至于他自己，他愿意像春蚕，"哪怕放在锅里煮，死了丝还不断，为了给人间添上一点温暖"；他也愿化作泥土，"留在人间温暖的脚印里"。

巴金共写作了近80种中长篇小说、短篇小说集、散文集，共约六百多万字，连译作和其他政治历史著作多达一千多万字。他为中国文化作出了巨大贡献。他在世界上有着广泛影响。法国、意大利、美国、日本、前苏联等先后授予他各种荣誉奖，给予极崇高的评价。他的作品被广泛翻译成各种文字，多达28个国家或民族。

五

本书在编辑过程中得到许多朋友的关心和帮助，特别是应邀参加本书赏析文章撰写工作的都是巴金研究专家，在繁忙的教学和写作中拨冗撰写稿件，他们是：中国现代文学馆副馆长刘麟、南开大学教授刘慧贞、曲阜师范大学教授牟书芳、山东省作家协会研究员宋曰家、青岛大学师范学院教授张挺、宁波师范学院教授张沂南、中国人民大学教授张慧珠、福建教育学院教授辜也平。因为他们的支持，才使本书得以顺利完成。谨在此表示最深切的感谢。

丹晨

1995 年元月 10 日

2006 年 9 月 15 日改定

散文卷

我的幼年

父母的爱，骨肉的爱，人间的爱，家庭生活的温暖，我的确是一个被人爱着的孩子。

窗外落着大雨，屋檐上的水槽早坏了，这些时候都不曾修理过，雨水就沿着窗户从缝隙浸入屋里，又从窗台流到了地板上。

我的书桌的一端正靠在窗台下面，一部分的雨水就滴在书桌上，把堆在那一角的书、信和稿件全打湿了。

我已经躺在床上，听见滴水的声音才慌忙地爬起来，扭燃电灯。啊，地板上积了那么一大摊水！我一个人吃力地把书桌移开，使它离窗台远一些。我又搬开了那些水湿的书籍，这时候我无意间发现了你的信。

你那整齐的字迹和信封上的香港邮票吸引了我的眼光，我拿起信封抽出了那四张西式信笺。我才记起四个月以前我在怎样的心情下面收到你的来信。我那时没有写什么话，就把你的信放在书堆里，以后也就忘记了它。直到今天，在这样的一个雨夜，你的信又突然在我的眼前出现了。朋友，你想，这时候我还能够把它放在一边、自己安静地躺回到床上闭着眼睛睡觉吗？

"为了这书，我曾在黑暗中走了九英里的路，而且还经过三个冷僻荒凉的墓场。那是在去年9月23夜，我去香港，无意中见到这书，便把袋中仅有的钱拿来买了。这钱我原本打算留来坐 bus 回鸭巴甸的。"

在你的信里我读到这样的话。它们在四个月以前曾经感动了我。就在今天我第二次读到它们，我还仿佛跟着你在黑暗中走路，走过那些荒凉的墓场。

你得把我看做你的一个同伴，因为我是一个和你一样的人，而且我也有过和这类似的经验。这样的经验我确实有的太多了。从你的话里我看到了一个时期的我的面影。年光在我的面前倒流过去，你的话使我又落在一些回忆里面了。

你说，你希望能够更深切地了解我。你奇怪是什么东西把我养育大的？朋友，这并不是什么可惊奇的事，因为我一生过的是"极平凡的生活"。我说过，我生在一个古老的家庭里，有将近20个的长辈，有30个以上的兄弟姊妹，有四五十个男女仆人，但这样简单的话是不够的。我说过我从小就爱和仆人在一起，我是在仆人中间长大的。但这样简单的话也还是不够的。我写出了一部分的回忆，但我同时也埋葬了另一部分的回忆。我应该写出的还有许多、许多的事情。

是什么东西把我养育大的？我常常拿这个问题问我自己。当我这样问的时候，最先在我的脑子里浮动的就是一个"爱"字。父母的爱，骨肉的爱，人间的爱，家庭生活的温暖，我的确是一个被人爱着的孩子。在那时候一所公馆便是我的世界，我的天堂。我爱一切的生物，我讨好所有的人。我愿意揩干每张脸上的眼泪，我希望看见幸福的微笑挂在每个人的嘴边。

然而死在我的面前走过了。我的母亲闭着眼睛让人家把她封在棺材里。从此我的生活里缺少了一样东西。父亲的房间突然变得空阔了。我常常在几间屋子里跑进跑出，唤着"妈"这个亲爱的字。我的声音白白地被寂寞吞食了，墙壁上母亲的照片也不看我一眼。死第一次在我的心上投下了阴影。我开始似懂非懂地了解恐怖和悲痛的意义了。

我渐渐地变成了一个爱思想的孩子。但是孩子的心究竟容易忘记，我不会整天垂泪。我依旧带笑带吵地过日子。孩子的心就像一只羽毛刚刚长成的小鸟，它要飞，飞，只想飞往广阔的天空去。

幼稚的眼睛常常看不清楚。小鸟怀着热烈的希望展翅向天空飞去，但是一下子就碰着铁丝网落了下来。这时我才知道，自己并不是在自由的天空下面，却被人关在一个铁丝笼里。家庭如今换上了一个面目，它就是阻碍我飞

◎巴金的外祖母（前排左一）、母亲（后排右一）和巴金（外祖母怀中）（1907）。

翔的囚笼。

然而孩子的心是不怕碰壁的。它不知道绝望，它不知道困难，一次做失败的事情，还要接二连三地重做。铁丝的坚硬并不能够毁灭小鸟的雄心。经过几次的碰壁以后，连安静的孩子也知道反抗了。

同时在狭小的马房里，我躺在那些病弱的轿夫的烟灯旁边，听他们叙述悲痛的经历；或者在寒冷的门房里，傍着黯淡的清油灯光，听衰老的仆人绝望地倾诉他们的胸怀。那些没有希望只是忍受苦刑般地生活着的人的故事，在我的心上投下了第二个阴影。而且我的眼睛还看得见周围的一切。一个抽大烟的仆人周贵偷了祖父的字画被赶出去做了乞丐，每逢过年过节，偷偷地跑来，躲在公馆门前石狮子旁边，等着机会央求一个从前的同事向旧主人讨一点赏钱，后来终于冻馁地死在街头。老仆人袁成在外面烟馆里被警察接连捉去两次，关了几天才放出来。另一个老仆人病死在门房里。我看见他的瘦得像一捆柴的身子躺在大门外石板上，盖着一张破席。一个老轿夫出去在斜对面一个亲戚的家里做看门人，因为别人硬说他偷东西，便在一个冬天的晚上用了一根裤带吊死在大门内。当这一切在我的眼前发生的时候，我含着眼泪，心里起了火一般的反抗的思想。我说我不要做一个少爷，我要做一个站在他们一边，帮助他们的人。

反抗的思想鼓舞着这只不知天高地厚的小鸟用力往上面飞，要冲破那个铁丝网。但铁丝网并不是软弱的翅膀所能够冲破的。碰壁的次数更多了。这其间我失掉了第二个爱我的人——父亲。

我悲痛我的不能补偿的损失。但是我的生活使我没有时间专为个人的损失悲哀了。因为这个富裕的大家庭在我的眼前变成了一个专制的王国。仇恨的倾轧和斗争掀开平静的表面爆发了。势力代替了公道。许多可爱的年轻的生命在虚伪的礼教的囚牢里挣扎，受苦，憔悴，呻吟以至于死亡。然而我站在旁边不能够帮助他们。同时在我的渴望发展的青年的灵魂上，陈旧的观念和长辈的威权像磐石一样沉重地压下来。"憎恨"的苗于是在我的心上发芽生叶了。接着"爱"来的就是这个"恨"字。

年轻的灵魂是不能相信上天和命运的。我开始觉得现在社会制度的不合理了。我常常狂妄地想：我们是不是能够改造它，把一切事情安排得更好一点。但是别人并不了解我。我只有在书本上去找寻朋友。

在这种环境中我的大哥渐渐地现出了疯狂的倾向。我的房间离大厅很近，在静夜，大厅里的任何微弱的声音我也可以听见。大厅里放着五六乘轿子，其中有一乘是大哥的。这些时候大哥常常一个人深夜跑到大厅上，坐到他的轿子里面去，用什么东西打碎轿帘上的玻璃。我因为读书睡得很晚，这类声音我不会错过。我一听见玻璃破碎声，我的心就因为痛苦和愤怒痛起来了。我不能够再把心关在书上，我绝望地拿起笔在纸上涂写一些愤怒的字眼，或者捏紧拳头在桌上捶。

后来我得到了一本小册子，就是克鲁泡特金的《告少年》（这是节译本）。我想不到世界上还有这样的书！这里面全是我想说而没法说得清楚的话。它们是多么明显，多么合理，多么雄辩。而且那种带煽动性的笔调简直要把一个15岁的孩子的心烧成灰了。我把这本小册子放在床头，每夜都拿出来，读了流泪，流过泪又笑。那本书后面附印着一些警句，里面有这样的一句话："天下第一乐事，无过于雪夜闭门读禁书。"我觉得这是千真万确的。从这时起，我才开始明白什么是正义。这正义把我的爱和恨调和起来。

但是不久，我就不能以"闭门读禁书"为满足了。我需要活动来发散我的热情；需要事实来证实我的理想。我想做点事情，可是我又不知道应该怎样地开头去做。没有人引导我。我反复地翻阅那本小册子，译者的名字是真民，书上又没有出版者的地址。不过给我这本小册子的人告诉我可以写信到上海新青年社去打听。我把新青年社的地址抄了下来，晚上我郑重地摊开信纸，怀着一颗战栗的心和求助的心情，给《新青年》的编者写信。这是我一生写的第一封信，我把我的全心灵都放在这里面，我像一个谦卑的孩子，我恳求他给我指一条路，我等着他来吩咐我怎样献出我个人的一切。

信发出了。我每天不能忍耐地等待着，我等着机会来牺牲自己，来消耗我的活力。但是回信始终没有来。我并不抱怨别人，我想或者是我还不配做这种事情。然而我的心并不曾死掉，我看见上海报纸上载有赠送《夜未央》的广告，便寄了邮票去。在我的记忆还不曾淡去时，书来了，是一个剧本。我形容不出这本书给我的激动。它给我打开了一个新的眼界。我第一次在另一个国家的青年为人民争自由谋幸福的斗争里找到了我的梦景中的英雄，找到了我的终身的事业。

大概在两月以后，我读到一份本地出版的《半月》，在那上面我看见一篇《适社的旨趣和组织大纲》，这是转载的文章。那意见和那组织正是我朝夕所梦想的。我读完了它，我的心跳得很厉害。我无论如何不能够安静下去。两种冲突的思想在我的脑子里争斗了一些时候。到夜深，我听见大哥的脚步声在大厅上响了，我不能自主地取出信纸摊在桌上，一面听着玻璃打碎的声音，一面写着愿意加入"适社"的信给那个《半月》的编辑，要求他作我的介绍人。

这信是第二天发出的，第三天回信就来了。一个姓章的编辑亲自送了回信来，他约我在一个指定的时间到他的家里去谈话。我毫不迟疑地去了。在那里我会见了三四个青年，他们谈话的态度和我家里的人完全不同。他们充满了热情、信仰和牺牲的决心。我把我的胸怀，我的痛苦，我的渴望完全吐露给他们。作为回答，他们给我友情，给我信任，给我勇气。他们把我当做一个知己朋友。从他们的谈话里我知道"适社"是重庆的团体，但是他们也想在这里成立一个类似的组织。他们答应将来让我加入他们的组织，和他们一起工作。我告辞的时候，他们送给我几本"适社"出版的宣传册子，并且写了信介绍我给那边的负责人通信。

◎巴金的母亲陈淑芬。

　　事情在今天也许不会是这么简单，这个时候人对人也许不会这么轻易地相信，然而在当时一切都是非常自然。这个小小的客厅简直成了我的天堂。在那里的两小时的谈话照彻了我的灵魂。我好像一只被风暴打破的船找到了停泊的港口。我的心情昂扬，我带着幸福的微笑回到家里。就在这天的夜里，我怀着佛教徒朝山进香时的虔诚，给"适社"的负责人写了信。

　　我的生活方式渐渐地改变了，我和那几个青年结了亲密的友谊。我做了那个半月刊的同人，后来也做了编辑。此外我们还组织了一个团体：均社。我自称为"安那其主义者"，就是从那时候开始的。团体成立以后就来了工作。办刊物、通讯、散传单、印书，都是我们所能够做的事情。我们有时候也开秘密会议，时间是夜里，地点总是在僻静的街道，参加会议的人并不多，但大家都是怀着严肃而紧张的心情赴会的。每次我一个人或者和一个朋友故意东弯西拐，在黑暗中走了许多路，听厌了单调的狗叫和树叶飘动声，以后走到作为会议地点的朋友的家，看见那些紧张的亲切的面孔，我们相对微微地一笑，那时候我的心真要从口腔里跳了出来。我感动得几乎不觉到自己的存在了。友情和信仰在这个阴暗的房间里开放了花朵。

但这样的会议是不常举行的，一个月也不过召集两三次，会议之后是工作。我们先后办了几种刊物，印了几本小册子。我们抄写了许多地址，亲手把刊物或小册子一一地包卷起来，然后几个人捧着它们到邮局去寄发。五一节来到的时候，我们印了一种传单，派定几个人到各处去散发。那一天天气很好，我挟了一大卷传单，在离我们公馆很远的一带街巷里走来走去，直到把它们散发光了，又在街上闲步一回，知道自己没有被人跟着，才放心地到约定集合的地方去。每个人愉快地叙述各自的经验。这一天我们就像在过节。又有一次我们为了一件事情印了传单攻击当时统治省城的某军阀。这传单应该贴在几条大街的墙壁上。我分得一大卷传单回到家里。晚上我悄悄地叫一个小听差跟我一起到十字街口去。他拿着一碗糨糊。我挟了一卷传单，我们看见墙上有空白的地方就把传单贴上去。没有人干涉我们。有几次我们贴完传单走开了，回头看时，一两个黑影子站在那里读我们刚才贴上去的东西。我相信在夜里他们要一字一字地读完它，并不是容易的事情。

《半月》是一种公开的刊物，社员比较多而复杂。但主持的仍是我们几个人。白天我们中间有的人要上学，有的人要做事，夜晚我们才有空聚在一起。每天晚上我总要走过几条黑暗的街巷到"半月社"去。那是在一个商场的楼上。我们四五个人到了那里就忙着卸下铺板，打扫房间，回答一些读者的信件，办理种种的杂事，等候那些来借阅书报的人，因为我们预备了一批新书报免费借给读者。我们期待着忙碌的生活，宁愿忙得透不过气来。共同的牺牲的渴望把我们大家如此坚牢地系在一起。那时候我们只等着一个机会来交出我们个人的一切，而且相信在这样的牺牲之后，理想的新世界就会跟着明天的太阳一同升起来。这样的幻梦固然带着孩子气，但这是多么美丽的幻梦啊！

　　我就是这样地开始了我的社会生活的。从那时起，我就把我的幼年深深地埋葬了。……

　　窗外刮起大风，关住的窗门突然大开了。雨点跟着飘了进来。我面前的信笺上也溅了水。写好的信笺被风吹起，散落在四处。我不能够继续写下去了，虽然我还有许多话没有向你吐露。我想，我不久还有机会给你写信，叙述那些未说到的事情。我不知道我上面的话能不能够帮助你更了解我。但是我应该感谢你，因为你的信给我唤起了这许多可宝贵的回忆。那么就让这风把我的祝福带给你罢。现在我也该躺一会儿了。

1936 年 8 月深夜

赏析

　　《我的幼年》是巴金用书信体写的回忆录，作于 1936 年 8 月，记叙了他的幼年时代（至 1921 年 5 月即 17 岁半时为止）的生活。同年 9 月发表，次年 3 月收入书信集《短简》中出版。

　　这篇文章具有史料价值。作者自称是"一篇真实的东西"，它说明了是什么东西把他养育大的，他是怎样从爱转向恨，又由恨走上反抗之路的。带着听差上街贴传单反对军阀，可说是他的幼年生活的最大特点。有的人喜欢批评巴金的作品（例如长篇小说《家》等）没有向读者指明道路，巴金也曾多次为此进行申辩，其实他并非不知道路在何方，《我的幼年》就清楚地表明了他本人所走的道路。那时他已自称为安那其主义即无政府主义者，以推翻封建剥削的社会秩序为己任。虽然他还无意要向别人指点道路，只是在某些作品中透露了自己的思想倾向，几十年之后却为此不断受到无理的责难。假如真正以科学的方法、宽阔的胸襟、在实际上（而非在口头上）从人民的利益出发来观察这一类问题，也许这世界会太平得多。巴金青少年时代有爱国爱民之心，有追求进步追求革命以图报国之抱负，实在是崇高美好的志向，理应给予高度评价。即使到了几十年后的今天，仍然具有积极的意义，对于青年一代颇有启示。

　　这篇文章按作者的原意，似准备写作系列回忆录，此文"不过是一篇长的作品的第一段"而已，《我的几个先生》就是它的续篇。就它本身而论，即使结尾嫌仓促一些，却仍然是一篇优美的散文。

首先给读者以深刻印象的是丰富的修辞手法。有些比喻是新颖动人的。诚然，以物喻物，无论明说或暗指，并非难事，但要切合文意，突破陈言俗套，例如此文中的"心里起了火一般的反抗的思想"，孩子的心像一只羽毛刚长成的小鸟只想飞，却被铁丝网拦住等等，却不容易。至于有些抽象的情绪或感觉要说得明白生动，就更加困难了，文学史上乐于称道的正是这一类。例如以"一江春水向东流"或"一川烟草、满城风絮、梅子黄时雨"来形容愁思之深重，是历来受到赞美的名句，这种修辞格式姑且称之为"拟物"。巴金这篇文章中也有拟物法的运用，如"那种带煽动性的笔调要把一个 15 岁的孩子的心烧成灰了"（以喻炽烈），"两小时的谈话照彻了我的灵魂"（以喻领悟）等等。相信读者会有更多的发现和获益。

其次是作者的行文流畅，条理分明。他着眼于内心世界的变化来写他的幼年时代的历程，从爱的包围之中体验到了人生的不幸，在封建束缚之中知道了反抗；看到仆人痛苦的生活和家族中丑恶的倾轧懂得了恨，从家庭的腐败认识到了社会制度的不合理，因而不满足于读书而要求行动，投身于社会斗争，以至愿为所信仰的理想世界而献身，把时代背景、人物关系和思想转折说得清楚明白，真实自然，要言不烦。

第三，作者幼年是处在爱的包围之中，这篇文章写了他对父母的爱、骨肉的爱和人间的爱，感情充沛，而表达的方式各不相同。母亲去世于他是缺少了一样东西，常在几间屋子里跑进跑出呼唤妈妈，模糊地感到了恐怖和悲痛。大哥开始精神失常使他为之痛苦和愤怒，听到他打破玻璃的声音有时"捏紧拳头在桌上捶"。仆人们艰难地度日使他心里起了反抗的思想，他不愿做少爷而要站在他们一边帮助他们。在朋友之中他感到过节一样的欢乐，共同的牺牲的渴望把他们牢固地绑在一起。这些不同的爱的表现并非任意的描写，而是适合人物的身份和年龄以及受教育的特点，非有真实的感受者是决计写不出这样的文字来的。这样也把作者亲身经历，所处环境，如何成长，叙述得清楚明白而有很强的说服力。人们由此了解了巴金的青少年的思想生活状况。

（刘麟）

繁　星

望着星天，我就会忘记一切，仿佛回到了母亲的怀里似的。

我爱月夜，但我也爱星天。从前在家乡七、八月的夜晚在庭院里纳凉的时候，我最爱看天上密密麻麻的繁星。望着星天，我就会忘记一切，仿佛回到了母亲的怀里似的。

三年前在南京我住的地方有一道后门，每晚我打开后门，便看见一个静寂的夜。下面是一片菜园，上面是星群密布的蓝天。星光在我们的肉眼里虽然微小，然而它使我们觉得光明无处不在。那时候我正在读一些关于天文学的书，也认得一些星星，好像它们就是我的朋友，它们常常在和我谈话一样。

如今在海上，每晚和繁星相对，我把它们认得很熟了。我躺在舱面上，仰望天空。深蓝色的天空里悬着无数半明半昧的星。船在动，星也在动，它们是这样低，真是摇摇欲坠呢！渐渐地我的眼睛模糊了，我好像看见无数萤火虫在我的周围飞舞。海上的夜是柔和的，是静寂的，是梦幻的。我望着那许多认识的星，我仿佛看见它们在对我霎眼，我仿佛听见它们在小声说话。这时我忘记了一切。在星的怀抱中我微笑着，我沉睡着。我觉得自己是一个小孩子，现在睡在母亲的怀里了。

有一夜，那个在哥伦波上船的英国人指给我看天上的巨人。他用手指着：那四颗明亮的星是头，下面的几颗是身子，这几颗是手，那几颗是腿和脚，还有三颗星算是腰带。经他这一番指点，我果然看清楚了那个天上的巨人。看，那个巨人还在跑呢！

◎巴金在法国留学前作为护照的照片（1926）。

赏析

　　1927年1月，巴金由上海去法国留学。他走的是海路，乘坐一艘名叫"昂热号"的法国邮轮，途经香港、西贡、新加坡、科伦坡（即文中的"哥伦波"）、横越印度洋，通过苏伊士运河，直穿地中海而到达法国南部海港马赛，然后弃船登车，前往巴黎。海上航行34天，除了船到一地上岸游览之外，就是读书写作。他写了游记，当初的用意是把它们寄给远在祖国的大哥和三哥，让他们了解自己的旅途生活和海行的趣味，并没有想到要把它们当成文学作品来创作，结果却作为精美的散文为我们留了下来。五年之后，当他已经成为享有盛名的作家时，才把这些写在练习本上共39篇的游记整理出版，冠以《海行杂记》的书名。我们在这里所欣赏到的《繁星》、《吉布的》、《海上的日出》，就是其中的三篇。

　　《繁星》写了在四川家乡的庭院里、在南京上学时住所的后院和海行时波涛推拥间等不同时空环境里仰望夜空中繁星时的不同感受。四川是他的老家，已有不少深爱他的亲人去世了，那时还有他的大哥在，南京曾是他和他的三哥共同求学之地，当时他的三哥虽已进入苏州东吴大学，照耀过他们二人的星光依然同时也笼罩在那里。繁星把他的远隔重洋的两个哥哥和他连在一起了。他的这篇游记里没有一个字提到他的哥哥，也没有说一句思亲怀乡之类的话，而这种感情反而表达得更加细致，更加使人感动。唐朝诗人白居易有一首望月怀兄弟的诗，最后两句是"共看明月应垂泪，一夜乡心五处同"。历来脍炙人口，但他在诗的题目上列举了离散在五处的弟兄。巴金这篇游记毫无这样的提示，读者依然感到了"一夜乡心三处同"的骨肉之情。

同时，作者把三个时期三个地点夜观繁星的感受也描述得十分生动而真实。早年在家乡，没有经历人生道路上的跋涉，在星光下会忘记一切，仿佛回到了母亲的怀抱；出夔门东去，心中充满对未来的追求和憧憬，星星给他以"光明无处不在"的启示；独自漂流在异乡的海上时，他的心境是矛盾的：他留恋亲人和故土，又决心去探索通向真理之路，他感到孤独，又充满自信，因而他有了一种特殊的感受，把在成都和南京时的体验融合在一起了。

而海上的繁星与陆地上所见不同，它们随同波浪在动荡，由它们所构成的一幅巨人的轮廓也会迈腿奔跑；由于海天一色，又没有树木和房屋的支撑，繁星似乎低垂在头上，并且摇摇欲坠呢。这种描写切合海上的环境，如果不是亲身经历是不可能写得这样逼真而亲切；而如果没有高超的驾驭文字的技能，也不可能把亲身的感受写得这样准确而动人。

（刘麟）

吉布的

我望着黑小孩跟波浪搏斗的情形，我的心仿佛被什么东西掩着痛……

吉布的到了。

下午5点钟的光景，我正在餐厅里写游记，黎进来说："海水已经变了颜色，可以看出分明的两种颜色来。船快要靠岸了，上去看看罢！"我答应了一声，就收拾了纸笔，跟着他到舱面上去了。

海水果然现出了两种颜色：远处的是蓝色，近处的却是绿色。看起来界限也很分明！远近都有小船往来，船里坐的是戴红色圆顶帽的阿拉伯人。还有些黑人，光着头，赤着身子。海鸥一群一群地在水面飞舞游戏。不远处，还有跳起来的大鱼。

看见岸了。这一个星期来的唯一希望就是靠岸，它马上就要实现了。但后来我才知道船并不靠岸，却停在海中。一只汽艇载来了几个本地警察。他们陆续上了大船。红色高帽，黑色制服，手里握着警棒，下面两只脚不穿袜，也不穿鞋。黎忽然笑起来了。警察们并不知道他在笑什么，只顾摆起架子站在扶梯旁边，监视上下的行人，好不威风！

卫叫我到左边去看。那里围了一大群人，都在望水面上的什么东西。我挤进人丛中去，在栏杆旁边找到了一个地位。水很清。一些黑脸浮在绿水上面，口里不住地叫。这是什么？五个黑小孩！他们泅水过来向船上的人要钱。他们的脚在水里不住地上下拨动，我看得很清楚。一个法国人丢了一个铜子下去，他们中间有一个就把头往水里一埋，脚一翘，跌了几个斛斗，钻下水

◎巴金在法国（1927）。

去不见了。忽然水面起了一个大声音，好像一尾大鱼跳起来似的，于是那张黑而紫的脸，短而卷的头发又出现在水上面了。黑小孩用手抹一抹脸，手里拿着那个铜子，朝我们晃了一下，便把钱放在他的口里衔着，然后泅着水走了。

"这也是人的生活。"卫侧过头对我说，他的面貌很严肃。

我不答话。我望着黑小孩跟波浪搏斗的情形，我的心似乎被什么东西搔着痛，我想这应该是一个残酷的景象罢。

赏析

　　"吉布的"是一个外国地名，现在译为"吉布提"，是吉布提共和国的首府和港口，位于非洲东部，面临亚丁湾，扼守着红海的咽喉，是从印度洋进入红海的必经之地。1887年被法国占为殖民地，1977年宣告独立。居民大多是索马里印萨人和库希特阿法尔人，皮肤分别呈黑色和棕色，此外也有阿拉伯人和其他人。巴金在《吉布的》一文中所写的是它处在殖民地时期的景象，那时它又被称为"法属索马里"。

　　这篇游记首先给读者的印象是色彩浓艳，好像一幅斑斓的油画。远处的海水是蓝色，近处的是绿色；绿水上浮动着黑色或黑而紫的脸孔，白色的海鸥成群乱飞。小船里坐着的人或者戴红色的圆顶帽，或着光着黑色的头，赤着黑色的身子。警察乘快艇而来，头上是红色的高帽，身上是黑色的制服。如此种种，笔触鲜明，对比强烈，而红和黑两种颜色的一再渲染，读后不禁产生置身于热带和非洲的感觉。色彩的涂抹构成了这篇文章的地理环境的特点。

　　其次，这篇游记又给人以多种运动的感觉，好像几组推移的电影镜头；特别值得称道的是作者的描写制造了这样一种效果，读者仿佛也坐在他那艘轮船里由广阔的洋面慢慢驶近港口。最先是海水的颜色由蓝变绿，绿色的海水来到近前了；附近开始有小船来往，海鸥在水面飞舞，不远处有大鱼跳跃出水，然后看见岸了。作者运用形象以诉诸读者的视觉；他所描写的又是足以表示轮船开始进港的富有特征的若干细节，不是纷然杂陈的所有景物毫无选择的实录。形象化加上典型化，文章就更有感染力。

描写黑人的孩子在海水中翻腾的情景，笔墨也是有力而简练的。虽然他们是在乞讨，作求生的搏斗，但动作灵活，身手矫健，寥寥几笔就表现出了他们的水上功夫。作者也只选择了他们之中的一个来稍作描写，概括了这五个殖民地的孩子乃至所有贫富严重对立的社会中穷苦人家子女的处境。

这种处境自然会引起旅客的反应，作者在文章中流露了他本人的人道主义思想和正义感。但感情的表达同样不是直露无遗，作者使用了含蓄的侧写的手法，读者当会发觉这一点。

（刘麟）

海上的日出

这时候光亮的不仅是太阳、云和海水，连我自己也成了光亮的了。

  为了看日出，我常常早起。那时天还没有大亮，周围非常清静，船上只有机器的响声。

  天空还是一片浅蓝，颜色很浅。转眼间天边出现了一道红霞，慢慢地在扩大它的范围，加强它的亮光。我知道太阳要从天边升起来了，便不转眼地望着那里。

  果然过了一会儿，在那个地方出现了太阳的小半边脸，红是真红，却没有亮光。太阳好像负着重荷似的一步一步、慢慢地努力上升，到了最后，终于冲破了云霞，完全跳出了海面，颜色红得非常可爱。一刹那间，这个深红的圆东西，忽然发出了夺目的亮光，射得人眼睛发痛，它旁边的云片也突然有了光彩。

  有时太阳走进了云堆中，它的光线却从云层里射下来，直射到水面上。这时候要分辨出哪里是水，哪里是天，倒也不容易，因为我就只看见一片灿烂的亮光。

  有时天边有黑云，而且云片很厚，太阳出来，人眼还看不见。然而太阳在黑云里放射的光芒，透过黑云的重围，替黑云镶了一道发光的金边。后来太阳才慢慢地冲出重围，出现在天空，甚至把黑云也染成了紫色或者红色。这时候光亮的不仅是太阳、云和海水，连我自己也成了光亮的了。

  这不是很伟大的奇观么？

赏析

　　《海上的日出》一文写了三种日出的景色，第一种是太阳正常地升上海面，毫无遮拦地为旅人所见；第二种是太阳虽然在海上升起，却走进了云堆中；第三种是太阳升起后被天边的黑云挡住。有人曾经解释这三种景色是作者对于一个早晨之内所见到的整个日出过程的分段描写，表现了日出前、日出时和日出后三个层次。这个解释与实际不符，为作者所否认，他说："我所写的确实不是一天的日出景色，而是集中地概括了我几次在船上看海上日出所得的总的印象，具体的观感。"（《巴金全集》第19卷第544页）

　　在《海行杂记》这组游记中，《海上的日出》被排列在《红海不红》之后和《通过苏彝士运河》之前，因此读者一般都会推测它是作者自东海至红海这一段旅程中观察海上日出所综合的印象。不过红海是否包括在内，恐怕会有怀疑，因为根据《红海不红》一文的记叙，船经红海时天气变冷，风浪又大，登上甲板的旅客不多，作者也只提到红海的日落，只字不涉日出。至于东海和南海上中国所辖的水域是否包括在内，怀疑者可能较少，因此有人作出了《海上的日出》是"写祖国的河山，表现爱国主义思想"的解释。结果这个解释也与实际相悖，为作者所否定，他说："我当时远离祖国。写的是外国的河山，不是中国的河山。"可见此文只是印度洋上观日出的印象。其实作为一种自然现象，日出日落如同刮风下雨一样，倘使不旁及人文环境，无论中外，海上的景色都是一样的，除非作者另有寄托。

　　诚然，巴金是爱国主义者，他那时赴法留学也抱着探索救国道路的志向，但他

这篇游记如他本人所说并不表现爱国主义精神，倒是包含着"向往光明，奋发向上"的意思（引文出处同上），我们应从这方面来理解这篇文章的思想意义。

在作者笔下，日出的图景是用光和色织成的，这本来是画家和摄影师擅长的表现手段，现在一位作家调动他的文字来完成，并且以它们的变化建立了瑰丽奇幻的境界，以致我们在60多年后的今天读来，依然十分神往。深红的太阳突然发出夺目的亮光，周围一片通明，使读者精神为之一振；而太阳虽陷在云堆里，却射下强烈的光线，或虽被黑云挡住，却把黑云染成紫色，最后冲出重围，人天云水都大放光明，更使读者振奋。光明必然代替黑暗，作者的信念尽在不言中。

以上三篇游记描写了作者在海上经历的真实的生活、亲身的感受和真挚的感情，字数都只在五六百之间，文笔朴素平实，意境深远，含蓄精练，含义丰富，形成了巴金散文的一大特色。

（刘麟）

鸟的天堂

很快地这个树林变得很热闹了。到处都是鸟声，到处都是鸟影。

我们在陈的小学校里吃了晚饭。热气已经退了。太阳落下了山坡，只留下一段灿烂的红霞在天边，在山头，在树梢。

"我们划船去！"陈提议说。我们正站在学校门前池子旁边看山景。

"好。"别的朋友高兴地接口说。

我们走过一段石子路，很快地就到了河边。那里有一个茅草搭的水阁。穿过水阁，在河边两棵大树下我们找到了几只小船。

我们陆续跳在一只船上。一个朋友解开绳子，拿起竹竿一拨，船缓缓地动了，向河中间流去。

三个朋友划着船，我和叶坐在船中望四周的景致。

远远地一座塔耸立在山坡上，许多绿树拥抱着它。在这附近很少有那样的塔，那里就是朋友叶的家乡。

河面很宽，白茫茫的水上没有波浪。船平静地在水面流动。三只桨有规律地在水里拨动。

在一个地方河面窄了。一簇簇的绿叶伸到水面来。树叶绿得可爱。这是许多棵茂盛的榕树，但是我看不出树干在什么地方。

我说许多棵榕树的时候，我的错误马上就给朋友们纠正了，一个朋友说那里只有一棵榕树，另一个朋友说那里的榕树是两棵。我见过不少的大

榕树，但是像这样大的榕树
我却是第一次看见。

我们的船渐渐地逼近榕
树了。我有了机会看见它的
真面目：是一棵大树，有着数
不清的桠枝，枝上又生根，有
许多根一直垂到地上，进了
泥土里。一部分的树枝垂到
水面，从远处看，就像一棵大树斜躺在水上一样。

现在正是枝叶繁茂的时节（树上已经结了小小的果子，而且有许多落下
来了）。这棵榕树好像在把它的全部生命力展览给我们看。那么多的绿叶，一
簇堆在另一簇上面，不留一点缝隙。翠绿的颜色明亮地在我们的眼前闪耀，
似乎每一片树叶上都有一个新的生命在颤动，这美丽的南国的树！

船在树下泊了片刻，岸上很湿，我们没有上去。朋友说这里是"鸟的天
堂"，有许多只鸟在这棵树上做窝，农民不许人捉它们。我仿佛听见几只鸟扑
翅的声音，但是等到我的眼睛注意地看那里时，我却看不见一只鸟的影子。
只有无数的树根立在地上，像许多根木桩。地是湿的，大概涨潮时河水常常
冲上岸去。"鸟的天堂"里没有一只鸟，我这样想道。船开了。一个朋友拨着
船，缓缓地流到河中间去。

在河边田畔的小径里有几棵荔枝树。绿叶丛中垂着累累的红色果子。我
们的船就往那里流去。一个朋友拿起桨把船拨进一条小沟。在小径旁边，船
停了，我们都跳上了岸。

两个朋友很快地爬到树上去，从树上抛下几枝带叶的荔枝，我同陈和叶
三个人站在树下接。等到他们下地以后，我们大家一面吃荔枝，一面走回船
上去。

第二天我们划着船到叶的家乡去，就是那个有山有塔的地方。从陈的小

学校出发，我们又经过那个"鸟的天堂"。

这一次是在早晨，阳光照在水面上，也照在树梢。一切都显得非常明亮。我们的船也在树下泊了片刻。

起初四周非常清静。后来忽然起了一声鸟叫，朋友陈把手一拍，我们便看见一只大鸟飞起来，接着又看见第二只，第三只。我们继续拍掌。很快地这个树林变得很热闹了。到处都是鸟声，到处都是鸟影。大的，小的，花的，黑的，有的站在枝上叫，有的飞起来，有的在扑翅膀。

我注意地看。我的眼睛真是应接不暇，看清楚这只，又看漏了那只，看见了那只，第三只又飞走了。一只画眉飞了出来，给我们的拍掌声一惊，又飞进树林，站在一根小枝上兴奋地唱着，它的歌声真好听。

"走罢。"叶催我道。

小船向着高塔下面的乡村流去的时候，我还回过头去看留在后面的茂盛的榕树。我有一点留恋。昨天我的眼睛骗了我。"鸟的天堂"的确是小鸟的天堂啊！

1933 年 6 月在广州

　　人们知道茅盾写有《白杨礼赞》，以颂扬白杨树挺拔、刚直、不凡的朴实气度，借物抒怀，寓景言志，是不朽的散文名篇。其实巴金也写过赞美榕树那种高大、奇特、壮实、丰满的风姿的散文。因为这棵老树埋藏在《鸟的天堂》里，作品未曾以它命名。假如只看到安详、舒适、幸福、美好的鸟的天堂，却忘记使它们获得这一切的栖息的地方，便无视于这篇散文隐秘的倾向性。它们的安乐窝，正是无比高大、茂密的榕树为之提供的。鸟的天堂，也是榕树的天堂。两者合一，不能分开。作家直言鸟的天堂，隐言也是榕树的天堂，使散文更有趣味，更加耐人寻味。在读者曲折的思绪里，逐渐地矗立起榕树那种难以比拟的雄伟、壮实的形象，品味其强大、惊人的生命力，从而激起对如何塑造自身形象、如何追寻美好人生的严肃思考。读者将在这种艺术境界里得到完美的陶冶。

　　巴金是抒情诗人。他写作为要抒发感情。他反复说明"我在写作中所走的路与我在生活中所走的路是相同的。无论对于自己或者别人，我的态度都是如此"。创作小说如此，写作散文更加如此。他的文字通顺、平易，没有丝毫做作的地方，然而字里字外浓缩着烈性的感情。只不过要读懂它们，需要耐心思考和各方面的素养。短小精悍的《鸟的天堂》，几乎聚集着多种艺术手法。作家从现实主义起步，得心应手地采摘着浪漫主义、表现主义所囊括的各式意象派的艺术花朵来传达自己的理想，然而又回到现实的土地上。有的用浅显、明快的三言两语表达，有的却用供读者退想的潜台词表现出来，只能意会，不能言传。作家与自然的合一，是古今中外抒情诗文的共同特征。高大、丰满、有强大的生命力，便成为巴金在这篇短小的诗文里通过榕树要抒发的此时此刻的独特个性。他以鸟的天堂为名，隐藏在作品深处的想要抒怀又不宜直言的真正的创作意图。他怀着自豪而欢快的感情，赞扬着他意象里的具有隐喻作用的大榕树。

　　散文是1933年6月在广州写成的，他不满29岁。由于他的重头作品《灭亡》、《家》、《海的梦》、《杨嫂》、《哑了的三角琴》等等陆续问世，在社会上拥有广大的读

者群；又由于他翻译、出版不少介绍无政府主义学说的书籍，为《克鲁泡特金全集》作《总序》及《第一卷序》，并写作有关这一学派的政论文字，引起左翼批评界的特殊关注与争议，也属必然。巴金为此感到苦恼，但从未对自己的工作与成就失去信心。本篇散文便是证明。他这次南国之行，在休整之余，也为从友人身上汲取苦干

实干精神，以利前行。因而《鸟的天堂》既是作家过去生活的总结，又是对未来生活的期盼。只是这些都在诗文以外进行，必须用读者灵魂的触角去感受的实体，意在言外，构成散文貌似不在又无处不在的实实在在的美感。

散文的情节很简单，记叙他同两位友人在南国乡村游览的一段小小的经历。陈是担任西江乡村师范校长的陈洪有。叶是陈洪有的同事叶渠均。他们都把精力全都奉献给了农村的教育事业。他们的精神，深为巴金感佩。1933 年 5 月，他与陈洪有从上海出发去广州。散文记叙他们在西江乡村师范的一个生活片断，有一天傍晚划船到被称为"鸟的天堂"去寻胜的情景。

一般地说，巴金并不热心描写自然风光。他更专注人物性格的刻画。他以旅途随笔形式写成的散文，却有不少专事描写自然景色的文字。它们都尽力地赋予自然以生命力，让自然更加生动，让自然产生艺术魅力。这里的榕树及其枝蔓，及其叶片与果实，以及各色飞鸟，它们安眠与飞翔，都是真实的图画，又都是作家借景生情的最优美最富于幻想的艺术表现。

整篇散文简洁、流畅，构思含蓄、完整，简要地纪实，没有修饰，但诗意浓烈。把飞舞的鸟群，偏说成"鸟影"，让现实衔接遐想，默递着作家思绪的驰骋。在一派自然中，流荡着作家自强、自信、自豪的一连串感情。在作家的抒情散文里，本篇是有代表性的佳作，其丰富的内涵与色彩，足能与其他大作家的同类精品媲美。

（张慧珠）

桂林的微雨

我觉得烦躁，我感到窒闷。那单调的滴不断似的雨声仿佛打在我的心上……

　　绵绵的细雨成天落着。昨晚以为天就会放晴，今天在枕上又听见了叫人厌烦的一滴一滴的雨声。心里想：这样一滴一滴地滴着，要滴到什么时候为止呢？起来看天，天永远板着脸，在那上面看不见笑的痕迹。我不再存什么希望了。让它落罢，这样一想，心倒沉静下来，窗外有人讲话。我无意间听见一个本地口音说：

　　"这种天气谓之好天气。"接着是哈哈的笑声。低的气压似乎被这笑声冲破了。我觉得心境略为畅快。

　　我初来这里正遇着这样的"好天气"。我觉得烦躁，我感到窒闷。那单调的滴不断似的雨声仿佛打在我的心上，我深夜梦回时不禁奇怪地想：难道我的心是坚厚冷硬的石板，为什么我的心上也响起那同样的声音？

　　我走在街上，雨水把我的头发打湿，粘成一片。眼前似乎罩了一层雾。我的脚踩进泥水中了。我是在两个半月以前，还是在今天？……我要去找那家书店，看那三张善良的年轻面孔。我以为我就要走到了。

　　但是，啊，街道忽然缩短了，凭空添了一大片空地。我看不见那家书店的影子。于是一道亮光在脑中掠过，另一个景象在眼前出现了。我觉得自己被包围在火焰中。一股一股的焦臭迎面扑来，我的眼睛被烟熏得快要流出眼泪。没有落雨，但是马路给浸湿了。人在跑，手里提着、捧着东西。大堆的书凌乱地堆在路中间。一个女人又焦急又气愤地对两个伸着手的人说："人家房子都快烧光了，你们还忙着要钱！"她红着脸把手伸进怀里去掏钱。我在这个女人的脸上见到熟人的面容了。我一定在什么地方见过她。不，我应该说是见过这张面孔，这样的表情我在我走过的每一个中国的地方都目击过。这里有悲愤，有痛苦，有焦虑，但是还有一种坚忍的力量……

我再往前走，我仿佛还走在和平的街上。但是一瞬间景象完全改变了。我不得不停止脚步。再没有和平。有的是火焰，窒息呼吸、蒙蔽视线的火焰。墙坍下来，门楼带着火摇摇欲坠；木头和砖瓦堆在新造成的废墟上，像寒夜原野中的篝火似的燃烧着。是这样大的篝火。烧残的书页散落在地上。我要去的那家书店完全做了燃料，我找不到一点痕迹了。

"走，走！"警察在驱逐那些旁观的人。黑色的警帽下闪露着多么深的苦恼和愤怒。……我忽然醒过来了。

我又从一个月以前的日子回到今天来了。雨丝打湿了我的头发。眼镜片上聚着三五滴雨点。我一双鞋底穿了洞的皮鞋在泥泞的道路上擦来磨去。刚刚亮起来的街灯和快要灭尽的白日光线给我指路。迎面走过来两三个撑伞的行人。我经过商务印书馆，整洁的门面完好如旧。我走过中华书局，我看不见非常的景象。但是过了新知书店再往前走……怎么我要去的那家书店不见了？还有我去过的一位朋友的家也不知道连屋瓦都搬到了何处去！剩下的是

一片荒凉。几面残剩的危墙应当是那些悲惨的故事的目击者。它们将告诉我一些什么呢？

我站在一堵烧焦了的灰黑的墙壁下，我仰起头去望上面。长的、蛛丝一般的雨打湿了我的头发。墙壁冷酷地立在那里。雨丝洗不去火烧的痕迹。雨落得太迟了。墙壁也许是一个哑子，它在受了那样的残害以后还不肯叫出：复仇！

我觉得土地在我的脚下开始摇动了。墙壁在我的眼前倾塌下来。不。没有声音，墙壁车轮似的打了一个转，雨水一下子全干了。墙头发生了火。火必剥必剥地燃着。……我又回到一个月以前的日子了。

夜色突然覆盖了全个城市。但是蓝空却有一段红的天。红色的火光舐着天幕。火光升起来，落下去，又升起来。这时风势已经减弱了。但是凉风吹过，门楼、屋梁、墙头忽然发出巨响，山崩似地向着新的废墟倒下来。火仍在燃烧，火星差不多要飞到我的棉袍上面。我们穿过一条尚在焚烧的巷子，发出热气的墙壁和还在燃烧的瓦砾使我的额上冒汗了。瓦砾堵塞了平时的道路，我们是踏着火焰走过去的。一个朋友要去探望他那个淹没在火海中的故居，可是那里连作为界限的墙壁也不存在了。他立在一片还在冒烟的瓦砾前搔着头在记忆中找寻帮助。他很快地认出了地点，俯下身子想在砖石堆中挖出一两件他所喜欢的东西。我帮忙他找寻那只画眉的尸骸，却看见已经失了形的打字机的遗体。他自己在另一处找到了鸟笼的烧焦的碎片，他珍惜地用两根手指提起它，说："你看，不是在这里吗？"我这时仿佛听见了那只可怜的鸟的最后哀鸣。

"你们找东西的明天来。现在火还没有熄，不好翻。"对面的房屋还是完好的，它能够巍然单独存在于废墟的中间，大概因为它有高的风火墙罢，在门前坐着一个人，上面的话就是从他的口中发出来的。

"我们来找自己的东西。"朋友回答了一句。

"没有人敢来拿东西的，我们在这里给你们看守。有人挑水去了。你看这边那边都还有火。你们明天来罢！"那个守夜的人说。

这个响亮的声音打破了我的梦。我回顾四周，没有朋友，没有守夜的人。现在不是在夜间，我也不要找人和物件。我不要到这里来。但是回忆把我不知不觉地引到这里来了。

我走过环湖路，雨较大了。冰凉的雨点打在我的脸上。脚总是踩在水荡里，雨水已经浸入鞋底，把袜子打湿了。但是鞋底还常常被泥水粘住，好几次要把身体忽然失去平衡的我拖倒在地上。我听见旁边一个年轻人说："这样的天气真讨厌！"

"讨厌？这算是好天气呢！在这种天气是不会有警报的。"另一个人高声回答。

我已经走过洋桥，更往南走了。我忽然觉得身子轻松，路很快地在我的脚下退去。天晚了。我看见夜幕张开来。雨立刻停止。代替的是火。火又来了。时间一下便跳了回去。

马路上积着水，堆着碎砖，躺着断木，横着电线。整条整条街都只剩下摇晃的墙壁和燃烧的门楼。没有人家，没有从窗户映出的灯光，没有和平的市声，桂林成了一个大的火葬场。耸立的颓垣便是无数的火柱，已经燃烧了五六个钟点了。一家旅馆，我到那里去过两次，那是许多朋友的临时的住家，我看见火在巍峨的门楼上舐着舐着，终于烧断了它，让砖石和焦木带着千万点火星向着我们这面坍下来。是发雷的响声，接着又是许多石块落地的声音。火星向四处放射，像花炮一样。但是在废墟上黑暗的墙角里一个男人尖声叫喊："救命！"

许多人奔过去，人们乱嚷："拿电筒来，拿电筒来！"

电筒！我一怔：我手里不是捏着电筒吗？我正要跑过去。但是——我的眼前只有寂寞的废墟，而且被罩在夜幕下面了。我用电筒去照，廉价的小灯泡突然灭了。我才记起来火已经熄了将近一个月了。

"好天气？哼。真正闷死人！我宁肯要晴天，即使飞机来炸，我们也不怕。凭它飞机怎么狠，它能够把我们四万万五千万人炸光吗？"

还是先前那个年轻人，怎么我跟了他们到这里来了？怎么他到现在还谈着那同样的话题？我觉得奇怪。这个人究竟是什么人呢？我想看他一眼。我随手举起电筒，按着电钮。然而没有亮。我才记起我的电筒不亮了。我无法看清楚那个人的脸。我想大概不是做梦罢，也就不再去注意他了。

电筒不亮，就打消了我再往前走的心思。其实这句话也不对。我有点害怕我会再落到一个月以前的日子里去，让那些永不能忘记的景象再度将我的心熬煎。

回到家里，我看见一个月以前自己写在一张破纸上的潦草的字迹：

"什么时候才是我们的复仇的日子呢？什么时候应该我们站出来对那些人说：'下来，你们都下来！停止这卑怯的谋杀行为，像一个人那样和我们面对面地肉搏'呢？什么时候轮到我们升到天空去将那些刽子手全打下来呢？

"血不能白流，痛苦应该有补偿，牺牲不会是徒然，那样的日子一定会到来！……"

我相信自己的话。

1939 年 1 月下旬在桂林

赏析

　　它是巴金 1939 年 1 月下旬在桂林写成的散文，是《旅途通讯》的末篇，含有对这次旅途生涯总结的性质。他在《前记》里说："这些都不是可以传世的文章，它们只是去年下半年中间我在各地写给朋友们的长长短短的信（最后一篇应该不是信，但是我仍然把它当作信函寄给朋友们看过的)。我写它们的时候，我只是像平日和朋友们闲话似的写下我的真实的见闻。也只有我的朋友们会从这些没有修饰的文句中看出一个珍爱友情的人的感激。"因而记录友情，回忆与感激友情，成为这部集子和本篇散文的主旨。巴金又说："每一封信都是在死的黑影的威胁下写成的。这些天来，早晨我见到阳光就疑惑晚上我会睡到什么地方。也许把眼睛一闭，我便会进入'永恒'。"但是"甚至敌机在我的头上盘旋、整个城市在焚烧的时候，我还感到友情的温暖"。从这个意义上说，这些通讯也是民族苦难的记录。

　　巴金有个习惯，凡是他喜爱也要读者关注的作品，会反复提到。他在前记里提及最后一篇，并在同月中旬写的《桂林的受难》中作出预告："第四次的大轰炸应该是最厉害的一次了，我要另写一篇《桂林的微雨》来说明。在那天我看见了一个城市的大火。火头七八处，从下午燃烧到深夜，也许还到第二天早晨。"这些文字表明，他是经过思考，有准备地进入这篇散文的创作过程的。同其他散文比较，具有更全面的写实意义。

　　作品以敌机曾经多次狂轰滥炸使桂林在一片火海中变成废墟为背景，意象地描写着这场大火给"美丽城市"的方方面面带来严重的灾害。作家怀着依恋的悲痛的心情，叙述灾难，描画尸骸，表述着生灵涂炭的惨状。他以触目惊心的文字，传达各种状态的情景，表达复杂的思绪，构成特殊形态的诗境。他直面人生，敞开大胆、真诚的胸怀，将记实与抒情融为一体，把承认现实的文字写在表面，而把号召大家必须正视现实与改变现实的感情埋藏在文字的深处。

散文以毫不修饰的诗话，描述他在桂林旅居的处境。他厌烦绵绵的"细雨"落个不停，而回忆烈焰焚毁城市的时日更加令其悲苦难忍。他渴望能够见到阳光明媚、四处欢笑的"好天气"。在忧郁里，他包藏着热烈的期盼。散文把烈焰与微雨穿插起来描写，无非说明他对国家、友人、自己命运的深沉思虑。

桂林多雨，人人知道，能从微雨进行联想，是作家的独到。他由单调的雨声联想到自己的心上也响起同样的声音，暗示他的心在哭泣。所有的行文都是他含泪的隐泣，为一个美丽的城市变成废墟，也为自身的苦难处境。他为看不见那个熟悉的"书店"和那三张善良的年轻面孔而苦恼。他看见人们在为躲警报而拼命奔跑时，贫苦者在为饥寒而乞讨。富有者在恐慌里尽管想到的是自身利益，但仍不乏同情之心，不忘施舍，要求抗战。

他仿佛看到被毁坏的街道再也没有和平。"有的是火焰，窒息呼吸、蒙蔽视线的火焰"。是火焰使他无法看清城市的本来面目，只能感觉到一切都在倒坍；而烈焰"像寒夜原野中的篝火似地燃烧着"，造成新的废墟。使他清醒过来的是警察，但他还清晰地看到"黑色的警帽下闪露着多么深的苦恼和愤怒"。

他看到当人们在废墟边徘徊时，那些严谨的人们仍镇静地工作着，以维持正常的秩序："我经过商务印书馆，整洁的门面完好如旧。我走过中华书局，我看不见非常的景象。"他列举事实以献上尊敬。但他确实看到一个朋友在火海中寻找故居，凭着记忆在瓦砾中寻找旧物。是他帮助这个朋友找到那只画眉鸟的尸骸，他仿佛听见那只可怜的鸟的最后哀鸣。此时此刻，他又仿佛听到守夜人在制止他的友人深夜找寻旧物的声音。这些骇人的故事，都是以回忆的形式表述的。

散文的最后，作家写着自己的两个愿望：一是他借用一个年轻人的话，说明他不怕天晴会有空袭警报，只盼能够让他见到舒坦的晴朗的天。他耐不住阴雨天气的沉闷。二是他借用桂林大火时写下的一段日记，表白其强烈的复仇愿望。他盼望有一天能把在天上横行的敌机统统都打下来，即使要进行残酷的肉搏战，也能克敌制胜。他坚信这样的复仇日子，一定会到来。

在散文里，未曾出现一个敌寇的字眼儿，但敌寇无处不在。这种重在描写心理又以意象描画事物与故事的手法，在挖掘心灵，揭示现实的本质特征方面，比一般的写实手法更加具有灵性。作家在采用抽象的朦胧的意象的文学语言时，把表现作家主体、传达环境氛围，甚至掠过人物的霎那神情，都写得准确切实，能够意会。散文在召唤人们奋起抗战方面，确有强烈呼唤之功。

（张慧珠）

黑　土

黑土一粒一粒、一堆一堆地伸展出去，成了一片无垠的大原野……

①乔治·布朗德斯(1842—1927)。丹麦文艺批评家。

②英译本，1889年伦敦版。

乔治·布朗德斯①在他的《俄罗斯印象记》②的末尾写过这样的话：

"黑土，肥沃的土地，新的土地，百谷的土地……给人们心中充满了悒郁和希望的广阔无垠的原野……"

我只记得这两句，因为它们深深地感动了我。我也知道一些关于黑土的事。

我在短篇小说《将军》里借着中国茶房的嘴说了一个黑土的故事：一个流落在上海的俄国人，常常带着一个小袋子到咖啡店去，"一个人坐在角落里，要了一杯咖啡，就从袋子里倒出了一些东西……全是土，全是黑土。他把土全倒在桌上，就望着土流眼泪。"他有一次还对那个中国茶房说："这是俄罗斯母亲的黑土。"

这是真实的故事，我在巴黎听见一个朋友对我讲过。他在那里一家白俄的咖啡店里看见这个可感动的情景。我以后也在一部法国影片里见到和这类似的场面。对着黑土垂泪，这不仅是普通怀乡病的表现，这里面应该含着深的悒郁和希望。

我每次想起黑土的故事，我就仿佛看见：

那黑土一粒一粒，一堆一堆地在眼前伸展出去，成了一片无垠的大草原，沉默的，坚强的，连续不断的，孕育着一切的，在那上面动着无数的黑影，沉默的，坚强的，劳苦的……

这幻景我后来也写在小说《将军》里面了。我不是农人，但是我也有对土地的深爱；我没有见过俄罗斯黑土，不过我也能了解对黑土垂泪的心情。沉默的，肥沃的，广阔无垠的，孕育着一切的黑的土地确实能够牵系着朴实的人的心。我可以想象那两只粗大的手一触到堆在沾染着大都市油气的桌面上的黑土，手指一定会触电似的颤动起来，那小堆的黑土应该还带着草原的芬芳罢，它们是从"俄罗斯母亲"那里来的。

不错，我们每个人（不管我们的国籍如何）都从土地里出来，又要回到土地里去。我们都是土地的儿女。土地是我们的母亲。

但是我想到了红土。对于红土的故事我是永不能忘记的。在我的文章里常常有"耀眼的红土"的句子。的确我们的南方的土地给我的印象太深了。我一生中最快乐的日子（可惜非常短促）就是在那样的土地上度过的。

土的颜色说是红，也许不恰当，或者实际上是赭石，再不然便是深黄。但是它们最初给我的印象是红色，而且在我的眼前发亮。

我好几次和朋友们坐在车子里，看着一座一座的小山往我们的后面退去。车子在新的、柔软的红土上面滚动。在那一片明亮的红色上点缀着五月的新绿。不，我应该说一丛一丛的展示着生命的美丽的相思树散布在我们的四周。它们飘过我的眼前，又往我身后飞驰去了。茂盛的树叶给了我不少的希望，它们为我证实了朋友们的话；红色的土壤驱散了我从上海带来的悒郁。我的心跟着车子的滚动变得愈年轻了。朋友们还带着乐观不住地讲述他们的故事。我渐渐地被引入另一个境界里去了。我仿佛就生活在他们的故事中间。

是的，有一个时候，我的确在那些好心的友人中间过了一些日子，我自己也仿佛成了故事中的人物。白天在荒凉的园子里草地上，或者寂寞的公园里凉亭的栏杆上，我们兴奋地谈论着那些使我们的血沸腾的问题。晚上我们打着火把，走过黑暗的窄巷，听见带着威胁似的狗吠，到一个古老的院子去捶油漆脱落的木门。在那个阴暗的旧式房间里，围着一盏发出微光的煤油灯，大家怀着献身的热情，准备找一个机会牺牲自己。

但是我们这里并没有正人君子，我们都不是注重形式的人。这里有紧张的时刻，也有欢笑的时刻。我甚至可以说紧张和欢笑是常常混合在一起的。公园里生长着许多株龙眼树，学校里也有。我们走过石板巷的时候，还看得见茂盛的龙眼枝从古老院子的垣墙里垂到外面来。我见过龙眼花开的时候，我也见过龙眼果熟的时节。在八月里我们常常爬到树上摘下不少带果的枝子，放在公园凉亭的栏杆上，大家欢笑地剥着龙眼果吃；或者走在石板巷里我们伸手就可以攀折一些龙眼枝，一路上吃着尚未熟透的果实。我们踏着长春树的绿影子，踏着雨后的柔软的红土，嗅着牛粪气味和草香，走过一些小村镇，拜望在另一个地方工作的友人。在受着他的诚挚的款待中，我们愉快地谈着彼此的情况。

有一次我和另一个朋友在大太阳下的红土上走了十多里路，去访问一个友人的学校。我们的衬衫被汗水浸透了，但是我们不曾感到丝毫的疲倦。我们到了那个陌生的地方，新奇的景象使我们的眼睛忙碌，两三小时的谈话增加了我的兴奋。几十个天真孩子的善良的面孔使我更加相信未来。在这里我看见那个跟我分别了两年的友人。她已经改变得多了。她以工作的热心获得了友人的信赖。她经过那些风波，受过那些打击，甚至寂寞地在医院里躺了将近一年以后，她怀着一颗被幻灭的爱情伤害了的心，来到这个陌生的地方，在一群她原先并不认识的友人中间生活了一些时候，如今却以另一种新姿态出现了。这似乎是奇迹。但是这里的朋友都觉得这件事情很平常。是的，许多事情在这个地方都成为平常的了。复杂的关系变成简单。人和人全以赤诚的心相见。人了解他（或她）的朋友，好像看见了那个人的心。这里是一个和睦的家庭，我们都是兄弟姊妹。在欧洲小说中常常见到的友情在南国的红土上开放了美丽的花朵。

在这里每个人都不会为他个人的事情烦心，每个人都没有一点顾虑。我们的目标是"群"，是"事业"；我们的口号是"坦白"。

在那些时候，我简直忘掉了寂寞，忘掉了一切的阴影。个人融合在群体中间，我的"自己"也在那些大量的友人中间消失了。友爱包围着我，也包围着这里的每一个人。这是互相的，而且是自发的。因为我是从远方来的客人，他们对我特别爱护。

我本来应该留在他们中间工作，但是另一些事情把我拉开了。我可以说是有着两个"自己"。另一个自己却鼓舞我在文字上消磨生命。我服从了他，我写下一本、一本的小说。但是我也有悔恨的时候，悔恨使我又写出一些回忆和一些责备自己的文章。

悔恨又把我的心牵引到南方去。我的脚有时也跟着心走。我的脚两次，三次重踏上南国的红土。我老实说，当那鲜艳的红土在无所不照的阳光下面灿烂地发亮的时候，我真要像《东方寓言集》里的赫三那样跪下去吻那可爱的土块。[①]我仿佛是一个游子又回到慈母的怀中来了。

现在我偷闲躲在书斋里写这一段回忆。我没有看见那红土又有几年了。我的心至今还依恋着那个地方和那些友人。每当这样的怀念折磨我的时候，我的眼前就隐约地现出了那个地方的情景。红土一粒一粒、一堆一堆地伸展出去，成了一片无垠的大原野，在这孕育着一切的土地上活动着无数真挚的、勇敢的年轻人的影子。我认识他们，他们是我的朋友。我的心由于感动和希望而微微地颤抖了。我也想照布朗德斯那样地赞叹道：

"红土，肥沃的土地，新的土地，百谷的土地……给人们心中充满了快乐和希望的广阔无垠的原野……"

我用了"快乐"代替布朗德斯的"悒郁"，因为时代不同了，因为我们南方的青年是不知道"悒郁"的。

但是在那灿烂的红土上开始出现了敌人铁骑的影子了。那许多年轻人会牺牲一切，保卫他们的可爱的土地。我想象着那如火如荼的斗争。

有一天我也会响应他们的呼唤，再到那里去。

①见《东方寓言集》里的《赫三怎样落了裤子》。《东方寓言集》一名《猪的故事》，俄国陀罗雪维支著，胡愈之译，上海开明书店出版。

1939年春在上海

赏析

　　1939年2月下旬，巴金偕萧珊由桂林绕道金华、温州到上海，在一片春意的心情里，写下抒情散文《黑土》。他在同年8月的《前记》里写道："收在这个集子里的几篇文章都是在《回忆》这个总题目下写成的。'九·一八'那年我就开始写我的'回忆'，后来编印过一本叫做《忆》的散文集，那是我的片断的生活记录，也可以算是我这个渺小的人的平凡的自传罢。""我本来不想再写回忆过去的文章，我更不想多叙说自己的事。但是今年春天，我答应给一位孤岛报纸副刊的编辑帮忙时，又开始写下了我的'回忆'。我选择这样的题目，只是为着避免给别人招来麻烦。不过这次我写的也和从前所写的不同。我写别人，更多地写我自己。"为要创作而不得不回忆过去，而且以写自己为主，是《黑土》的主要特点。他把燃烧在胸膛的抗战之火与回忆之火，炼成这些充满诗情画意的文字，以表述其对祖国、对生活的熊熊烈焰般的感情。

　　作品题名《黑土》，其实叙说两个故事：黑土的故事和红土的故事。黑土代表一方，红土代表一方，描述着在祖国南北东西的辽阔土地上，生长着无比热爱自己祖国、关注着祖国命运的亿万人民。在他们的心里，没有比丢失心爱的土地更大的悲哀。由于他采用现实的、浪漫的、意象的、隐喻的、潜在的色色俱全的文学语言，表达自己爱祖国、爱生活的狂热情怀，使作品蕴藏着一派言说不尽的内涵。

　　人们对《黑土》一致肯定的同时，往往对它的题材有些议论。其实作家惯于采用一般读者——包括中外读者都能够接受与欣赏的题材，使服务于抗战的作品，具有永恒的不会衰败的生命力。他把激情深藏在平淡、平凡、司空见惯之中。读者会

在几乎不足为奇的境界里，信服地承受着作家未曾直言，却无处不在流露着的真情实意和极其严肃而动人的艺术意境。倘若各类读者也能在意念里用无形的双手捧起沦丧的国土隐泣，或是为它的不够理想垂泪，以至成为各个历史时期各式工作上的立地金刚，真诚地热爱祖国和生活到疯狂的地步，那么，恰恰就是作家写作这类文字的愿望。而要这样两方面都升华到如火如荼的境界是极为不易的。《黑土》为读者，也为作家自己，树起一个人生准则的丰碑。他借助回忆，或借助题材，无非要创建这样一种艺术氛围。在这里，狂热已经脱离原先依附于某一事物的含意，成为一种境界，是高度，是深度，是尺度。

在关于黑土的故事里，作家简单地叙说着颂扬黑土，是中外作家共同惯用的题材。把黑土称为"充满了悒郁和希望的广阔无垠的原野"，是丹麦作家乔治·布朗德斯的诗话，歌颂俄罗斯土地。作家由此联想起一个真实的故事：一个白俄的小军官在中国的小咖啡馆里对黑土垂泪的情景。从本篇散文看，作家只肯定俄国人的爱国心情。联系他提到的写同一题材的小说《将军》，便会清晰地理解他的创作用意。这个名叫费多·诺维科夫的白俄在中国漂流期间，依靠妻子卖娼为生。每当傍黑妻子外出营生时，给他一点小钱。他便到小咖啡店去喝酒、吹牛，使得愚蠢的茶房把他视为"将军"，献以尊敬。把这篇小说与散文联系起来，作家的潜台词应该是：白俄的小军官尚且懂得爱国，当时已经沦为半封建半殖民地的中国人民应该怎样表达我们的爱国热情呢？作家没有直接回答，只说明"我们都是土地的儿女。土地是我们的母亲"。因而作家说："沉默的，肥沃的，广阔无垠的，孕育着一切的黑的土地确实能够牵系着朴实的人的心。"他说，这是他自己的感情。

关于红土的故事，指的是作家曾经引为最快乐的日子，是在福建晋江这个"耀眼的红土"上度过的。虽然短暂，不能忘怀。他曾三次去到那里探望朋友们。那是一些年轻的有志之士，渴望中国社会变革，在当时白色恐怖弥漫全国的情况下，他们不可能在政治上有什么作为，就在那里办教育，做研究。踏踏实实工作，坦诚相处，共同探讨祖国新生的道路。现在，当敌人铁骑在肆意践踏国土的年月里，他想象他们一定正在奋起抗争，这正是作家在文中所突出颂扬的那种献身精神。

（张慧珠）

静寂的园子

我的话不能使它们留住，它们留给我一个园子的静寂。

　　没有听见房东家的狗的声音，现在园子里非常静。那棵不知名的五瓣的白色小花仍然寂寞地开着。阳光照在松枝和盆中的花树上，给那些绿叶涂上金黄色。天是晴朗的，我不用抬起眼睛就知道头上是晴空万里。

　　忽然我听见洋铁瓦沟上有铃子响声，抬起头，看见两只松鼠正从瓦上溜下来，这两只小生物在松枝上互相追逐取乐。它们的绒线球似的大尾巴，它们的可爱的小黑眼睛，它们颈项上的小铃子吸引了我的注意。我索性不转睛地望着窗外。但是它们跑了两三转，又从藤萝架回到屋瓦上，一瞬间就消失了，依旧把这个静寂的园子留给我。

我刚刚埋下头，又听见小鸟的叫声。我再看，桂树枝上立着一只青灰色的白头小鸟，昂起头得意地歌唱。屋顶的电灯线上，还有一对麻雀在吱吱喳喳地讲话。

我不了解这样的语言。但是我在鸟声里听出了一种安闲的快乐。它们要告诉我的一定是它们的喜悦的感情。可惜我不能回答它们。我把手一挥，它们就飞走了。我的话不能使它们留住，它们留给我一个园子的静寂。不过我知道它们过一阵又会回来的。

我坐在书桌前俯下头写字，没有一点声音来打扰我。我可以把整个心放在纸上。但是我渐渐地烦躁起来。这静寂像一只手慢慢地挨近我的咽喉，我感到呼吸不畅快了。这是不自然的静寂。这是一种灾祸的预兆，就像暴雨到来前那种沉闷静止的空气一样。

我似乎在等待什么东西。我有一种不安定的感觉，我不能够静下心来。我一定是在等待什么东西。我在等待空袭警报；或者我在等待房东家的狗吠声，这就是说，预行警报已经解除，不会有空袭警报响起来，我用不着准备听见凄厉的汽笛声（空袭警报）就锁门出去。近半月来晴天有警报差不多成了常例。

可是我的等待并没有结果。小鸟回来后又走了；松鼠们也来过一次，但又追逐地跑上屋顶，我不知道它们消失在什么地方。从我看不见的正面楼房屋顶上送过来一阵呱呱的乌鸦叫。这些小生物不知道人间的事情，它们不会带给我什么信息。

我写到上面的一段，空袭警报就响了。我的等待果然没有落空。这时我觉得空气在动了。我听见巷外大街上汽车的叫声。我又听见飞机的发动机声，这大概是民航机飞出去躲警报。有时我们的驱逐机也会在这种时候排队飞出，等着攻击敌机。我不能再写了，便拿了一本书锁上园门，匆匆地走到外面去。

在城门口经过一阵可怕的拥挤后，我终于到了郊外。在那里耽搁了两个多钟头，和几个朋友在一起，还在草地上吃了他们带出去的午餐。警报解除后，我回来，打开锁，推开园门，迎面扑来的仍然是一个园子的静寂。

我回到房间，回到书桌前面，打开玻璃窗，在继续执笔前还看看窗外。树上，地上，满个园子都是阳光。墙角一丛观音竹微微地在飘动它们的尖叶。一只大苍蝇带着嗡嗡声从开着的窗飞进房来，在我的头上盘旋。一两只乌鸦在我看不见的地方叫。一只黄色小蝴蝶在白色小花间飞舞。忽然一阵奇怪的声音在对面屋瓦上响起来，又是那两只松鼠从高墙沿着洋铁滴水管溜下来。它们跑到那个支持松树的木架上，又跑到架子脚边有假山的水池的石栏杆下，在那里追逐了一回，又沿着木架跑上松枝，隐在松叶后面了。松叶动起来，桂树的小枝也动了，一只绿色小鸟刚刚歇在那上面。

狗的声音还是听不见。我向右侧着身子去看那条没有阳光的窄小过道。房东家的小门紧紧地闭着。这些时候那里就没有一点声音。大概这家人大清早就到城外躲警报去了，现在还不曾回来。他们回来恐怕在太阳落坡的时候。那条肥壮的黄狗一定也跟着他们"疏散"了，否则会有狗抓门的声音送进我的耳里来。

我又坐在窗前写了这许多字。还是只有乌鸦和小鸟的叫声陪伴我。苍蝇的嗡嗡声早已寂灭了。现在在屋角又响起了老鼠啃东西的声音。都是响一回又静一回的，在这个受着轰炸威胁的城市里我感到了寂寞。

然而像一把刀要划破万里晴空似的，嘹亮的机声突然响起来。这是我们自己的飞机。声音多么雄壮，它扫除了这个园子的静寂。我要放下笔到庭院中去看天空，看那些背负着金色阳光在蓝空里闪耀的灰色大蜻蜓。那是多么美丽的景象。

1940 年 10 月 11 日在昆明

赏析

在8年抗战这场反法西斯战争中，中华大地遭受到举世罕见的残酷蹂躏，炎黄子孙以其惊人的生命力，向世界宣告了一个伟大民族的坚不可摧。

1940年，这是抗日战争最艰苦的年月。7月，巴金从饱受屈辱的上海孤岛辗转来到繁花似锦的昆明。这里虽是大后方，且有春城之誉，但也同样是警报频仍，硝烟时起。小小春城常常一天之内就连遭数十架敌机的轰炸，其惨状就如巴金在散文《先死者》中所描述的，一场轰炸之后，繁华的街道变成废墟，具具尸体横在道旁，埋在瓦砾堆中。这里"每一堵断壁，每一个破洞，都在诉说伤痛，都在叫喊复仇"。

写于《先死者》同时的《静寂的园子》就是这种伤痛与复仇的热血在巴金心上凝结成的一首不屈的生命之歌、希望之歌。

大自然是无知的，但它又是永恒的。金色阳光不会因战火而暗淡；晴朗的天空不会因空袭而阴沉；花树不会因硝烟而失色；小鸟和松鼠不会因轰炸而停止歌唱和追逐。这就是大自然的本色——绚烂的、活跃的生命力。正因为如此，它们才在这频繁的轰炸的间隙，在无人光顾的寂静中，仍能使寂静的园子呈现着一派声、光、色的和谐、宁静与温馨。它告诉人们：世界本该如此。

人是有情的，他能感知战争对和平幸福的破坏，感受死亡带来的阴影。因此，即使面对大自然的诱惑，即使是在没有空袭警报发出的时候，经验也会使人时刻预感到灾难的即将来临。于是便会"渐渐地烦躁起来"，甚至"感到呼吸不畅快"，就像感受到"暴雨到来前那种沉闷静止的空气一样"。这令人如卡着咽喉透不过气的战争低气压，压迫得人竟至不知不觉地在等待着空袭的到来，以便尽快摆脱那不安的预感的折磨。罪恶的法西斯战争，就是这样破坏着人们心灵的安宁，扼杀着生灵，摧残着人性！

然而无知的大自然和有情的人类又是相通的。大自然以它永恒的、活跃的生命力，昭示着人类的良知，给人以信心和力量。因此，"我"虽面对战争的阴影、死神的狞笑，却又不由得意趣盎然地领略着静寂的园子里的一派勃勃生机。欣赏小松鼠的追逐嬉戏、小鸟的昂头歌唱和小麻雀的吱喳对语。表现出对生活的热爱，对生命、和平、宁静的渴望。

当"我"随着拥挤的人群，在城外躲过了又一次紧张而令人厌烦的警报返回住所，一天中第二次看到被冷落的静寂的园子时，这里竟然是满园阳光，松竹摇曳，繁花盛开，蝴蝶乱舞，鸟鸣枝头。空袭，会给人类带来灾难和死亡，但却永远无法夺走人们生的信念。这越发蓬勃的满园生机，是生命向死亡的挑战，是和平向战争的示威，是大自然生命永恒的魅力，也是人类生的意志与信念的象征。

尽管那意味着警报解除的狗的叫声还听不到，清早就出城躲警报的人们尚未放心地返回家门，屋角老鼠啃东西的声音也更增加了几分死寂和沉闷，战争的阴影还笼罩着小小春城和寂静的园子，但是，"我"已经从那披着金色阳光，发出雄壮嘹亮的声响，像一只美丽的大蜻蜓在天边飞翔的我们自己的飞机，看到了克敌制胜的力量，看到了胜利的希望。

早在抗战初期，巴金在给一个日本友人的信中就明确宣告"就在炸弹和机关枪的不断威胁中，我还看见未来的曙光。我相信这黎明的新时代是一定会到来的"（《给一个敬爱的友人》）。

这篇短小精悍的抒情、写景散文，融细腻的写实与哲理的象征于一炉，既真实可感又不乏深层寓意。那园中晴空阳光、松竹蝶花、虫鸣鸟叫构成的声、光、色绚丽和谐的自然界与人对这一外部世界敏锐而深邃的感知，使全篇流动着一派诗情画意。静寂而有着顽强生命力的园子，显然已不单是一个自然界的景观，它在战乱中的益发蓬勃兴旺、多彩多姿，正是我们那轰不倒炸不垮的民族精神的象征。作家巴金就是凭着这股不可征服的民族精神，在战火中奔走呼号，告诉人们"要在火场上辟出美丽的花园"（《废园外·火》）。

我们还看到，作家善于透过最常见的、有时会被人忽略的生活细节，来渲染气氛，透露心绪。在静寂的园子中，一切人们常见的花树虫鸟都显出生机勃勃，但最富有生趣、最惹人喜爱而难忘的，恐怕要算那一对活蹦乱跳的小松鼠了。这一生动的细节，正说明了作家的慧眼独具。至于老鼠在屋角啃东西的声音，更是生活中常有而不被人注意的细节，但是它出现在警报刚刚解除，人们尚未从紧张的沉寂中松弛下来的情境之中。那"响一回又静一回"的啃咬声，越发衬托出了死寂的氛围，引发起人们一种寂寞、压抑、不宁的心绪，产生了"此处有声胜无声"的审美效果。

《静寂的园子》篇幅虽小，却可映照出巴金复杂丰富的精神世界和敏感炽热的情感世界。这里熔铸着哲人的深邃，诗人的激情。

（刘慧贞）

在泸县

我的头昂起来了，仿佛有一道强烈光芒射进我的肺腑，照亮我的胸膛。我感到勇气的增加。

我知道船要在泸县过夜，等它靠好码头，便拿起大衣，戴上呢帽到岸上去，这时不过下午 3 点钟的光景。

我慢慢地走上土坡，在一个墩上站住，便掉转身子去看江景。白带似的江水横在我的脚下，映着午后的秋阳，发出悦目的闪光，和天空成了一样的颜色。岸边一片沙滩，几间茅屋，两只囤船，还有一列帆樯高耸的小舟。这些似乎全陷入静止的状态，但是来往的人却使它们活动了。人们像带色的棋子一般在这块大棋盘上不停地跳动。人们像一根线从囤船拉上土坡，于是颜色和声音混杂在一起，从我的面前飘过。一切于我都是十分亲切。我怀着轻快的心把它们全收入我的眼里。我望着四周景物渐渐地回复到静止的状态中，我才拔脚往坡上的城市走去。

这是我第二次踏上泸县的土地，第一次还是在 17 年前。那时我不过是十八九岁的少年，怀着一颗年轻的纯白的心。现在我重睹这个可爱的土地，我的心上已经盖满了人世的创伤，我不能说这十七八年的奋斗给我带来什么结果。不过我走进泸县的街市，仍然只是这个轻松的身子，我的两手并不曾染过一滴别人的血。我想我应该有了大的改变。但是站在一个掷"糖罗汉"的摊子跟前，听着从两个人手里先后掷下的骰子声，望着摊子上三四排长短不齐的糖人，我忽然觉得自己回到小孩的时代了。那个把全部注意力放在碗里的孩子仿佛就是我。我留恋地在这个摊子前站了一刻钟光景，我感到一种幼稚的喜悦。那个孩子空着手走开了，他讲话用的是我极其熟习的声音。这声音引着我走了大半条街。我跟着小孩走，好像在追自己的影子，我似乎一跳就越过了 20 年的长岁月。

然而就只走了大半条街，就只有这么短短的快乐的时间！我突然被拉回来了，从远去了的年代回来了。一大片炸毁房屋的废墟横在我面前，全是碎砖破瓦，只有倾斜欲坠的断墙颓壁留下来，告诉我们人家的界限。焦炙的黑印涂污了粉白墙，孤寂的梁柱带着伤痕向人诉说昔时的繁荣和今日的不幸。有一处，在一堵较大的白壁上，触目地现出"我们要替死者复仇"的标语。我隔着废墟望这些字，这时下落的太阳的余晖正停留在这面断墙上，像一片血光，它罩住了标语的一半字迹。

这不是我的错觉。我看见的应该是血。在这些瓦砾堆中不知埋葬了若干善良的生命。半个不设防城市的毁灭必然包含无数凶残的暴行，烧夷弹点燃的烈火一定会像嗜血猛兽似的吞食了许多人的血肉。这都是说着我熟习的语言、过着我熟习的生活的人们的血。血涂在墙上，血也涂在我的心上。是这些人的血自己在向我讲话，是这些人的血自己在叫喊复仇。

我站在废墟前，让一阵愤怒的火烧着我的心。我的孩子的梦醒了。从前的繁荣的街市我只能在记忆里找寻，坟墓似的瓦堆掩埋了旧日的脚迹。甚至在这个江边的小城里，还有血痕来烧我的眼睛，不容我的心在昔日的梦中逃避！

惨痛的记忆接连地来了。它们从四面八方袭来，我不能驱走它们。我移动脚往前走，还是看见同样的景象，我还是想着同样的情形。我加快脚步往前走，一座高塔似的钟楼拦住我的视线，"怎样还剩下这个东西？"我刚这样想，我的脚就停住了，好像突然受到惊恐似的。我明明看见一具骷髅！那座教堂的钟楼已经成了风化的干尸，但是它依然僵立在坡上，洞穴似的眼睛望着我，仿佛在诉说它身受的酷刑。

我默默地看着，默默地听着，看那枯焦的骨架，听那无声的语言。这里有一段悲惨的故事。但是我惭愧我只有这无力的手，不能给它任何的安慰和援助。我埋下头走到它旁边。我的眼光被几个浓黑的大字吸引住了，依旧是抗战的标语，它们就写在这座教堂的墙柱上，这是我看惯了的字句。但这时我的头昂起来了，仿佛有一道强烈光芒射进我的肺腑，照亮我的胸膛。我感到勇气的增加。我的信念在这里又受到一次锻炼。然而它还是坚强地从火里出来了。我没有说错话：只有抗战才能够维持我们的生存，和平却会带来毁灭的命运。曾是和平的象征的十字架已经熔化在大火中，而代表一个民族生存的意志的标语，却显明地留在断壁残柱之上，感动了千万的人。这是一个不能否认的事实。

我的思想跑得真快。在这短短几点钟内，我经过了一个民族的若干年的受难的岁月，经历了一个平凡人的二三十年的生活。但是我瞥见一线光明了。

我终于走过了斜坡。眼前现出一片绿色，我还听见有力的年轻的声音。原来我走到公园里来了。这里还是完好的。在树荫下围着一张竹制的小茶桌，六七个穿制服的青年坐在竹椅上，慷慨激昂地辩论。我走过他们身边，我在砖砌的栏杆前面立了片刻，我听见了几句话。他们在谈论中国的将来，这的确是一个大题目。一个20来岁的人捏紧拳头大声说："我知道时代是永远前进的。但是我们要推动时代，不要让时代把我们拖起走。"

我已经走过了这张茶桌，但是另一个人的激动的声音还从后面追上来："我们一定会得到最后胜利，我们要争取这最后胜利，我们要保持这最后胜利，不管付怎样大的代价，流怎样多的血，我们要战斗到底！"

我站住，倾听下面的话："物质的损失，生命的牺牲，会带来伟大的结果！你看着，我们就要在这一片废墟上建造起九层的宝塔。"

我感到极大的喜悦。我的确瞥见光明了。这是年轻的中国的呼声。这是在轰炸的威胁下长成的中国的呼声。它是何等的响亮，何等有力！我相信它，我等着看那废墟上建造起来的九层宝塔。

回到船上以前我还在各处走了一转。我走过一条很长的马路，我没有注意街名，但我知道这是本城唯一热闹的街市。这里两旁都是完好的商店，还有许多白木新屋。另外在较冷静的街上我看见新的巨厦的骨架和"上梁大吉"的红纸条。一个中国的城市在废墟上活起来了，它不断地生长，发达。任何野蛮的力量都不能毁灭它。我怀着这个信念回到了船上。

晚上10点钟左右船开往蓝田坝上煤，就泊在那里。第二天晨光熹微中船载着我们离开了泸县，缓缓地往上游驶去。

1940 年 12 月 24 日在重庆追记

◎ 1949年9月，在中国人民政治协商会议期间，巴金与文艺界代表合影。前排左起：艾青、巴金、史东山、马思聪；后排左起：曹靖华、胡风、徐悲鸿、郑振铎、田汉、茅盾。

赏析

1940年11月中旬，巴金自重庆坐船到江安县戏剧专科学校访曹禺，途经泸县时有一个晚上的逗留时间，遂上岸观光。这次的所闻所见所想，便构成了散文《在泸县》。该文写于同年12月24日，发表于1941年1月14日重庆《国民公报·文群》，初收于《旅途杂记》散文集。

巴金到泸县及写作该文的时间，正是日本帝国主义侵略中国的第四个年头。日寇在中国土地烧杀抢掠，野蛮轰炸的暴行给中国人民带来深重灾难。成千上万的平民百姓家破人亡、流离失所，许多城市成为废墟。《在泸县》所写的正是那个特定年代的一个缩影。

首先，作者用夹叙夹议的手法，描绘了泸县被日本帝国主义者狂轰滥炸的一幅幅惨象：

　　一大片炸毁房屋的废墟横在我面前，全是碎砖破瓦，只有倾斜欲坠的断墙颓壁留下来，告诉我们人家的界限。焦炙的黑印涂污了粉白墙，孤寂的梁柱带着伤痕向人诉说昔时的繁荣和今日的不幸。……

　　……在这些瓦砾堆中不知埋葬了若干善良的生命。半个不设防城市的毁灭必然包含无数凶残的暴行，烧夷弹点燃的烈火一定会像嗜血猛兽似地吞食了许多人的血肉。

这里有残酷现实的描绘，有内心感受的悲愤抒发，有恰如其分的议论。文字并不算

多，可是却将日本帝国主义者凶残的面目，犯下的严重暴行活生生地呈现在读者面前。

其次，用对比的手法叙述泸县的今昔变化，十七八年前，作者到过泸县，当时正是他从老家出走，南下追求新的生活道路。而今重新踏上这块土地，因而联想与对比是很自然的事。作者只抓住孩子们玩"糖罗汉"的事及熟悉的孩子们的语言，表达了作者那种"幼稚的喜悦"。然而，当他面对的是一幅幅残酷的现实，所引起的悲愤就更加强烈了。

再次，寓议论于抒情。循着作者的足迹，忽然出现更加令人愤怒的景象：泸县城里那座象征和平的带着十字架的教堂居然也变成了一座风化的干尸。然而，可贵的是泸县人民就在教堂被烧焦的骨架上写满了坚持抗战的标语，标志着中国人的坚强意志力。当作者叙述了这些景象之后，便抒情式的议论道："我的头昂起来了，仿佛有一道强烈光芒射进我的肺腑，照亮我的胸膛。我感到勇气的增加。"作者坚信："只有抗战才能够维持我们的生存。"作者的这种信念，正代表了广大中国人民坚强的抗战意志。这一点，很快又被在公园里议论中国未来的一批青年人的言论所证实。他在街上看见一座新的巨厦的骨架已经矗立起来，那张"上梁大吉"的红纸条正醒目地展示在作者面前。这种一边被破坏，一边又建设的精神，使作者仿佛看到"一个中国的城市在废墟上活起来了"，并将不断生长、发达。

这种寓议论于抒情的手法，既能够生动活泼，动人心弦，又能起到画龙点睛的特异功效，这是巴金散文艺术的一个特点。

《在泸县》构思单纯，结构完整，以"我"漫步街道上的见闻为线索，不断地抒发感想，发表议论。以抗战中期的特定政治气氛为背景写出广大人民强烈的爱憎感情及不屈服的坚强意志。如果由此联想到抗日战争结束已半个世纪，而日本的某些政客和军国主义分子还在否认他们曾经犯下的罪行，那么请读一读巴金的《在泸县》吧！它正是历史的有力见证。

（牟书芳）

爱尔克的灯光

我望着那灯光，路是那么远，我又没有翅膀。我只有一个渴望：飞！

　　傍晚，我靠着逐渐黯淡的最后的阳光的指引，走过18年前的故居。这条街、这个建筑物开始在我的眼前隐藏起来，像在躲避一个久别的旧友。但是它们的改变了的面貌于我还是十分亲切。我认识它们，就像认识我自己。还是那样宽的街，宽的房屋。巍峨的门墙代替了太平缸和石狮子，那一对常常做我们坐骑的背脊光滑的雄狮也不知逃进了哪座荒山。然而大门开着，照壁上"长宜子孙"四个字却是原样地嵌在那里，似乎连颜色也不曾被风雨剥蚀。我望着那同样的照壁，我被一种奇异的感情抓住了，我仿佛要在这里看出过去的19个年头，不，我仿佛要在这里寻找18年以前的遥远的旧梦。

　　守门的卫兵用怀疑的眼光看我。他不了解我的心情。他不会认识18年前的年轻人。他却用眼光驱逐一个人的许多亲密的回忆。

　　黑暗来了。我的眼睛失掉了一切。于是大门内亮起了灯光。灯光并不曾照亮什么，反而增加了我心上的黑暗。我只得失望地走了。我向着来时的路回去。已经走了四五步，我忽然掉转头，再看那个建筑物。依旧是阴暗中一线微光。我好像看见一个盛满希望的水碗一下子就落在地上打碎了一般，我痛苦地在心里叫起来。在这条被夜幕覆盖着的近代城市的静寂的街中，我仿佛看见了哈立希岛上的灯光。那应该是姐姐爱尔克点的灯罢。她用这灯光来给她的航海的兄弟照路，每夜每夜灯光亮在她的窗前，她一直到死都在等待那个出远门的兄弟回来。最后她带着失望进入坟墓。

街道仍然是清静的。忽然一个熟习的声音在我耳边轻轻地唱起了这个欧洲的古传说。在这里不会有人歌咏这样的故事。应该是书本在我心上留下的影响。但是这个时候我想起了自己的事情。

18年前在一个春天的早晨，我离开这个城市、这条街的时候，我也曾有一个姐姐，也曾答应过有一天回来看她，跟她谈一些外面的事情。我相信自己的诺言。那时我的姐姐还是一个出阁才只一个多月的新嫁娘，都说她有一个性情温良的丈夫，因此也会有长久的幸福的岁月。

然而人的安排终于被"偶然"毁坏了。这应该是一个"意外"。但是这"意外"却毫无怜悯地打击了年轻的心。我离家不过一年半光景，就接到了姐姐的死讯。我的哥哥用了颤抖的哭诉的笔叙说一个善良女性的悲惨的结局，还说起她死后受到的冷落的待遇。从此那个做过她丈夫的所谓温良的人改变了，他往一条丧失人性的路走去。他想往上爬，结果却不停地向下面落，终于到了用鸦片烟延续生命的地步。对于姐姐，她生前我没有好好地爱过她，死后也不曾做过一样纪念她的事。她寂寞地活着，寂寞地死去。死带走了她的一切，这就是在我们那个地方的旧式女子的命运。

我在外面一直跑了18年。我从没有向人谈过我的姐姐。只有偶尔在梦里我看见了爱尔克的灯光。一年前在上海我常常睁起眼睛做梦。我望着远远的在窗前发亮的灯，我面前横着一片大海，灯光在呼唤我，我恨不得腋下生出翅膀，即刻飞到那边去。沉重的梦压住我的心灵，我好像在跟许多无形的魔手挣扎。我望着那灯光，路是那么远，我又没有翅膀。我只有一个渴望：飞！飞！那些熬煎着心的日子！那些可怕的梦魇！

但是我终于出来了。我越过那堆积着像山一样的18年的长岁月，回到了生我养我而且让我刻印了无数儿时回忆的地方。我走了很多的路。

19年，似乎一切全变了，又似乎都没有改变。死了许多人，毁了许多家。许多可爱的生命葬入黄土。接着又有许多新的人继续扮演不必要的悲剧。浪费，浪费，还是那许多不必要的浪费——生命，精力，感情，财富，甚至欢

◎巴金在成都故居原卧室窗下（1956）。

笑和眼泪。我去的时候是这样，回来时看见的还是一样的情形。关在这个小圈子里，我禁不住几次问我自己：难道这18年全是白费？难道在这许多年中间所改变的就只是装束和名词？我痛苦地搓自己的手，不敢给一个回答。

在这个我永不能忘记的城市里，我度过了50个傍晚。我花费了自己不少的眼泪和欢笑，也消耗了别人不少的眼泪和欢笑。我匆匆地来，也将匆匆地去。用留恋的眼光看我出生的房屋，这应该是最后的一次了。我的心似乎想在那里寻觅什么。但是我所要的东西绝不会在那里找到。我不会像我的一个姑母或者嫂嫂，设法进到那所已经易了几个主人的公馆，对着园中的花树垂泪，慨叹着一个家族的盛衰。摘吃自己栽种的树上的苦果，这是一个人的本分。我没有跟着那些人走一条路，我当然在这里找不到自己的脚迹。几次走过这个地方，我所看见的还只是那四个字："长宜子孙"。

"长宜子孙"这四个字的年龄比我的不知大了多少。这也该是我祖父留下的东西罢。最近在家里我还读到他的遗嘱。他用空空两手造就了一份家业。到临死还周到地为儿孙安排了舒适的生活。他叮嘱后人保留着他修建的房屋和他辛苦地搜集起来的书画。但是儿孙们回答他的还是同样的字：分和卖。我很奇怪，为什么这样聪明的老人还不明白一个浅显的道理：财富并不"长宜子孙"，倘使不给他们一样生活技能，不向他们指示一条生活道路？"家"这个小圈子只能摧毁年轻心灵的发育成长，倘使不同时让他们睁起眼睛去看广大世界；财富只能毁灭崇高的理想和善良的气质，要是它只消耗在个人的利益上面。

"长宜子孙",我恨不能削去这四个字![①]许多可爱的年轻生命被摧残了,许多有为的年轻心灵被囚禁了。许多人在这个小圈子里面憔悴地捱着日子。这就是"家"!"甜蜜的家"!这不是我应该来的地方。爱尔克的灯光不会把我引到这里来的。

于是在一个春天的早晨,依旧是18年前的那些人把我送到门口,这里面少了几个,也多了几个。还是和那次一样,看不见我姐姐的影子,那次是我没有等待她,这次是我找不到她的坟墓。一个叔父和一个堂兄弟到车站送我,18年前他们也送过我一段路程。

我高兴地来,痛苦地去。汽车离站时我心里的确充满了留恋。但是清晨的微风,路上的尘土,马达的叫吼,车轮的滚动和广大田野里一片盛开的菜子花,这一切驱散了我的离愁。我不顾同行者的劝告,把头伸到车窗外面,去呼吸广大天幕下的新鲜空气。我很高兴,自己又一次离开了狭小的家,走向广大的世界中去!

忽然在前面田野里一片绿的蚕豆和黄的菜花中间,我仿佛又看见了一线光,一个亮,这还是我常常看见的灯光。这不会是爱尔克的灯里照出来的,我那个可怜的姐姐已经死去了。这一定是我的心灵的灯,它永远给我指示我应该走的路。

1941年3月在重庆

[①] 1956年12月我终于走进了这个"公馆"。"长宜子孙"四个字果然跟着"照壁"一起消灭了。
—— 1959年注

赏析

《爱尔克的灯光》是巴金1941年3月写于重庆的一篇散文,最初发表于同年4月19日《新蜀报·蜀道》上,以后收入《龙·虎·狗》散文集。

这是一篇特别优美动人的散文。

这里有一个优美的但却勾人心弦的故事。

据传说,在欧洲哈里希岛上住着姐弟二人。弟弟出远门航海去了,姐姐爱尔克点上一盏灯,她想用灯光给航海的弟弟照路,祝福弟弟一帆风顺平安归来。每夜每夜灯光照亮在她的窗前,爱尔克一直守着灯光期盼着弟弟,一天天,一夜夜,一月一年,也不知灯光亮了多少岁月,一直到她带着失望进入坟墓。

巴金也有类似的经历。

1941年初,巴金回到成都老家度春节。这是他离家18年后第一次回来。当初他离家出走,去求学,去探求救国的道路,去寻找人生的理想,那时仅19岁。如果没有这场抗日战争中的流亡生活,他也许还不会回来。现在他又来到已经卖掉了的老家旧居去寻找儿时的生活和自己家族的历史,引起了他很深的感伤和思索。有一天傍晚,靠着逐渐黯淡的灯光的指引,巴金走过他故居时,他想起了曾经送他远离家门的三姐尧彩,以及她的悲惨结局。他以爱尔克的灯光为感情线索,以"心灵的灯"为精神支柱,彻底否定"长宜子孙"的旧观念和那吞噬无数年轻生命的封建礼教专制,鼓励年轻人冲出家庭樊笼,走到广大世界中去。

文章由15个自然段组成。就作者思路的走向可以大致分为这么几层意思。

第一层，写"我"走过18年前故居时的心情："我被一种奇异的感情抓住了"，"仿佛要在这里寻找18年以前的遥远的旧梦"。可守门的卫兵不理解。这就增加了一种悲凉之感。巴金的故居此时已成了保安处长刘兆藜的住宅。巴金只能望"家"兴叹了。

第二层现实引起痛苦的回忆，故居"亮起了灯光"，"反而增加我心上的黑暗"。于是联想到爱尔克灯光，联想到姐姐的死，联想到十几年来"那些熬煎着心的日子！那些可怕的梦魇"。

第三层写回到故居后的观感：19年来，死了许多人，毁了许多家，一代又一代，"似乎一切全变了"；可是"我去的时候是这样，回来时看见的还是一样"，"又似乎都没有变"。特别是老一辈人企图用财富"长宜于孙"的想法更为巴金所不满。他鼓励青年冲出旧家庭，走到广大世界中去。

第四层，离开故居时的复杂心态：留恋、苍凉、离愁、高兴。"又一次离开狭小的家，走向广大的世界中去"，这是我"心灵的灯"，"指示我应该走的路"。

朴素、清淡的叙述中饱和着浓烈的感情，这是巴金散文的一个特点。一个爱尔克灯光的故事与巴金相类似的生活经历，以血肉亲情的生死离别与深切的思念牵动着读者的心。

意象的反复出现，以增强艺术的感染力，这是《爱尔克的灯光》特写手法。"灯光"的反复出现，"长宜子孙"的反复出现，都起到了特殊的艺术功效。

首尾照应及波澜起伏的感情变化，更使这篇散文成为一篇玲珑剔透的精品，让读者于审美中获得某种理性的启迪。

（牟书芳）

伤害

他一定早忘记了我。但是我始终忘不掉他。
我想请求他那小小的心灵宽恕我。

一个初冬的午后，在泸县城里，一条被燃烧弹毁了的街旁，我看见一个黑脸小乞丐寂寞地立在面食担子前，用羡慕的眼光，望着两个肥胖孩子正在得意地把可口的食物往嘴里送。

我穿着秋大衣，刚在船上吃饱饭，闲适地散步到街上来。

但是他，这个六七岁的孩子，赤着脚，露着腿，身上只披一块破布，紧紧包住他那瘦骨的一身黑皮在破布的洞孔下发亮。他的眼睛无光，两颊深陷，嘴唇干瘪得可怕，两只干瘦得像鸡爪的手无力地捧着一个破碗，压在胸前。

他没有温暖，没有饱足。他不讲话，也不笑。黑瘦的脸上涂着寂寞的颜色。

我不愿多看他，便匆匆走过他的身旁。但是我又回转来，因为我也不愿意就这样地离开他。

这样地一来一往，我在他的身边走过四五次。他不抬头看我一眼，好像他对这类事情并不感到惊奇。我注意地看他，才知道他的眼光始终停留在面食担子上。但甚至这眼光也还是无力的。

我站在他面前，不说什么，递了一张角票给他。

他也默默地接过角票，把眼光从担子上掉开。他茫然地看看我，没有一点表情，仍然不开口。于是他埋下眼睛，移动一下身子，又把脸掉向面担。两个胖小孩还在那里吃"连肝肉"、"心肺"一类的东西，口里"嘘嘘"做声。

　　我想揩去他脸上的寂寞的颜色，便向他问两句话。他没有理我。他甚至不掉过头来看我。

　　我想，也许他没有听见我的话，也许我的话使他不高兴。我问的是：你有没有家？有没有亲人？

　　我不再对他说话，我默默地离开了他。我转弯时还回头去看那个面担，黑脸小乞丐立在担子前，畏怯地望着卖面人，右手伸到嘴边，一根手指头衔在口里。两个肥胖小孩却站到旁边一个卖糖食的摊子前面去了。

　　7天后我再到泸县城里，又经过那条街。仍然是前次看见的那样的街景。面食担子仍然放在原处。两个肥小孩还是同样得意地在吃东西。黑脸小乞丐仿佛也就站在一星期前立过的那个地方，用了同样羡慕的眼光望着他们。一切都没有改变。我似乎并没有在别处耽搁了一个星期。

　　我走到黑脸小孩面前，又默默地递了一张角票到他的手里。他也默默地接着，而且也茫然地看我一眼，没有表情，也没有动作。以后他仍旧把脸掉向面担。

　　我们两个都重复地做着前次的动作。我甚至没有忘记问他：你有没有一个家？有没有一个亲人？

　　这次他仍旧不回答我，不过他却仰起头看了我一两分钟。我也埋下眼睛去看他的黑脸。茫然的表情消失了。他圆圆地睁着那对血红的眼睛，泪水像线一样地从两只眼角流下来。他把嘴一动，没有发出声音，就掉转身子，用劲地一跑。

　　我在后面唤他，要他站住。他不听我的话。我应该叫他的名字，可是我不知道他有什么样的姓名。我站在面担前，希望能够看见他回来。然而他的瘦小身子像一股风似的飘走了，并没有一点踪迹。

　　我等了一会儿，又走到旁边那个在废墟上建造起来的临时广场上，跟着一些本地人听一个老烟客讲明太祖创业的故事。那个老烟客指手划脚地讲得津津有味。众人都笑，我却不做声，我的心并不在这里。

过了半点多钟，这附近还不见那个黑脸小孩的影子。我便到城里各处走了一转，后来再经过这个地方，我想，他应该回来了，但是我仍旧看不到他。那两个肥胖小孩还在面担前吃东西。

我感到疲倦了。我不知道黑脸小孩住在什么地方，或者他是否就有住处。我不知道他什么时候可以再到这里来。看见阳光离开了街市，我觉得疲倦增加了，我想回到船上去休息。

最后我终于拖着疲倦的身子离开了泸县。那一段路是不容易走的，我的心很沉重。我想到那个黑脸小孩和他的突然跑开，我知道自己犯了过失了。

我为什么两次拿那问话去折磨他呢？这原是明显的事实：要是他有家，有亲人，他还会带着冻和饿寂寞地立在街旁么？他还会像一棵枯草，一只病犬那样，木然地、无力地捱着日子么？

他也许不知道家和亲人的意义。但是他自己和那两个胖小孩间的差别，他应该了解罢。从这差别上他也许可以明白家和亲人的意义。那么，我大大地伤害了他，这也是很明显的事实了。

今天，8个月以后的今天，我还记得那个黑脸小孩的面貌和他两只眼角的泪水。他一定早忘记了我。但是我始终忘不掉他。我想请求他那小小的心灵宽恕我。然而我这些话能够达到他的耳边么？他会有机会看到我的文章么？

我不知不觉间在那个时候犯了不可补偿的过失了。

8月1日

赏析

　　巴金的散文《伤害》，写于1941年8月，发表于福建永安《现代文艺》月刊4卷1期，初收《龙·虎·狗》散文集。巴金于1940年11月中旬在泸县两次周济一个童丐，8个月后，据此作《伤害》。当时的抗日战争已进行了3年多，在抗日的大后方，日本帝国主义的飞机不断狂轰滥炸，成百上千万的中国人家破人亡，流离失所。

　　《伤害》是一篇叙事、记人为主的叙事散文。巴金通过对一个六七岁的无家可归的孤儿顽强地挣扎在死亡线上的描写，表现了"我"对下层不幸人民的怜悯与同情。

　　散文的结构是以时间的推移和空间的转换为线索。作者写他在一星期内、在泸县城里两次见到小乞丐。空间的转换，是指作者第二次见到小乞丐后，回船路上的沉重心情，以及8个月后在重庆写《伤害》的忏悔感情。此篇所以命题为《伤害》是作者"我"意识到，尽管两次都"递了一张角票给他"，但是"自己犯了过失"，不该两次拿相同的问话去折磨他。

　　巴金采用近乎速写的方法，粗粗勾勒他的容貌、穿着；作家对小乞丐的揣摸与猜测，正是他内心的写照。因为他没有温暖，没有饱足。因此，他不讲话，也不笑。小乞丐的茫然表情，血红眼睛里的泪水，像一股风似的飘走了……引起"我"心灵的震动、反思，从战乱环境中渐渐省悟到自己"犯了不可补偿的过失"。"我"的这段抒情文字，流露出对小乞丐的一片真情，挚爱、同情、怜悯与"我"的忏悔感情交织在一起了。

　　作者为了渲染小乞丐的顽强的求生本能，采用了复沓的手法，在相同的空间，反复两次写"我"见到小乞丐的相同情景。同时，作者为了加重浓郁的感情，写两次拿相同的问话去折磨他，由此，"我"两次写我"犯了不可补偿的过失了"。

散文的语言平易朴素。它不粉饰、不雕琢，不追求华丽的辞藻，全是平平常常的字句。请看《伤害》中的一段语言：

> "最后我终于拖着疲倦的身子离开了泸县。那一段路是不容易走的，我的心很沉重。我想到那个黑脸小孩和他的突然跑开，我知道自己犯了过失了。"

阅读这篇散文要与巴金的有关的散文《在泸县》并读，因为两篇散文写作的时代背景，叙事的地点是相同的。也可以与鲁迅的《一件小事》相对照，都是作家们深厚的人道主义精神和忏悔意识的表现。巴金的《伤害》还更多了一层对日本侵略者所带来的灾难的愤恨和抗议，蕴涵着强烈的爱国主义激情。

（牟书芳）

◎巴金在山西五台山（1964）。

撒弃

我若得到光明，就把它分给众人，让光辉普照世界。

凉夜，我一个人走在雨湿的街心，街灯的微光使我眼前现出一片昏黄。两个老妇的脚声跟着背影远远地消失了。我的前面是阴暗，又似乎是空虚。

我在找寻炫目的光辉。但是四周只有几点垂死的灯光。

我的脚不感到疲倦。我不记得我已经走了若干时候，也不知道还要走若干路程。

一个影子在后面紧紧跟着我。他走路没有声音。我好像听见他在我的耳边低声讲话。

我回过头，看不见一个人，等我再往前走，我又听见有人在我后面说话。

"谁？"我问道。

"我，"这是一个熟习的声音。

"你是谁，为什么紧紧跟着我？"

"我是你的影子。我从来就跟在你后面。"

"那么请你出来，让我见你一面。我不要听你那些叽哩咕噜。"

他不作声，却仍然跟着我走。

"我说，请你出来，让我见见你。你为什么老躲在黑暗里面？"我不能忍耐地再说一次。

"我不能出来，"他嗫嚅地说；"我不能离开黑暗。黑暗可以作我的掩护。"

"那么你可知道我要去什么地方？"我突然问道。

"我不知道，不过我要跟着你。"

"我告诉你，我要去寻找光明。"

我似乎听见一声"啊哟"，过了半晌，耳语又响起来：

"你不会找到光明。你还不如回头走别的路。"

"我一定要往前走。见不到光明，我就不停脚步。"

"但是你知道这地方离光明还有若干路程？你这一生又还可以走若干时候？"

"我不管这些事。只要我活着，我就要到那个地方去找光明。"

"你会什么也看不见，就疲倦地死在中途。没有人埋葬你，却让你暴尸荒野，给兀鹰做食料。"

"我宁愿让兀鹰啄我的肉，却不想拿它们去喂狗。我宁愿疲劳地死在荒野，却不想安乐地躺在温暖的家中。"

"所有的人都会嘲笑你；谁都会忘记你。你口渴，没有人递给你一杯水。你倒下去，没有人搀扶你一把。你呻吟，便有人向你投掷石子。一直到死，你得不到一点点同情。"

"我为什么要别人的同情？难道我不相信自己？不相信自己的路？"

"那么你不怕寂寞？你不知道前面的路便是用寂寞铺砌的？"

"我知道。我的脚踏在寂寞上面，我的步子就显得更有力。寂寞会成为我的忠实伴侣。"

"你这个傻子，即使你得到光明，你拿它来做什么用？你能将它当饭吃，当衣穿？"影子居然哂笑起来。

我昂然回答："我若得到光明，就把它分给众人，让光辉普照世界。若得不着光明，我愿意一个人寂寞地死在中途。"

"但是为你自己，你留什么给你自己？"

"如果光明普照世界，我也可以分到一线光——"

"然而要是黑暗统治一切呢？"它打岔地问我。

"那么我就努力跟黑暗斗争，我要打破黑暗。"

"打破黑暗？你有多大的力量？"它哈哈笑起来。"我劝你不要过分看重自己。"

"不管我有没有力量，但是我有志愿，我有决心。我做不到，不要紧，别的人可以做到。"

"你这个疯子，你这个空想家。你不要安乐，你不要荣誉。你把寂寞当作宝贝，还要它做你的永久伴侣。你还要追求光明，打破黑暗，却不想，没有黑暗，我怎么能够生存？"它冷笑，它哂笑，它大笑。"算了罢，我也该死心了。老是跟着你，对我有什么好处？我不甘心做一个傻瓜，白白毁掉我自己。从这时候起，你走你的路，我走我的。让你去拥抱寂寞，任你去爱抚死亡。我会看到兀鹰啄尽你的肉，马蹄踏碎你的骨。"

带着几声轻蔑的大笑，我的影子离开了我。它走路没有声音，我不知它去向何处。我只看见一个黑影在我的眼角一晃。

于是我的耳边寂然了。

在我的眼前，那昏黄淡到成为一片灰黑。前面展开一条长的路。路是阴暗的，我抬起头用力向前望去，我要看透那阴暗。好像有一线光在远处摇晃，但亮光离这里一定很远。

路上只有我一个人。我慢慢地在寂静中移动脚步。我不记得我已经走了若干路程，也不知道还要走若干时候。

8 月 4 日

1941年1月，巴金自昆明经重庆来到成都。这是他离家18年来，第一次返回故土。在这里他追怀18年前的往事，目睹了老家的沦落：房屋易主、人事沧桑，令他百感交集，越发坚定了走自己的路的信念。就如他在写于这年3月的《爱尔克的灯光》中所说，他庆幸自己心灵的灯光引他"离开了狭小的家，走向广大的世界中去"！

在成都，他与学生时代共同编辑进步刊物《半月》时的友人相会，在昔日友情的重温中，再次被"愿意为社会牺牲自己"的"美丽精神"所鼓舞（《忆施居甫》）。

成都之行，所见所闻，无不引起阔别家乡18年的巴金对往事的怀想。人在追怀往事时，那涌上心头的历史沧桑感，往往会让人不由得去回首和瞻望漫漫人生路上的几多悲欢、几多苦乐、几多磨难、几多追寻。从酸甜苦辣中汲取人生的感悟。

此外，1940年11月，巴金写给四川江安中学师生的热情诚挚的信，被当局诬为"诱惑青年"。12月，在桂林的一场"巴金研究"热中，某些人对巴金及其作品进行了种种不公正的指责。凡此种种，更使巴金深深体味到人生长途跋涉中的崎岖坎坷，激起了他更顽强地向命运抗争的意识。

巴金自己是这样谈起这一时期的心境的："这些时候，好像心理装了很多东西似的，我只想把它们倾吐"（《龙·虎·狗》序），"我的思想在过去和未来中海阔天空地往来飞腾……它时而进入回忆、重温旧梦，时而向幻想叩门，闯了进去。"（《关于〈龙·虎·狗〉》），0这可以说就是1941年7月巴金从老家返回旅居的昆明后，在近3个月的时间里，潜心于散文随笔的写作，写出一系列具有深刻人生哲理的散文的内在动因吧。《撇弃》就是这系列人生感悟中的一篇。

　　文章通过人和自己的影子的对话，写出了一个不图安逸，不知疲惫，不问艰险，不怕孤独，不计成败，不顾生死的人生跋涉者，愿为寻求光明而献身的高尚精神境界。文中"我"和影子的对话并不深奥，明白而质直。影子以种种可怕的预言，震慑和动摇"我"前进的意志。那遥遥无期的路程，那暴尸荒野的惨状，那被嘲笑、被遗忘的寂寞和无援，那终生也难以冲破的黑暗，都并非危言耸听，而是一个孤独的跋涉者无法回避的事实。这就足以使人望而却步了。但"我"拒绝了影子的蛊惑，一心要向前去寻找光明。尽管长路看不到尽头，眼前一片灰黑，却"好像有一线光在远处摇晃"，这是心头的希望之光在远方隐约闪烁，召唤他"见不到光明""就不停步"。在这里，显然折射着巴金的生活体验和人生感悟的投影。

　　是什么东西给了"我"义无反顾，奋力前行的力量？是那"我若得到光明，就把它分给众人，让光辉普照世界"的崇高信仰。为此信仰，"我"可以撇弃属于个人的一切，托起自己纯洁火热的心，奉献给全人类。作家在为我们展示一个为人类的光明无私奉献的伟大人格。

　　早在30年代初期，巴金就以无限的崇敬，向青年们推荐俄国克鲁泡特金的《我的自传》，介绍克氏为了改造俄罗斯，"他舍弃了他的巨大的家产，他抛弃了亲王的爵号，甘愿进监狱，过亡命生活，喝白开水吃干面包，做俄国侦探暗杀计划的目的物"。赞美他的人格，认为"做人要像他这样才好。"（《我的自传》译本代序）

　　30年代中期，巴金翻译了屠格涅夫的散文诗《门槛》，把一个19世纪俄国女革命者的光辉形象介绍给中国读者。作品中的年轻俄罗斯姑娘，为了跨过那道寻求光明的门槛，做好了接受"寒冷、饥饿、憎恨、嘲笑、蔑视、侮辱、监狱、疾病、甚至死亡"的准备，对于一切恐怖的警告，她都平静地回答"知道"，同时坚定地宣告"我反正要进去"。

　　前面有胜利，有鲜花，从而奋然前行，这固然未尝不是战士，但前面是荆棘、是饥饿、是孤独、是监狱、是死亡而还要奋力跋涉，才是真正的勇士，才是生命的极致。从翻译《我的自传》和《门槛》，到写作《撇弃》，都贯穿了巴金对于撇弃一切属于个人的优越条件，甘心为大众无私奉献的伟大人格的追求和赞美。回顾巴金走过的人生之路，也正是一个塑造高尚人格的伟大实践。因此这一篇《撇弃》确是巴金在体验人生、回顾人生后的由衷的感悟。

这是一篇具有浓厚哲理和象征意味的散文。"我"和影子，显然是两种人生态度、两种人格的象征。在它们鲜明的反差中，使人看到后者的怯懦卑琐、患得患失、无所作为，最终使自己消失在不知去向的空虚中。而前者则在忘我的执著追求中，获得了丰富的、充实的生命，透过灰暗，终于望见了远处的微光在闪烁。人与影的对话，也可以理解为一个人精神世界向善和向恶、崇高和卑琐的两个侧面。在两相交锋中，谁占了上风，将决定着一个人人格价值的取向。本文显然是以崇高战胜了卑琐，完成了美丽健全人格的塑造。这种借人与影的冲突表现人类复杂的精神世界和价值取向的构思方法，与鲁迅的散文诗《影的告别》，有异曲同工之妙。

全篇采用问答的方式，通过步步紧逼的追问和从容坦然的回答，揭示出跋涉者在"九九八十一难"的严峻考验面前的胆识与勇气。这一表现手法，显然又是吸取了屠格涅夫《门槛》的滋养。

象征与哲理，赋予了本文以诗的品格。

（刘慧贞）

废园外

周围没有别的人，寂寞的感觉突然侵袭到我的身上来。

晚饭后出去散步，走着走着我又到了这里来了。

从墙的缺口望见园内的景物，还是一大片欣欣向荣的绿叶。在一个角落里，一簇深红色的花盛开，旁边是一座毁了的楼房的空架子。屋瓦全震落了。但是楼前一排绿栏杆还摇摇晃晃地悬在架子上。

我看看花，花开得正好，大的花瓣，长的绿叶。这些花原先一定是种在窗前的。我想，一个星期前，有人从精致的屋子里推开小窗眺望园景，赞美的眼光便会落在这一簇花上。也许还有人整天倚窗望着园中的花树，把年轻人的渴望从眼里倾注在红花绿叶上面。

但是现在窗没有了，楼房快要倾塌了。只有园子里还盖满绿色。花还在盛开。倘使花能够讲话，它们会告诉我，它们所看见的窗内的面颜，年轻的，中年的。是的，年轻的面颜，可是，如今永远消失了。花要告诉我的还不止这个，它们一定要说出8月14日的惨剧。精致的楼房就是在那天毁了的。不到一刻钟的功夫，一座花园便成了废墟了。

我望着园子，绿色使我的眼睛舒畅。废墟么？不，园子已经从敌人的炸弹下复活了。在那些带着旺盛生命的绿叶红花上，我看不出一点被人践踏的痕迹。但是耳边忽然响起一个女人的声音："陈家三小姐，刚才挖出来。"我回头看，没有人。这句话还是几天前，就是在惨剧发生后的第二天听到的。

那天中午我也走过这个园子，不过不是在这里，是在另一面，就是在楼房的后边。在那个中了弹的防空洞旁边，在地上或者在土坡上，我记不起了，躺着三具尸首，是用草席盖着的。中间一张草席下面露出一只瘦小的腿，腿上全是泥土，随便一看，谁也不会想到这是人腿。人们还在那里挖掘。远远地在一个新堆成的土坡上，也是从炸塌了的围墙缺口看进去，七八个人带着悲戚的面容，对着那具尸体发愣。这些人一定是和死者相识的罢。那个中年妇人指着露腿的死尸说："陈家三小姐，刚才挖出来。"以后从另一个人的口里我知道了这个防空洞的悲惨故事。

一只带泥的腿，一个少女的生命。我不认识这位小姐，我甚至没有见过她的面颜。但是望着一园花树，想到关闭在这个园子里的寂寞的青春，我觉得心里被什么东西搔着似地痛起来。连这个安静的地方，连这个渺小的生命，也不为那些太阳旗的空中武士所宽容。两三颗炸弹带走了年轻人的渴望。炸弹毁坏了一切，甚至这个寂寞的生存中的微弱的希望。这样地逃出囚笼，这个少女是永远见不到园外的广大世界了。

花随着风摇头，好像在叹息。它们看不见那个熟习的窗前的面庞，一定感到寂寞而悲戚罢。

但是一座楼隔在它们和防空洞的中间，使它们看不见一个少女被窒息的惨剧，使它们看不见带泥的腿。这我却是看见了的。关于这我将怎样向人们诉说呢？

夜色降下来，园子渐渐地隐没在黑暗里。我的眼前只有一片黑暗。但是花摇头的姿态还是看得见的。周围没有别的人，寂寞的感觉突然侵袭到我的身上来。为什么这样静？为什么不出现一个人来听我愤慨地讲述那个少女的故事？难道我是在梦里？

脸颊上一点冷，一滴湿。我仰头看，落雨了。这不是梦。我不能长久立在大雨中。我应该回家了。那是刚刚被震坏的家，屋里到处漏雨。

1941 年 8 月 16 日在昆明

赏析

　　1941年8月，巴金正旅居昆明。由于日机不时空袭，人们需经常离开寓所去躲警报。在8月14日一次日寇的狂轰滥炸中，巴金的住所附近亦遭袭击。他在回忆当日警报解除后回到住处的情况时说："楼上三间屋子里满地碎砖断瓦，倘使我躲在床上不出去，今天就不能在这里多嘴了。"（《关于〈龙·虎·狗〉》）。本文结尾处所说"那是刚刚被震坏的家，屋里到处漏雨"。正是指此而言。就是在这次轰炸的第二天，巴金在走过一处被炸毁的废园时，目睹了那遭敌机摧毁的惨状，"精致的楼房只剩下一个空架子，土坡上躺着三具尸首，用草席盖着……"（同上）。家园的破坏，生命的毁灭，使巴金的满腔悲愤久久不能平息。第三天他再次来到废园外，恰遇落雨，仿佛苍天也在和生者一起凭吊那无辜的死难的灵魂。回到住所，废园的惨象仍历历在目，挥之不去，终于写下了这篇充溢着生之赞美、死之哀悼和复仇的义愤的散文。

　　如果说作者早于此写成的《静寂的园子》，重在描写战争恐怖背景下，作为不屈的民族精神之象征的花园的繁花似锦、勃勃生机，那么这篇《废园外》则是重在正面展示侵略者灭绝人性的滥炸后，令人目不忍睹的惨象。凡是有良知的人，都会从那已变成快要倾塌的空架子的小楼的废墟、废墟上的三具尸体以及那草席下面，少女一只带泥的瘦腿上，把法西斯屠杀平民的暴行，清晰地铭记在心，燃烧起讨还血债的义愤！

　　战争带来的死亡，教人更懂得了生之可贵。早在抗战初期，面对战争的硝烟，巴金就曾发出"我爱生，所以我愿意像一个狂信者那样投身到生命的海里去"（《梦

与醉·生》)的生之呼号。因此在本文中，当作者以血的事实控诉敌人暴行的同时，总是满腔热情地伴随着对生之赞美，生之渴望。在伤悼那倾刻间化作废墟的小楼和死去的年轻生命时，作者并没有忽略废墟旁那"一大片欣欣向荣的绿叶"和"一簇深红的花盛开"。他甚至从这绿叶的欣欣向荣和红花的盛开中，想象到这废园原先的明艳绚丽，曾给它的主人带来生的乐趣、美的陶醉。想象着那常常依窗眺望园景的主人，怎样"把年轻人的渴望从眼里倾注在红花绿叶上面"。那时，人与满园花树构成的是一幅青春与生命交相辉映的醉人图景。

更深层次的内涵是那草席下露着一只瘦小带泥的腿的少女，是死于外来侵略者的暴力之下的。但是，这个渺小柔弱的少女，还由于被传统观念和旧的生活方式长期幽闭在寂寞的园子里与外界隔绝，在"寂寞的生存中"，像一朵渐渐枯萎的花朵，然而，现在就连这点微弱的生存的希望也被无情毁掉了，她永远不会看到园外广大的世界了。是有形的杀人武器和无形的礼教束缚，扼杀了她年轻的生命。

作者曾说："在一千多字的《废园外》中，'带着旺盛生命的红花绿叶'还在诉说一个少女寂寞生存的悲惨故事。我的叙述虽然带着淡淡哀愁的调子，但我控诉了敌人的暴行，也不曾放过我的老对头——封建家长、传统观念和旧的风习。我不会向任何时期出现的封建幽灵低头"(《关于〈龙·虎·狗〉》)。因此作者把这样的描写始终被置于花繁叶茂、具有顽强生机的花园的背景之上，这确是作者的独具匠心。使人在生意盎然和横死夭亡两种截然相反的生存现象的鲜明对映下，备感生之可贵，更增死之哀惋。

文章最后留下的两句义愤填膺、意味深长的问话："关于这我将怎样向人们诉说呢？""为什么不出现一个人来听我愤慨地讲述那个少女的故事？"就正是这一信念的情绪化表达。在散文集《废园外》后记中，作者曾明确表示，收入集内的文章"都是被一个信念贯串着的，那就是全国人民所争取的目标：正义的最后胜利"。

(刘慧贞)

神

起来，更努力地从事你们的工作！显出比神的更伟大的力量来！

还不到10点钟，但在山上已经是静夜了。我把久俯在书上的头抬起来，用疲倦的眼光看窗外的黑暗，想听听静夜的气息。常常在这时候便响起了金属敲着火石的声音，清脆的，一声，两声。我吃了一惊，又绝望地把眼光放回到书上。事情是很平常的，我那位朋友又在哱经，而我的安静又被他扰乱了。

这朋友是一个安分守己的好人。但我的朋友中信神的，他是唯一的了。我以前并不知道这个，倘使知道，我们也许不会做朋友罢。又，这朋友虽说是一个虔诚的拜物教徒，而其实信神也只有几个月的光景，我若是早同他做朋友，也许可以挽救他罢。现在迟了。

我是神的敌人。这也是无足奇怪的。因为无神论的思想在今天已经是很平常的了。这个世界里没有神存在的事实，稍有知识的人也都明白。

然而这种人又是多么愚蠢啊：本来生在这个世界上，却又想精神地生活在另一个世界中；在这个世界里所没有得到的东西，却又希望能够在另一世界中获得。把自己的一切大量地贡献给空虚里的神，想从那里得到更多的报酬。这样对同类的人就没有丝毫顾念的余暇了。所以信神的人常常是自私的。譬如中国的许多无知的女人就是这样地行为着，结果依旧劳苦贫困地死在空虚里，留下永不能实现的希望给她们的亲人。没有人知道这是一个欺骗。然而我在一个温情的异邦女人的信函中看到了"信神的人的伟大"一句话，这是多么大的错误啊。将懦弱看作伟大，将愚蠢看作崇高，将自私看作仁慈，将空虚当作实在，人类的历史就几乎陷落在泥淖里拾不来了。

然而还亏了那无数的能够面对生活的勇敢的人，他们在语言和行动里表现了真理，他们把历史从泥淖里拾了起来。他们给我们的东西比那般信神的人希望从神那里得到的还更多。无论在什么时候，人的力量都显得比假想的神更伟大，这是极其常见的事实，我们用不着去读雨果①的《诸世纪的传说》（La Légende dessiècles）里赞颂人类的伟大的诗篇了，也用不着在北欧神话里找神的灭亡的故事了。

①雨果（V·Hugo，1802—1885）：法国伟大作家。他的长诗集《诸世纪的传说》（或译作《历代传说》），共三卷。

但是到今天在知识分子中间还有着信神的人，这事情将怎样解释呢？其实如果我们将这个包含着无数矛盾的社会仔细考察一下，就能够容易地明白这一切了。

然而信神的路终于是懦弱的路。不满意现状，而逃避现实去求救于神，这样愚蠢的行为是不会有好处的。所以对于做出了种种可笑的行为的这位朋友，我常常怜悯地起了救助的心思。自然他不知道，而且也许他还以为我更需要向他求助呢！他有一次就对我暗示了要我信神的意思。但后来他也知道这只是徒然的努力了。

现在夜已深了，我又听见他在苦苦地唪经，同时我想起了那个温情的女人的话。她至今还站在神的门外，不知道什么缘故会使她在信里写了那样的话。我无意间想到她将来也会像这位朋友一样地信神时，我就为一种绝望所压倒了。前几天我已经在这里看见了一个新改宗的人。那是一个学生。我看见他穿着制服跪在地上念经的样子，就仿佛看见一个人在受苦刑。这个景象是很残酷的。我一面怜悯他，而一面对使他改宗的这位朋

◎ 巴金参加在华沙举行的第二届保卫世界和平大会。右侧为黄宗英（1950）。

友的一群（虽然我知道他们的行为也是出于好意）起了反感。但是如今从第三个人，而且是一个温情的女人的口里又来了"信神的人的伟大"的话了。这是多么残酷的事实啊！

起来，更努力地从事你们的工作！显出比神的更伟大的力量来！——这是对于每个有真诚的心的年轻人的警告。

从空虚里出来的神还是把它送回到空虚里去罢。这时候是岛上的冬夜，寒风正吹着屋后的树林飒飒地响。那几树山茶花在一夜里会给吹落多少罢。我忽然想到写了《神的灭亡》三部曲的郭源新君①，不觉起了感激的怀念。

①郭源新：郑振铎的笔名。《神的灭亡》是他的小说集《取火者的逮捕》中的一篇。

1934年12月在横滨

《神》是巴金30岁时（1934年）在日本横滨时作的一篇带有议论性散文，后收入散文集《点滴》。

巴金的散文大多平和从容，亦大多从身处的情景时空写起，似随手拈来，此篇亦如此。"还不到10点钟，但在山上已经是静夜了。"这是《神》的第一句话，平淡自然幽远。夜静、人静、心也静，无一丝焦灼不安于其中。但这平静很快被一阵唪经声扰乱了，"绝望"中作者陷入了对"神"的深深思考……

这一年初冬，巴金东渡日本，在那里学习日文并寻求安宁与休息，短短一个月里，他就先后写了两篇题为《神》的作品，一则短篇小说，一则是散文。这与他当时的住宿环境有很大关系。巴金在横滨住在日本友人武田先生家中，那里环境优美且接待周到，只是主人夜夜念经，使他实在难以忍受。30年代中期的日本，已经完成了军国主义化的过程，当时日本境内一些正直的知识分子或被杀、或自杀，另一些人则陷于精神彷徨之中而无力自拔。也有人失去了对真理、对科学的追求，皈依宗教、苟且度日，像文中提到的"安分守己"的"那位朋友"和"一个温情的异邦女人"以及"新改宗的一个学生"，在巴金看来即是走着"懦弱的路"、"逃避现实去求救于神"的这样一类"自私的人"。

巴金历来对"神"及信奉宗教的批判是严厉而彻底的。在《神》中，年轻的巴金坚决地宣告："我是神的敌人"，这在当时可说是惊世骇俗之言。巴金从小就对所谓神灵极为反感，他曾谈及自己六七岁时，因为不肯在神的面前磕头，"结果换了一顿打，哭了一场，但是我始终没有磕一个头”。这种对神叛逆的倾向，在他成年以后就更为深化，以至到了对神鬼难以忍受的地步。在与这篇散文同名的小说中，巴金明确地表示了对神的存在的怀疑，以及对信徒们盲目崇拜的否定。在这篇散文中，他确信“这个世界里没有神存在的事实”，而“无论在什么时候，人的力量都显得比假想的神更伟大”。他认为信神的人是绝对谈不到任何“伟大”的，相反，显得多么“可笑”，他感叹道。那些自以为“信神的人的伟大”的人，其实是将懦弱看作伟大、将愚蠢看作崇高，将自私看作仁慈，将空虚当作实在”。

当然，作者并不是简单地肯定此、否定彼，而是通过真诚地摆事实、讲道理，来传达自己的信念以说服读者。比如说到那些“把自己的一切大量地贡献给空虚的神”，“结果依旧劳苦贫困地死在空虚里”的人时，语词并无一丝讥讽，而显得十分痛心，恳切而真诚。他在后来的《〈神·鬼·人〉序》中亦是全无任何强加于人的地方，只以现身说法劝诫于人。巴金的真诚不光表现在言辞上，更表现在他对待“信神的人”的态度上。对于他的朋友和学生，他一方面因其信神而感到“绝望”，因此他说早知如此，“也许不会做朋友罢”，但另一方面，他又觉的“若是早同他做朋友，也许可以挽救他罢”，为此，他深感遗憾和不安，叹道“现在迟了”，但仍然常常觉得：“这是多么残酷的事实啊！”并且写了这样一篇劝诫的文章，揭露“神”的虚妄，呼唤“心”的觉醒，恢复“人”的尊严。

《神》是一篇无神论的宣言，其中充满了尖锐的批判。不留私情，不容宽恕，没有任何闲适、恬淡的东西。但它又是与人为善的、极力劝人思过的，处处流露着对友人、青年一代至为真挚的痛惜关切之情，只是由爱生痛，于是痛苦、痛心、痛恨、痛斥，组成了全文情感理性的线索。最后巴金对“每个有真诚心的年轻人”发出“警告”：“起来，更努力地从事你们的工作！显示比神的更伟大的力量来！”

巴金的这篇散文虽然写于30年代，具体是针对当时在日本军国主义统治下无力反抗却去求祈皈依神的日本人。但是他的深邃的尖锐的思考，诗化的雄辩的语言却阐释了一个普遍的真理，这对不同时期、不同民族沉溺于对神的崇拜而对自己作为人的力量丧失了自信的人们是有很重要很深刻启示的。

（张沂南）

◎ 巴金和冰心在日本访问（1963）。

梦

在梦的世界里我每每忘了自己。我不知道我过去是一个什么样的人，或者做过什么样的事。

◎1980年在日本。左起：冰心、巴金、日本剧作家依田义贤、林林。

　　我常常把梦当作我唯一的安慰。只有在梦里我才得到片刻的安宁。我的生活里找不到"宁静"这个名词。烦忧和困难笼罩着我的全个心灵，没有一刻离开我。然而我一进到梦的世界，它们马上远远地避开了。在梦的世界里我每每忘了自己。我不知道我过去是一个什么样的人，或者做过什么样的事。梦中的我常常是一个头脑单纯的青年，没有过去，也没有将来；没有烦忧，也没有困难。我只有一个现在，我只有一条简单的路，我只有一个单纯的信仰。我不知道这信仰是从什么地方来的，在梦中我也不会去考究它。但信仰永远是同一的信仰，而且和我在生活里的信仰完全一样。只有这信仰是生了根的，我永远不能把它去掉或者改变。甚至在梦里我忘了自己、忘了过去的时候，这信仰还像太白星那样地放射光芒。所以我每次从梦中睁开眼睛，躺在床上半糊涂地望四周的景物，那时候还是靠了这信仰我才马上记起我是怎样的一个人。把梦的世界和真实的世界连结起来的就只有这信仰。所以在梦里我纵然忘了自己，我也不会做一件我平日所反对的事情。

我刚才说过我只有在梦中才得着安宁。我在生活里找不到安宁，因此才到梦中去找，其实不能说去找，梦中的安宁原是自己来的。然而有时候甚至在梦中我也得不到安宁。我也做过一些所谓噩梦，醒来时两只眼睛茫然望着白色墙壁，还不能断定是梦是真，是活是死；只有心的猛跳是切实地感觉到的。但是等到心跳渐渐地平静下去，这梦景也就像一股淡烟不知飘散到哪里去了。留下来的只是一个真实的我。

最近我却做了一个不能忘记的梦。现在我居然还能够记下它来。梦景是这样的：

我忽然被判决死刑，应该到一个岛上去登断头台。我自动地投到那个岛上。伴着我去的是一个不大熟识的友人。我们到了那里，我即刻被投入地牢。那是一个没有阳光的地方，墙壁上整天点着一盏昏暗的煤油灯，地上是一片水泥。在不远的地方时时响起来囚人的哀叫，还有那建筑断头台的声音从早晨到夜晚就没有一刻停止。除了每天两次给我送饭来的禁卒外，我整天看不见一个人影。也没有谁来向我问话。我不知道那位朋友的下落，我甚至忘记了她。在地牢里我只有等待。等断头台早日修好，以便结束我这一生。我并没有悲痛和悔恨，好像这是我的自然的结局。于是有一天早晨禁卒来把我带出去，经过一条走廊到了天井前面。天井里绞刑架已经建立起来了，是那么丑陋的东西！它居然会取去我的生命！我带着憎恨的眼光去看它。但是我的眼光触到了另一个人的眼光。原来那位朋友站在走廊口。她惊恐地叫我的名字，只叫了一声。她的眼里包着满眶的泪水。我的心先前一刻还像一块石头，这时却突然熔化了。这是第一个人为我的缘故流眼泪。在这个世界里我居然看见了一个关心我的人。虽然只是短短的一瞥，我也似乎受到了一次祝福。我没有别的话，只短短地说了"不要紧"三个字，一面感激地对她微笑。这时我心中十分明白，我觉得就这样了结我的一生，我也没有遗憾了。我安静地走上了绞刑架。下面没有几个人，但是不远处有一对含泪的眼睛。这对眼睛在我的眼前晃动。然而人把我的头蒙住了。我什么也看不见。

以后我忽然发觉我坐在绞刑架上，那位朋友坐在我身边。周围再没有别的人。我正在惊疑间，朋友简单地告诉我："你的事情已经了结。现在情形变更，所以他们把你放了。"我侧头看她的眼睛，眼里已经没有泪珠。我感到莫大的安慰，就跟着她走出监牢。门前有一架飞机在等候我们。我们刚坐上去，飞机就动了。

飞机离开孤岛的时候，离水面不高，我回头看那个地方。这是一个很好的晴天，海上平静无波。深黄色的堡垒抹上了一层带红色的日光，凸出在一望无际的蓝色海面上，像一幅图画。

后来回到了我们住的那个城市，我跟着朋友到了她的家，刚走进天井，忽然听见房里有人在问："巴金怎样了？有遗嘱吗？"我知道这是她哥哥的声音。

"他没有死，我把他带回来了，"她在外面高兴地大声答道。接着她的哥哥惊喜地从房里跳了出来。在这一刻我确实感到了生的喜悦。但是后来我们三人在一起谈论这件事情时，我就发表了"倒不如这次死在绞刑架上痛快"的议论……

这只是一场梦。春夜的梦常常很荒唐。我的想象走得太远了。但是我却希望那梦景能成为真实。我并非盼望真有一个"她"来把我从绞刑架上救出去。我想的倒是那痛快的死。这个在生活里我得不到，所以我的想象在梦中把它给我争取了来。但是在梦里它也只是昙花一现，而我依旧被"带回来了"。

这是我的不幸。我是一个充满矛盾的人。只有这个才是消灭我的矛盾的唯一的方法。然而我偏偏不能够采用它。人的确是脆弱的东西。我常常严酷无情地分析我自己，所以我深知道自己是一个什么样的人。有时我的眼光越过了生死的界限，将人世的一切都置之度外，去探求那赤裸裸的真理；但有时我对生活里的一切都感到留恋，甚至用全部精力去做一件细小的事情。在《关于家》的结尾我说过"青春毕竟是美丽的东西"。在《死》的最后我嚷着"我还要活"。但是在梦里我却说了"倒不如死在绞刑架上痛快"的话。梦中的我已经把生死的问题解决了。所以能抱定舍弃一切的决心坦然站在绞刑架上，真实的我对于一切却是十分执着，所以终于陷在繁琐和苦恼的泥淖里而不能自拔。到现在为止的我的一生中至少有一半以上的时间和精力是被浪费了的。

有一个年轻朋友读了我的《死》，很奇怪我"为什么会想到这许多关于死的话"。她寄了一张海上日出的照片来鼓舞我，安慰我。现在她读到我的这篇短文大概会明白我的本意罢。我接到那张照片，很感谢她的好意。然而我是一个在矛盾中挣扎的弱者。我这一生横竖是浪费了的。那么就让我把这一生作为一个试验，看一个弱者怎样在重重的矛盾中苦斗罢。也许有一天我会克服了种种的矛盾，成为一个强者而达到生之完成的。那时梦中的我和真实的我就会完全合而为一人了。

1937 年 4 月在上海

赏析

　　巴金从18岁起写作第一篇以"梦"为标题的新诗至今，其作品各式体裁（诗歌、散文、小说）中，仅以"梦"为题的就有许多，像《南国的梦》（两篇，分别作于1933年、1939年）、《西班牙的梦》、《新年的梦》、《我的梦》、《海的梦》（两篇，分别作于1932年、1934年）、《梦》（三篇，分别作于1922年、1937年、1941年）、《寻梦》，以及1978年以后写的《长崎的梦》、《说梦》、《十年一梦》、《我的噩梦》等，不下十多篇，而在其他作品行文内容上与"梦"相关的，更是不计其数了。可以这样说，巴金的一生似乎有一种"梦的情结"，这使得他一直摆脱不了梦的缠绕，并无法不将它们用笔表现出来。

　　巴金喜欢以梦幻为题材或媒介进行创作，绝非偶然。巴金说自己"一生做过太多的梦"。"记得4岁起我就做怪梦，从梦中哭醒。以后我每夜都做梦，有好梦，有噩梦……"，"我至少做了17年的梦"，"可能一直到死都不能不做梦"，"我一生中不曾有过无梦的睡眠……"这的确是又快乐又痛苦的人生。

　　这里选的是巴金1937年抗战前夕写的一篇以"梦"为标题的散文诗。此文后来编入散文集《梦与醉》中，在这个集子里还收入了作者同期写的散文《死》、《醉》、《路》、《生》等。仅从字义表面看，作者似乎是寻求无"路"，在抒发"醉生梦死"的感慨，而且似乎相当地热衷于此类题材，因为1942年他又写了一组标题完全相同的散文诗——亦是《醉》、《生》、《梦》、《死》。但翻看书页，阅其篇章细细读来，全然不是那么一回事。恰恰相反，文中闪现着睿智的思考、如梦的情绪、凝重的意境，

是一些对于生命、进取、信仰等问题所作的人生体验和沉思，以及哲学意义上的自我剖析和人性探求。

《梦》是这样开头的："我常常把梦当作我唯一的安慰。只有在梦里我才得到片刻的安宁。我的生活里找不到'安静'这个名词。"全然不像是一个年仅33岁的人在谈自己的生活，却像一个老人在说梦寻梦。"然而有时候甚至在梦中我也得不到安宁。"这自然指的是噩梦、不祥的梦了。但作者此篇所谈的梦好像既不属于"安宁的梦"，也不属于"不安宁的梦"，而似乎介于两者之间。或者说，作者这里说的梦其实就是他青年时期执著追求的献身于社会革命的殉道者之梦，所以，他为自己终于没有在绞刑架下牺牲而遗憾。

◎巴金访问法国，在尼斯赫尔岑墓前（1979）。

一个永远在思考人生价值的人，是很难在现实中获得心灵宁静的。何况对于抗战将要爆发前夕，中华民族处于危急关头的中国热血男儿，谁能无动于衷，不去进行深刻的思索，渴望积极的行动？

巴金一直说自己"是一个充满矛盾的人"，他认为这个"荒唐"的梦正显示了自己生死观中的矛盾所在。文中剖析了作者本人在"生"与"死"两种矛盾心态纠缠中的那种挣扎。"梦中的我""越过了生死的界限，将人世的一切都置之度外，去探求那赤裸裸的真理"，"已经把生死的问题解决了"，因此"抱定舍弃一切的决心坦然站在绞刑架上"，去面对死亡；可是生活中"真实的我"却"对生活里的一切都感到留恋"、"十分执著"，因为"青春毕竟是美丽的东西"。所以尽管"终于陷在繁琐和苦恼的泥淖里不能自拔"。这两个矛盾的"我"一个叫道"倒不如死在绞刑架上痛快"，一个"嚷着'我还要活'"；"有时"求死，"有时"求生，矛盾、彷徨、困惑。其实何止巴金如此，中外古今许许多多的智者、用灵魂生活着的"人"，不都在生命的本意中徜徉求索？那位莎士比亚笔下的丹麦王子不也在苦苦地追问自己——是死亡还是生存吗？其实，作者在这里并不真的因生之烦恼而去真的追求死的解脱，也并不真的因青春的美丽而一味地贪恋生、惧怕死。重要的是如何能更坦然、更勇敢地去面对它们，使之发出光彩，不负自己，不负生命。

作者称自己是一个"弱者"，他虽然极为热爱生命并始终在努力为维护生命的价值而奋斗，但他厌恶自己身上的哪怕一丁点的"贪生怕死"的软弱，因此，当他惊喜地发现梦中的自己竟能坦然无畏地面对死亡，不由感到从未有过的"痛快"，他不能不赞赏那个"梦中的我"。他要克服"真实的我"身上"弱者"的一面，更勇敢地面对生活，他说"让我把这一生作为一个试验，看一个弱者怎样在重重的矛盾中苦斗罢。也许有一天我会克服了种种的矛盾，成为一个强者而达到生之完成的。那时梦中的我和真实的我就会完全合而为一人了。"正由于巴金从不掩饰自己的"弱点"、不足和过错，并不断地在思想和行动中克服自己作为"弱者"的不足，努力使自己成为"强者"，他才最终成为了当代最无所畏惧的中国良心的代表。

在《梦》创作半个世纪后的今天，它的作者已不再顾虑个人的生死利害，而是更加忠于自己的信仰，并坚定地向所有的人证实道义良知的存在。梦境中的他与现实中的他终于"完全合而为一人"，那本厚厚的用心血写就的《随想录》便是证明。

（张沂南）

◎ 巴金与大哥尧枚在上海（1929）。

醉

一个人沉醉的时候，他会去干一些勇敢的事情，至少他会有这样的渴望。

我不会喝酒，但我有时也尝到醉的滋味。醉的时候我每每忘记自己。然而醉和梦毕竟不同。我常常做着荒唐的梦。这些梦跟现实离得很远，把梦景和现实的世界连接起来就只靠我那个信仰。所以在梦里我没有做过跟我的信仰违背的事情。

我从前说我只有在梦中得到安宁，这句话并不对。真正使我的心安宁的还是醉。进到了醉的世界，一切个人的打算，生活里的矛盾和烦忧都消失了，消失在众人的"事业"里。这个"事业"变成了一个具体的东西，或者就像一块吸铁石把许多颗心都紧紧吸到它身边去。在这时候个人的感情完全溶化在众人的感情里面。甚至轮到个人去牺牲自己的时候他也不会觉得孤独。他所看见的只是群体的生存，而不是个人的灭亡。

将个人的感情消溶在大众的感情里，将个人的苦乐联系在群体的苦乐上，这就是我的所谓"醉"。自然这所谓群体的范围有大有小，但"事业"则是一个。

我至今还记得我第一次的沉醉。那已经是十七八年前的事了，然而在我的脑子里还是十分鲜明。那时我是个孩子。我参加一个团体的集会。我从来没有像那样地感动过。谈笑，友谊，热诚，信任……从不曾表现得这么美丽。我曾经借了第三者的口吻叙述我当时的心情：这次十几个青年的茶会简直是一个友爱的家庭的聚会。但这个家庭里的人并不是因血统关系、家产关系而联系在一起的；结合他们的是同一的好心和同一的理想。在这个环境里他只感到心与心的接触，都是赤诚的心，完全脱离了利害关系的束缚。他觉得在这里他不是一个陌生的人，孤独的人。他爱着周围的人，也为他周围的人所爱。他了解他们，他们也了解他。他信任他们，他们也信任他①。……

这是醉。第一次的沉醉以后又继之以第二次、第三次……这醉给了我勇气，给了我希望，使我一个幼稚的孩子可以站起来向旧礼教挑战，使我坚决地相信光明，信任未来。不仅是我，我们那个时代的青年都是这样地成长的。而且我相信每个时代的青年都会在这种沉醉中饮到鼓舞的琼浆。

时间是骎骎地驰过去了。醉的次数也渐渐地多起来。每一次的沉醉都在我的心上留下一点痕迹，有一两次我也走过那黑门②，我的手还在门上停了一下。但是我们并没有机会得到那痛快的壮烈的最后。这是事实。一个人沉醉的时候，他会去干一些勇敢的事情，至少他会有这样的渴望。我们那时也就处在这样的境地。南国的芳香沁入我们的心灵，火把给我们照亮黑暗的窄巷。一堵墙、一扇门关不住我们的心。一个广场容纳不了我们的热情。或者一二十个孩子聚在一个小房间里，大家拥挤地坐在地上；或者四五个人走着泥泞的乡间道路。静夜里，石板路上响着我们的脚步声。在温暖的白昼，清脆的笑语又充满了古庙。没有寂寞，没有苦闷，没有悲哀。有的只是一个光明的希望。每个人的胸膛里都有着同样的一颗心。

这是无上的"沉醉"，这是莫大的"狂喜"，它使我们每个人"都消失在完全的忘我里面"。所以我们也曾夸大地立下誓言：要用我们的血来灌溉人类的幸福，用我们的死来使人类繁荣。要把我们的生命联系在人类的生命上面。人类生命的连续广延永远不会中断，没有一种阻力可以毁坏它。我们所看见的只有人

①见长篇小说《家》第二十九章。

②指死。

类的繁昌，并没有个人的死亡。

我不能否认我们的狂妄，但是我应该承认我们的真挚。我们中间也有少数人实行了他们的约言。剩下的多数却让严肃的工作消蚀他们的生命。拿起笔的只有我一个。我不甘心就看着我的精力被一些方块字消磨干净，所以我责备自己是一个弱者。但是这个意思也很明显；这里并没有悲观，也没有绝望。若有人因此说我"在黑暗中哭泣"，那是他自己看错了文章。我们从没有过哭泣的时候。那不是我们的事情。甚至跟一个亲密的朋友死别，我们也只有暗暗地吞几滴眼泪。我们自然不能否认黑暗存在。然而即使在黑暗的夜里，我们也看见在远方闪耀的不灭的光明，那是"醉"给我们带来的。

我常常用我自己的事情做例子，也许别人会把这篇《醉》看作我的自白。其实《死》和《梦》都不是我的自白，《醉》也不是。我可以举出另一些例子。我手边恰恰有几封信，我现在从里面引出几段，我让那些比我更年轻的人向读者说话：

> "那天夜里，正是我异常兴奋的一天，在学校里我们开了一个野火会。天空非常地黑沉，人们的影子在操场上移动着，呼喊着。它的声波冲破这沉寂的天空！

> "一堆烈火盛燃起来了。那光亮的红舌头照亮了每个人的脸，我们围绕着火堆唱歌。我们唱《自由神》、《示威》等等，这个兴奋的会一直到火熄灭了为止。"

> 这不也是"醉"么？

> "在12月××日，一个温暖的北方天气，阳光是那么明亮，又那么温暖，在这天我们学生跑到××（一个小乡村）去举行扩大行军。这项新鲜而又兴奋的工作弄得我一夜都没有睡好。

> "大概8点钟吧。我们起程了，空着肚子，悄悄地离开了学校。我们经过了热闹的街市，吵嚷的人群，快到10点的时候才踏进乡村的境界。

> "一条黄土道，向来是静寂得怕人，今天却有些改变了。一群学生穿着蓝布衫，白帆布球鞋，脸上露出神秘而又兴奋的微笑，拖着大步踏着这条黄土道。'一～～二～～一'不知道是谁这样喊着，我们下意识

地跑起来。

"到那里已是晌午了。我们群集在一个墓地里，后面是一带大树林，前面有几间小茅屋。农夫们停止工作都出来看望。啊，是那么活跃着的一群青年！行军的号筒响了，雄壮的声音提起了每个人的勇气。我们真的像上了战场一样。

"战斗的演习继续到3点钟才完毕。因为环境不允许，我们的座谈会没有举行，就整队回校了。一路上唱着歌喊着热烈的口号。"

这是"醉"，令人永不能忘记的"沉醉"。它把无数青年的心连结在一起了。还有：

"的确我不会是寂寞，我不会是孤独。我们永久是热情的，那么多被愤怒的火焰狂炽着的心永久会紧紧连系在一起的。啊，我想起了一件事情。我真不能够忘记，就是在去年下半年我们从先生的口中和报纸上知道了北平学生运动的经过情形，而激起了我们的请愿的动机。那时在深夜里我们悄悄的计划着，我们紧紧的携着手，在黑暗中祝福第二天背着校方的请愿成功。我们一点也不怕的在微弱的电筒光下写着旗子和施行的步骤。我们一夜没有睡。当天将亮的时候，我和另一个同学轻轻的在每一个寝室的玻璃窗上敲了两下，于是同学们都起来了。我们整齐了队伍，在微雨的早晨走出了校门。在出发的时候，我因为走得太忙，跌了一个斤斗，一个高一班的同学拉了我起来，我们无言的亲密的对笑着。一群孩子如一条粗长的铁链冲出了学校。虽然最后我们失败了。但那粗长的铁链使我们相信了我们自己。我们怎会寂寞，怎会孤独呢？"

这是年轻的中国的呼声。我们的青年就这样地慢慢成长了。——那个"孩子"说得不错，在这样的沉醉中他们是不会感到寂寞和孤独的。让我在这里祝福他们。

1937年5月在上海

赏析

　　1937年巴金的散文集《梦与醉》中，收入了巴金同期写的《死》、《梦》、《醉》、《路》、《生》等一组散文诗，其不但在标题上表现出内在的一贯性，而且在内容上也具有明显的连续性。话题谈的是人的生命的意义，由生死观——苦乐观——幸福观——人生观——宇宙观，内涵逐步深化，形成一个系统的哲学思考。

　　这篇《醉》作者是这样来解释的：

　　"将个人的感情消溶在大众的感情里，将个人的苦乐联系在群体的苦乐上，这就是我的所谓'醉'。"这当然是作者的一种很特别的形象的寓托。作者说的"醉的世界"是指"众人的'事业'"、"众人的感情"、"群体的生存"、"群体的苦乐"以及更高意义上的"人类的幸福"、"人类繁荣"和"人类的生命"。为了证明这确实是一种"醉"，而且是更令人沉湎的"醉"、具有美妙滋味的"醉"，作者特地列举了自己"第一次沉醉"的情形。那是作者描写他自己生平第一次参加一个社会团体的活动，那时巴金才17岁，"五四"运动过去才两年。十几个青年都是怀着变革社会的理想聚集在一起，进行"心与心的接触"。巴金为自己投入到这样美好事业中去，生活在这样"友爱的家庭"似的团体里，有一种幸福的沉醉感。这一情景及心境，作者在长篇小说《家》和本书《我的幼年》中都有详细的描述。可见这次"醉"的程度之深

之久之难忘。是的，我们从字里行间不难感受到作者在谈笑和友情的聚会中的那份美丽的沉醉，他说他自己"从来没有像那样地感动过"，因此肯定地说："这是醉。"

为了进一步证实这种快乐，作者大段引用了三封青年读者来信，三封来信表明的是与作者同一的感觉：欢聚的沉醉、奋斗的沉醉、抗争的沉醉，将个人生死置之度外、为人类幸福事业牺牲的沉醉。作者说："这是年轻的中国的呼声"，"在这样的沉醉中他们是不会感到寂寞和孤独的。""这是天上的'沉醉'，这是莫大的'狂喜'。"像这样一而三，再而三地反复地强调（前后共达六七次）的行文方式，应该说，在巴金散文中并不多见，足见其"醉"的深度。

文章后半部讲到南国指的是巴金在福建晋江县看到他的一些朋友怀着真挚执著的精神办教育，做社会工作，意在唤醒民众。这也是他所亲身经历的美好的令人沉醉的。古庙就是指他们在那里办的两所学校所在地文庙和武庙。

在散文集《梦与醉》中，《醉》是最具抒情意味，最具文采的一篇，它不像其他各篇比较侧重于哲学的思考和情景的叙述，而更专注于内心的体验和感情的抒发。语言上，也一改平缓直白的风格，而采用了大量优美清丽的形容描绘性的词语。像"南国的芳香"、"黑暗的窄巷"、"泥泞的乡间道路"、"静夜里，石板路"上的"脚步声"、"温暖的白昼"、"清脆的笑语"，还有"火把"、"古庙"、"一堵墙"、"一扇门"、"一个广场"、"小房间"和"古庙"，所有这些，构成了那么美妙、温馨、神秘而欢乐的场景。在这里，无论文、辞、章、节，无论人、情、景都是美丽的、动人的、富于感染力的。我们可以说，《醉》不但是一篇奇特的散文，亦是一篇美丽的散文。而像"我们也曾夸大地立下誓言：要用我们的血来灌溉人类的幸福……"像"我们从没有过哭泣的时候。那不是我们的事情"。像"即使在黑暗的夜里，我们也看见在远方闪耀的不灭的光明"这样的句子，更是近乎于诗的语言了，它让我们想起了一位诗人的诗句："黑夜给了我黑色的眼睛／我却用它寻找光明。"

（张沂南）

生

生之目标就是丰富的、满溢的生命。

死是谜。有人把生也看作一个谜。

许多人希望知道生，更甚于愿意知道死。而我则不然。我常常想了解死，却没有一次对于生起过疑惑。

世间有不少的人喜欢拿"生是什么"、"为什么生"的问题折磨自己，结果总是得不到解答而悒郁地死去。

真正知道生的人大概是有的；虽然有，也不会多。人不了解生，但是人依旧活着。而且有不少的人贪恋生，甚至做着永生的大梦：有的乞灵于仙药与术士，有的求助于宗教与迷信；或则希望白日羽化，或则祷祝上登天堂。在活着的时候为非作歹，或者茹苦含辛以积来世之福——这样的人也是常有的。

每个人都努力在建造"长生塔"，塔的样式自然不同，有大有小，有的有形，有的无形。有人想为子孙树立万世不灭的基业；有人愿去理想的天堂中做一位自由的神仙。然而不到多久这一切都变成过去的陈迹而做了后人凭吊唏嘘的资料了。没有一座沙上建筑的楼阁能够稳立的。这是一个很好的教训。

一百四十几年前法国大革命中的启蒙学者让·龚多塞不顾死刑的威胁，躲在巴黎卢森堡附近的一间顶楼上忙碌地写他的最后的著作，这是历史和科学的著作。据他说历史和科学就是反对死的斗争。他的书也是为征服死而著述的。所以在写下最后两句话以后，他便离开了隐匿的地方。他那两句遗言是："科学要征服死，那么以后就不会再有人死了。"

他不梦想天堂，也不寻求个人的永生。他要用科学征服死，为人类带来长生的幸福。这样，他虽然吞下毒药，永离此世，他却比谁都更了解生。

科学会征服死。这并不是梦想。龚多塞企图建造一座为大众享用的长生塔，他用的并不是平民的血肉，像我的童话里所描写的那样。他却用了科学。他没有成功。可是他给那座塔奠了基石。

这座塔到现在还只有那么几块零落的基石，不要想看见它的轮廓！没有人能够有把握地说定在什么时候会看见它的完成。但有一件事实则是十分确定的：有人在孜孜不倦地努力于这座高塔的建造。这些人是科学家。

生物是必死的。从没有人怀疑过这天经地义般的话。但是如今却有少数生物学者出来企图证明单细胞动物可以长生不死了。德国的怀司曼甚至宣言："死亡并不是永远和生物相关联的。"因为单细胞动物在养料充足的适宜的环境里便能够继续营养和生存。它的身体长大到某一定限度无可再长的时候，便分裂为二，成了两个子体。它们又自己营养，生长，后来又能自己分裂以繁殖其族系，只要不受空间和营养的限制。它们可以永远继续繁殖，长生不死。在这样的情形下面当然没有死亡。

拿草履虫为例，两个生物学者美国的吴特拉夫和俄国的梅塔尼科夫对于草履虫的精密的研究给我们证明：从前人以为分裂二百次、便现出衰老状态而逼近死亡的草履虫，如今却可以分裂到一万三千次以上，就是说它能够活到二十几年。这已经比它的平常的寿命多过七十倍了。有些人因此断定说这些草履虫经过这么多代不死，便不会死了。但这也只是一个假定。不过生命的延长却是无可否认的。

关于高等动物，也有学者作了研究。现在鸡的、别的一些动物的、甚至人的组织 (tissue) 已经可以用人工培养了。这证明：多细胞动物体的细胞可以离开个体，而在适当的环境里生活下去，也许可以做到长生不死的地步。这研究的结果离真正的长生术还远得很，但是可以说朝这个方向前进了一步。

在最近的将来，延长寿命这一层，大概是可以办到的。科学家居然在显微镜下的小小天地中看出了解决人间大问题——生之谜的一把钥匙。过去无数的人在冥想里把光阴白白地浪费了。

我并不是生物学者，不过偶尔从一位研究生物学的朋友那里学得一点点那方面的常识。但这只是零碎地学来的，而且我时学时忘。所以我不能详征博引。然而单是这一点点零碎的知识已经使我相信龚多塞的遗言不是一句空话了。他的企图并不是梦想。将来有一天科学真正会把死征服。那时对于我们，生就不再是谜了。

然而我们这一代（恐怕还有以后的几代）和我们的祖先一样，是没有这种幸运的。我们带着新的力量来到世间，我们又会发挥尽力量而归于尘土。这个世界映在一个婴孩的眼里是五光十色；一切全是陌生。我们慢慢地活下去。我们举起一杯一杯的生之酒尽情地饮下。酸的，甜的，苦的，辣的我们全尝到了。新奇的变为平常，陌生的成为熟习。但宇宙是这么广大，世界是这么复杂，一个人看不见、享不到的是太多了。我们仿佛走一条无尽长的路程，游一所无穷大的园林，对于我们就永无止境。"死"只是一个碍障，或者是疲乏时的休息。有勇气、有精力的人是不需要休息的，尤其在胜景当前的时候。所以人应该憎恨"死"，不愿意跟"死"接近。贪恋"生"并不是一个罪过。每个生物都有生的欲望。蚱蜢饥饿时甚至吃掉自己的腿以维持生存。这种愚蠢的举动是无可非笑的。因为这里有的是严肃。

俄罗斯民粹派革命家妃格念尔"感激以金色光芒洗浴田野的太阳，感激夜间照耀在花园天空的明星"，但是她终于让沙皇专制政府将她在席吕谢尔堡中活埋了20年。为了革命思想而被烧死在美国电椅上的鞋匠沙珂还告诉他的6岁女儿："夏天我们都在家里，我坐在橡树的浓荫下，你坐在我的膝上；我教你读书写字，或者看你在绿的田野上跳荡，欢笑，唱歌，摘取树上的花朵，从这一株树跑到那一株，从清朗、活泼的溪流跑到你母亲的怀里。我梦想我们一家人能够过这样的幸福生活，我也希望一切贫苦人家的小孩能够快乐地同他们的父母过这种生活。"

"生"的确是美丽的，乐"生"是人的本分。前面那些杀身成仁的志士勇敢地戴上荆棘的王冠，将生命视作敝屣，他们并非对于生已感到厌倦，相反的，他们倒是乐生的人。所以奈司拉莫夫①坦白地说："我不愿意死。"但是当他被问到为什么去舍身就义时，他却昂然回答："多半是因为我爱'生'过于热烈，所以我不忍让别人将它摧残。"他们是为了保持"生"的美丽，维持多数人的生存，而毅然献出自己的生命的。这样深的爱！甚至那躯壳化为泥土，这爱也还笼罩世间，跟着太阳和明星永久闪耀。这是"生"的美丽之最高的体现。

①中篇小说《朝影》中的一个人物。

"长生塔"虽未建成，长生术虽未发见，但这些视死如归但求速朽的人却也能长存在后代子孙的心里。这就是不朽。这就是永生。而那般含垢忍耻积来世福或者梦想死后天堂的"芸芸众生"却早已被人忘记，连埋骨之所也无人知道了。

我常将生比之于水流。这股水流从生命的源头流下来，永远在动荡，在创造它的道路，通过乱山碎石中间，以达到那唯一的生命之海。没有东西可以阻止它。在它的途中它还射出种种的水花，这就是我们生活里的爱和恨，欢乐和痛苦，这些都跟着那水流不停地向大海流去。我们每个人从小到老，到死，都朝着一个方向走，这是生之目标，不管我们会不会走到，或者我们会在中途走入了迷径，看错了方向。

生之目标就是丰富的、满溢的生命。正如青年早逝的法国哲学家居友所说："生命的一个条件就是消费。……个人的生命应该为他人放散，在必要的时候还应该为他人牺牲。……这牺牲就是真实生命的第一个条件。"我相信居友的话。我们每个人都有着更多的同情，更多的爱裹，更多的欢乐，更多的眼泪，比我们维持自己的生存所需要的多得多。所以我们必须把它们分散给别人，否则我们就会感到内部的干枯。居友接着说："我们的天性要我们这样做，就像植物不得不开花似的，纵然开花以后便会继之以死亡，它仍旧不得不开花。"

从在一滴水的小世界中怡然自得的草履虫到在地球上飞腾活跃的"芸芸众生"，没有一个生物是不乐生的，而且这中间有一个法则支配着，这就是生的法则。社会的进化，民族的盛衰，人类的繁荣都是依据这个法则而行的。这个法则是"互助"，是"团结"。人类靠了这个才能够不为大自然的力量所摧毁，反而把它征服，才建立了今日的文明；一个民族靠了这个才能够抵抗他民族的侵略而维持自己的生存。

维持生存的权利是每个生物、每个人、每个民族都有的。这正是顺着生之法则。侵略则是违反了生的法则的。所以我们说抗战是今日的中华民族的神圣的权利和义务，没有人可以否认。

这次的战争乃是一个民族维持生存的战争。民族的生存里包含着个人的生存，犹如人类的生存里包含着民族的生存一样。人类不会灭亡，民族也可以活得很久，个人的生命则是十分短促。所以每个人应该遵守生的法则，把个人的命运联系在民族的命运上，将个人的生存放在群体的生存里。群体绵延不绝，能够继续到永久，则个人亦何尝不可以说是永生。

在科学还未能把"死"完全征服、真正的长生塔还未建立起来以前，这倒是唯一可靠的长生术了。

我觉得生并不是一个谜，至少不是一个难解的谜。

我爱生，所以我愿像一个狂信者那样投身到生命的海里去。

1937 年 8 月在上海

继《死》、《梦》、《醉》、《路》之后，巴金又写了《生》。仍然是围绕人生话题，谈论生与死的问题，区别在于，《死》与《梦》侧重于论"死"，《醉》、《路》和《生》更多地谈及"生"的快乐、意义和权利。而在论"生"的这一组文章中，《生》的内涵又更深一层，不仅表达了为理想奋斗的狂喜与沉醉，而是进一步阐述了个体生命的"乐生"、"醉生"与民族生存的关系、"牺牲"（"速朽"）与"永生"（"不朽"）之间的关系，可以说，是将前面4篇散文关于人生命题来了一个总结，提升到一个新的高度。

在前面的系列散文中，作者曾以自身心灵中潜藏的某些"贪生怕死"（准确地说，应是"恋生"、"畏死"）的心理迹象入手，解剖了自己生死观上出现的矛盾。这种面对自身的勇气，令人敬佩。

但作者并不是为了自剖而自剖，而是为了使自己在祖国面临生死存亡关头时能更勇敢地面对人生，更坦然地面对死亡，更充分地准备着为理想和信仰去奋斗，为"众人的事业"、"群体的生存"去牺牲。因此，在严厉地自我审视之后，作者紧接着写了以"群体的苦乐"为苦乐之《醉》和这篇以群体的存亡为存亡的《生》。

这几则姐妹篇的开头均是开门见山，或以"死"写《死》，或以"梦"写《梦》、或以"醉"写《醉》、或以"路"写《路》，或以"生"写《生》，绝无半点拖沓之感。"死是谜，有人把生也看作一个谜"，直截了当，从"死之谜"立即引入正题——"生之谜"，然后层层剥笋，逐步解开这个谜。

◎巴金、曹禺、柯灵在法国驻沪领事馆（1984）。

作者首先列举了世俗人们各种各样求长生、求不死的心理。他们乞灵于神或仙丹灵药，一心为自己造"长生塔"。但那是在沙上营筑楼阁，因为这是违反生的自然规律的，是愚妄的。

作者承认，"贪恋'生'并不是一个罪过。每个生物都有生的欲望。"又说"'生'的确是美丽的，乐（生）是人的本分。即使是革命者也贪恋着生的快乐"，"那些杀身成仁的志士勇敢地戴上荆棘的王冠，将生命视作敝屣，他们并非对于生已感到厌倦，相反的，他们倒是乐生的人。"写到这里，作者所要表述的中心已经有了很大的转移。即从一般人的"贪恋生"到科学家的"征服死"，是为了"为人类带来长生的幸福"，为"建造一座为大众享用的长生塔"，他们孜孜不倦，甚至甘愿牺牲个人的生命。然后又谈到仁人志士的亦"不愿意死"，但他们却能英勇无畏，舍身就义，是为了人类正义的事业——那比科学家们仅从生物学意义上延续个体生命的更加伟大的理想。主题明显地升华。"死梦醉路生"姐妹篇所探讨的整个人生哲学之生死命题亦由此获得最终的解释和明确的答案。

作者借用小说《朝影》中的一个人物奈司拉莫夫的话，这是"因为我爱'生'过于热烈，所以我不忍让别人将它摧残。"作者为此赞曰："他们是为了保持'生'的美丽，维持多数人的生存，而毅然献出自己的生命的。这样深的爱！甚至那躯壳化为泥土，这爱也还笼罩世间，跟着太阳和明星永久闪耀，这是'生'的美丽之最高的体现。"作者谈及生的美丽时，却用死的壮丽去证明它，是因为他深深懂得为理想、为信仰、为大众牺牲的价值。于是作者再一次赞道："这就是不朽。这就是永生。"

作者进一步以明白畅晓的语言阐明什么是真正的"生之目标"、"生之法则"。他指出：人类是靠了"互助"和"团结"，才能不为大自然的力量所摧毁，反而征服了它，建立起今日的文明；一个民族亦是靠了这个原则，"才能够抵抗他民族的侵略而维持自己的生存"。至此，作者很自然地将"生"与"死"的话题引入了当时正在中国国土上开展的反抗日本侵略的正义战争。他热情洋溢地呼吁，把个人的命运联系在民族的命运上，将个人的生存放在群体的生存里，群体绵延不绝，能够继续到多久，则个人亦何尝不可以说是永生。

在30年代中期，在日本武装侵略的战争威胁面前，巴金对生死问题的一系列思考是十分深刻的，不仅具有强烈的现实意义，还超越了当时特定的具体环境，表达了他的深邃的哲理思考和崇高的人生态度，他的感情火花，也吸引着读者投身到这个生命的激流中去："我爱生，所以我愿像一个狂信者那样投身到生命的海里去。"

（张沂南）

日

为着追求光和热，人宁愿舍弃自己的生命。

　　为着追求光和热，将身子扑向灯火，终于死在灯下，或者浸在油中，飞蛾是值得赞美的。在最后的一瞬间它得到光，也得到热了。

　　我怀念上古的夸父，他追赶日影，渴死在旸谷①。

　　为着追求光和热，人宁愿舍弃自己的生命。生命是可爱的。但寒冷的、寂寞的生，却不如轰轰烈烈的死。

　　没有了光和热，这人间不是会成为黑暗的寒冷世界么？

　　倘使有一双翅膀，我甘愿做人间的飞蛾。我要飞向火热的日球，让我在眼前一阵光、身内一阵热的当儿，失去知觉，而化作一阵烟，一撮灰。

7月21日

①中国神话："夸父不量力，欲追日影，逐之于旸谷，渴死。"（见《山海经》）

赏析

如果说，1937年巴金的散文集《梦与醉》主要阐述的是有关人生哲理的问题，那么，1941年间巴金在昆明编成的《龙·虎·狗》，便是极富抒情意味的真正的散文诗了。《龙·虎·狗》收入了同期创作的19个篇目，《日》和《星》就是其中的两篇。

1941年7、8月，巴金又一次到昆明去看望萧珊，那时昆明几乎天天下雨，暂未遇敌机轰炸。巴金每日清晨坐在窗前，埋头于小书桌上写作，让思想在过去和未来之间随意往来飞翔，在回忆和理想中交替地出现。仅仅用了一个星期，他就完成了19篇散文诗，并编集成册。作者记得自己为《龙·虎·狗》写《序》是在1941年8月5日，8月14日昆明遇炸已是在集子编成寄往上海之后了，所以收在集子中的19篇散文没有一篇描述炸后昆明的情况，而只是描述了一个个具体的景物，一则则生活的片段，一幅幅活动的画面，比如风云雷电、日月星辰、狗猪虎龙、醉生梦死等等，以及由此生发一些感观、感触、感想。作者在战争因雨天而得的"空档"中的确过了一段相对平静的生活，心境亦比较愉快轻松，正好用笔"掏出心跟读者见面"。在后来的创作回忆录《关于〈龙·虎·狗〉》中作者记述了当时写作时的情况："我有的是热情，有的是爱憎。对每个题目，我都有话要说"，"好像我扭开了龙头，水管里畅快地流出水来。"难怪这些散文几乎篇篇都写得明快畅达、得心应手、挥洒自如，与不几日后描写昆明被炸后惨景的散文《废园外》形成强烈的对照反差。

《日》、《月》、《星》是歌唱"三光"及其追求者的名篇。《日》总共不过184个字。内容也十分简洁明了。其中"光与热"者，"灯火"、"日影"、"日球"也；"追求光与热者"，即"飞蛾"、"夸父"、"人"还有"我"。飞蛾扑火。夸父逐日，人追求光和热，均为着一个信念而甘愿舍弃自己的生命，在"轰轰烈烈的死"中"得到光，也得到热"。这在作者看来是"值得赞美的"。这篇作品的思想内涵虽然与以前写的《醉》、《生》一样，但《梦与醉》较偏重于形而上理性的思考，而这里却借用了传说寓言的象征意蕴去发挥作者对自然、宇宙的热情和向往自由、追求光明、献身真理的决心。全文情思如焚，一扫往日行文中"淡淡的哀伤"；语言亦明亮鲜丽，优美舒缓，显得诗意葱茏，精致独到，令人一咏三叹，堪称散文诗中的精品。

（张沂南）

◎ 巴金等文学界人士在上海普希金纪念碑献花（1956）。

星

在我的天空里星星是不会坠落的。

在一本比利时短篇小说集里，我无意间见到这样的句子：

"星星，美丽的星星，你们是滚在无边的空间中，我也一样，我了解你们……是，我了解你们……我是一个人……一个能感觉的人……一个痛苦的人……星星，美丽的星星……"[1]

我明白这个比利时某车站小雇员的哀诉的心情。好些人都这样地对蓝空的星群讲过话。他们都是人世间的不幸者。星星永远给他们以无上的安慰。

在上海一个小小舞台上，我看见了屠格涅夫笔下的德国音乐家老伦蒙。[2]他或者坐在钢琴前面，将最高贵的感情寄托在音乐中，呈献给一个人；或者立在蓝天底下，摇动他那白发飘飘的头，用赞叹的调子说着："你这美丽的星星，你这纯洁的星星。"望着蓝空里眼瞳似地闪烁着的无数星子，他的眼睛润湿了。

我了解这个老音乐家的眼泪，这应该是灌溉灵魂的春雨罢。

在我的房间外面，有一段没有被屋瓦遮掩的蓝天，我抬起头可以望见嵌在天幕上的几颗明星。我常常出神地凝视着那些美丽的星星。它们像一个人的眼睛，带着深深的关心望着我，从不厌倦。这些眼睛每一霎动，就像赐与我一次祝福。

在我的天空里星星是不会坠落的。想到这，我的眼睛也湿了。

7月22日

①引自于尔拜·克安司的《红石竹花》（见戴望舒选译的《比利时短篇小说集》，商务印书馆，1934年版）。

②1940年上海的苏联侨民根据尼·伊·梭包里斯奇科夫一沙马林1913年的改编本《贵族之家》演出。

◎巴金接受香港中文大学荣誉博士学位（1984）。

赏析

在巴金的散文集《龙·虎·狗》中,《星》是其中美丽动人的一篇,它与《月》同日创作,与《日》的写作亦只隔了一天。

抬头望月,引发人思念亲人之情,于是有了《月》;举目看星,美丽的星星犹如朋友的眼睛,于是又有了《星》。

对于作者而言,兵荒马乱之时,常年与最亲近的人处于分离状态,相见难,别亦难,那些即便在房内也能随时抬头可见的"嵌在天幕上的""美丽的星星",自然成了他"无上的安慰"。他与它们对话,向它们倾诉,出神凝视着它们,赞美歌唱着它们,因为"它们像一个人的眼睛,带着深深的关心望着我,从不厌倦"。作者将星星比作朋友深情的眼睛,这些眼睛的每一次雳动,就像是远方的友人传递的关心,赐予的祝福;作者望着这些"眼睛",心中荡溢着感激之情,他深信在自己的天空中"星星是不会坠落的",友谊长存。

巴金一生中最看重的莫过于一个"爱"字,他的大部分作品、他的整个生命无不在体验、实现、表达、倾吐这个"爱"字。说到底,巴金是一个博爱者,而第一个教巴金认识"爱"字的,正是他的母亲。从那时起,他用心去爱别人,并从他人那里得到爱,就成了他生活与理想的主要的精神支柱;"爱"从此成为一根红线,贯穿了巴金整整70年的写作生涯。

巴金爱祖国、爱理想、爱亲人、爱朋友、爱斗士亦爱弱者、爱宇宙间所有的生命甚至于无生命。散文恰恰为他创造了一个天地,使他能最为直接地抒发这一份份

◎巴金和萧珊在山西云冈石窟（1964）。

情怀胸臆，最为恰当地宣泄自己对世界万物不尽的思绪。借助散文，他将心中储存的各式各样的"爱"与"情"，作了淋漓尽致的阐释和发挥。他的生活中尤其少不了友情，友情是他生命中永不雕败的花朵、永不熄灭的灯盏、永不坠落的星辰，他与朋友们在快乐中相聚、在患难中互助，由此写下了难以计数的许许多多歌颂友谊的感人篇章，《星》便是传递友情、倾吐思念的最为温馨的一节，其柔情似水，温婉亲切、寓情于景，令所有读过的人为之深深感动。

（张沂南）

火

我打了一个冷噤，这又是我自己的
声音，我自己梦中的"火"！

　　船上只有轻微的鼾声，挂在船篷里的小方灯突然灭了。我坐起来，推开
旁边的小窗，看见一线灰白色的光。我不知道现在是什么时候，船停在什么
地方。我似乎还在梦中，那噩梦重重地压住我的头，一片红色在我的眼前。
我把头伸到窗外，窗外静静地横着一江淡青色的水，远远地耸起一座一座墨
汁绘就似的山影。我呆呆地望着水面。我的头在水中浮现了。起初是个黑影，
后来又是一片亮红色掩盖了它。我擦了擦眼睛，我的头黑黑地映在水上。没
有亮，似乎一切都睡熟了。天空显得很低。有几颗星特别明亮。水轻轻地在
船底下流过去。我伸了一只手进水里，水是相当地凉。我把这周围望了许久。
这些时候，眼前的景物仿佛连动也没有动过一下；只有空气逐渐变凉，只有
偶尔亮起一股红光，但是等我定睛去捕捉红光时，我却只看到一堆沉睡的山
影。

　　我把头伸回舱里，舱内是阴暗的，一阵一阵人的气息扑进鼻孔来。这气
味像一只手在搔着我的胸膛。我向窗外吐了一口气。便把小窗关上。忽然我
旁边那个朋友大声说起话来："你看，那样大的火！"我吃惊地看那个朋友，
我看不见什么。朋友仍然沉睡着，刚才动过一下，似乎在翻身，这时连一点
声音也没有。

　　舱内是阴暗世界，没有亮，没有火。但是为什么朋友也嚷着"看火"呢？
难道他也做了和我同样的梦？我想叫醒他问个明白，我把他的膀子推一下。

他只哼一声却翻身向另一面睡了。睡在他旁边的友人不住地发出鼾声，鼾声不高，不急，仿佛睡得很好。

我觉得眼睛不舒服，眼皮似乎变重了，老是睁着眼也有点吃力，便向舱板倒下，打算阖眼睡去。我刚闭上眼睛，忽然听见那个朋友嚷出一个字"火"！我又吃一惊，屏住气息再往下听。他的嘴却又闭紧了。

◎巴金访问法国，在巴黎公社墙前。左起：巴金、小林、徐迟、孔罗荪、高行健（1979）。

我动着放在枕上的头向舱内各处细看，我的眼睛渐渐地和黑暗熟习了。我看出了几个影子，也分辨出铺盖和线毯的颜色。船尾悬挂的篮子在半空中随着船身微微晃动，仿佛一个穿白衣的人在那里窥探。舱里闷得很。鼾声渐渐地增高，被船篷罩住，冲不出去，好像全堆在舱里，把整个舱都塞满了。它们带着难闻的气味向着我压下，压得我透不过气来，我无法闭眼，也不能使自己的心安静。我要挣扎。我开始翻动身子，我不住地向左右翻身。没有用。我感到更难堪的窒息。

于是耳边又响起那个同样的声音"火"！我的眼前又亮起一片红光。那个朋友睡得沉沉的，并没有张嘴。这是我自己的声音。梦里的火光还在追逼我。我受不了，我马上推开被，逃到舱外去。

舱外睡着一个伙计，他似乎落在安静的睡眠中，我的脚声并不曾踏破他的梦。船浮在平静的水面上，水青白地发着微光，四周都是淡墨色的山，像屏风一般护着这一江水和两三只睡着的木船。

我靠了舱门站着。江水碰着船底，一直在低声私语。一

◎1962年在上海寓所。左起：萧珊、巴金、小棠、小林。

阵一阵的风迎面吹过，船篷也轻轻地叫起来。我觉得呼吸畅快一点。但是跟着鼾声从舱里又送出来一个"火"字。

我打了一个冷噤，这又是我自己的声音，我自己梦中的"火"！

4年了，它追逼我4年了！

4年前上海沦陷的那一天，我曾经隔着河望过对岸的火景，我像在看燃烧的罗马城。房屋成了灰烬，生命遭受摧残，土地遭着蹂躏。在我的眼前沸腾着一片火海，我从没有见过这样大的火，火烧毁了一切：生命，心血，财富和希望。但这和我并不是漠不相关的。燃烧着的土地是我居住的地方；受难的人们是我的同胞，我的弟兄；被摧毁的是我的希望，我的理想。这一个民族的理想正受着熬煎。我望着漫天的红光，我觉得有一把刀割着我的心，我想起一位西方哲人的名言："这样的几分钟会激起10年的憎恨，一生的复仇。"①我咬紧牙齿在心里发誓：我们有一天一定要昂着头回到这个地方来。我们要在火场上辟出美丽的花园。我离开河岸时，一面在吞眼泪，我仿佛看见了火中新生的凤凰。

①见亚·赫尔岑的《从彼岸来》第二篇《暴风雨后》。

4年了。今晚在从阳朔回来的木船上我又做了那可怕的火的梦，在平静的江上重见了4年前上海的火景。4年来我没有一个时候忘记过那样的一天，也没有一个时候不想到昂头回来的日子。难道胜利的日子逼近了么？或者是我的热情开始消退，需要烈火来帮助它燃烧？朋友睡梦里念出的"火"字对我是一个警告，还是一个预言？……

我惶恐地回头看舱内，朋友们都在酣睡中，没有人给我一个答复。我刚把头掉转，忽然瞥见一个亮影子从我的头上飞过，向着前面那座马鞍似的山头飞走了。这正是火中的凤凰！

我的眼光追随着我脑中的幻影。我想着，我想到我们的苦难中的土地和人民，我不觉含着眼泪笑了，在这一瞬间似乎全个江，全个天空，和那无数的山头都亮了起来。

1941年9月22日从阳朔回来，在桂林写成。

赏析

　　火的意象在巴金作品中大量出现是在抗战期间。除了创作于1941年9月的这篇散文之外，巴金在战争期间完成的一部连续性小说也定名为《火》。作者会把火与抗战联系在一起，是与他的几次重要经历分不开的。早在1932年年初，上海发生的"一二八"战争中，巴金就亲眼目睹了祖国大地上的火光，看到了被侵略战火焚烧过的废墟与焦土。特别是每天晚上，上海北部大半个天空被炮火映红，黑烟遮蔽的情景给巴金留下了极为深刻的记忆。1937年"八一三"事变发生后，巴金隔着苏州河，又一次目睹了侵略者暴行，国土成了一大片火海。后来，在战乱的流亡生活中巴金还亲历了1938、1939年间日寇三次轰炸桂林的可怕情景。有一次大火从下午一直燃烧到深夜。但是，巴金还感受到另一种烈火，如1938年10月，他在广州看到了几万名壮丁的火炬游行，连成一条怒吼的金色巨龙，驱走了战争的恐惧，倾吐着人们胸中复仇的烈焰。巴金的心也跟着巨龙在燃烧。可以说抗战以来的火，给巴金留下了痛苦的记忆，留下了对侵略者的仇恨，同时，也点燃了他抗战必胜的信念。因此，不断在巴金作品中出现的火也就具有了双重的象征意蕴。

　　在《火》这篇散文中，作者记叙了他和未婚妻萧珊于1941年曾经沿着漓江到阳朔去游览在这苍翠梦幻般的天地里，沉睡在船舱里的萧珊竟还梦见了大火，惊恐地喊叫"火"，竟又使巴金的思绪落入到回忆和追叙中，战火在追逼着人们，战火烧毁了一切：生命、心血、财富和希望。但是，它也是点燃和增强人们复仇的信心。是凤凰获得新生的、神圣的火，涅槃之火，作者由此抒发了炽热的爱国主义情怀。巴

金的创作一直无意于纯技巧的追求。但到了40年代，他已基本形成一种较为稳定的纯熟自然的表现艺术。表面上，这篇散文也极为普通自然，作者似乎是信笔在那里向读者叙说着一个噩梦后的感受与联想，但稍加注意就不难发现，它具有非常独特的艺术结构。全文以"火"为联结点，写了火的梦、火的幻觉、火的记忆以及火的信念。并且，不是从火的梦入笔，而是一开篇就直接进入火的幻觉的描写，至于火的梦似乎被省略了。其实，正是在扑朔迷离的幻觉描写中给人一个悬念：这是一个怎样的火的梦呢？当作品的描写由火的幻觉转入火的记忆，悬念也就自然解开而无须再作交代，梦中的恐惧正是记忆中的火所引起，梦中的火当然是记忆中的火的重现。至此，梦中、幻觉中与记忆中的火的意象叠加产生了一种独特的艺术效果，作者也水到渠成地点明主旨："4年来我没有一个时候忘记过那样的一天，也没有一个时候不想到昂头回来的日子。"表达了火中的凤凰必将获得新生的牢固信念。

运用虚实相生的艺术手法，创造浓郁的抒情氛围也是这篇散文的一个主要特色。巴金喜欢写梦，以"梦"为题的作品就有一二十篇，至于作品中的写梦之处就更是不胜枚举；他还喜欢写幻觉，善于捕捉和描写人物在特定场合下的瞬间感受与幻觉。在《火》中，"我"从噩梦中走来，但又"似乎还在梦中"。淡清而冰凉的江水，沉睡的山影，时而清晰可辨，时而又被一片红色所掩盖；三番五次的"火"的叫声，似乎出于梦中朋友的口，似乎又来自怀有余悸的作者的心；难闻的气味，渐高的鼾声，塞满了阴暗的船舱，使我感到"更难堪的窒息"。这若虚若实、虚实相间的描写，自然地透露出作者几年来郁积心头的愤懑，同时也为紧接而来的控诉与呼号创造了浓烈的氛围。正是作者的情之所至，看似信笔写来却常能收到匠心独运的艺术效果。

（辜也平）

灯

几盏灯甚或一盏灯的微光固然不能照彻黑暗，可是它也会给寒夜里一些不眠的人带来一点勇气，一点温暖。

我半夜从噩梦中惊醒，感觉到窒闷，便起来到廊上去呼吸寒夜的空气。

夜里漆黑的一片，在我的脚下仿佛横着沉睡的大海，但是渐渐地像浪花似地浮起来灰白色的马路。然后夜的黑色逐渐减淡。哪里是山，哪里是房屋，哪里是菜园，我终于分辨出来了。

在右边，傍山建筑的几处平房里射出来几点灯光，它们给我扫淡了黑暗的颜色。

我望着这些灯，灯光带着昏黄色，似乎还在寒气的袭击中微微颤抖。有一两次我以为灯会灭了。但是一转眼昏黄色的光又在前面亮起来。这些深夜还燃着的灯，它们（似乎只有它们）默默地在散布一点点的光和热，不仅给我，而且还给那些寒夜里不能睡眠的人，和那些这时候还在黑暗中摸索的行路人。是的，那边不是起了一阵急促的脚步声吗？谁从城里走回乡下来了？过了一会儿，一个黑影在我眼前晃一下。影子走得极快，好像在跑，又像在溜，我了解这个人急忙赶回家去的心情。那么，我想，在这个人的眼里、心上，前面那些灯光会显得是更明亮、更温暖罢。

我自己也有过这样的经验。只有一点微弱的灯光，就是那一点仿佛随时都会被黑暗扑灭的灯光也可以鼓舞我多走一段长长的路。大片的飞雪飘打在我的脸上，我的皮鞋不时陷在泥泞的土路中，风几次要把我摔倒在污泥里。我似乎走进了一个迷阵，永远找不到出口，看不见路的尽头。但是我始终挺起身子向前迈步，因为我看见了一点豆大的灯光。灯光，不管是哪个人家的灯光，都可以给行人——甚至像我这样的一个异乡人——指路。

这已经是许多年前的事了。我的生活中有过了好些大的变化。现在我站在廊上望山脚的灯光，那灯光跟好些年前的灯光不是同样的么？我看不出一点分别！为什么？我现在不是安安静静地站在自己楼房前面的廊上么？我并

◎ 在日本访问，巴金与日本作家井上靖（1963）。

没有在雨中摸夜路。但是看见灯光，我却忽然感到安慰，得到鼓舞。难道是我的心在黑夜里徘徊，它被噩梦引入了迷阵，到这时才找到归路？

我对自己的这个疑问不能够给一个确定的回答。但是我知道我的心渐渐地安定了，呼吸也畅快了许多。我应该感谢这些我不知道姓名的人家的灯光。

他们点灯不是为我，在他们的梦寐中也不会出现我的影子。但是我的心仍然得到了益处。我爱这样的灯光。几盏灯甚或一盏灯的微光固然不能照彻黑暗，可是它也会给寒夜里一些不眠的人带来一点勇气，一点温暖。

孤寂的海上的灯塔挽救了许多船只的沉没，任何航行的船只都可以得到那灯光的指引。哈里希岛上的姐姐为着弟弟点在窗前的长夜孤灯，虽然不曾唤回那个航海远去的弟弟，可是不少捕鱼归来的邻人都得到了它的帮助。

　　再回溯到远古的年代去。古希腊女教士希洛点燃的火炬照亮了每夜泅过海峡来的利安得尔的眼睛。有一个夜晚暴风雨把火炬弄灭了，让那个勇敢的情人溺死在海里。但是熊熊的火光至今还隐约地亮在我们的眼前，似乎那火炬并没有跟着殉情的古美人永沉海底。

　　这些光都不是为我燃着的，可是连我也分到了它们的一点点恩泽——一点光，一点热。光驱散了我心灵里的黑暗，热促成我心灵的发育。一个朋友说："我们不是单靠吃米活着，"我自然也是如此。我的心常常在黑暗的海上飘浮，要不是得着灯光的指引，它有一天也会永沉海底。

　　我想起了另一位友人的故事：他怀着满心难治的伤痛和必死之心，投到江南的一条河里。到了水中，他听见一声叫喊（"救人啊！"），看见一点灯光，模糊中他还听见一阵喧闹，以后便失去知觉。醒过来时他发觉自己躺在一个陌生人的家中，桌上一盏油灯，眼前几张诚恳、亲切的脸。"这人间毕竟还有温暖，"他感激地想着，从此他改变了生活态度。"绝望"没有了，"悲观"消失了，他成了一个热爱生命的积极的人。这已经是二三十年前的事了。我最近还见到这位朋友。那一点灯光居然鼓舞一个出门求死的人多活了这许多年，而且使他到现在还活得健壮。我没有跟他重谈灯光的话，但是我想，那一点微光一定还在他的心灵中摇晃。

　　在这人间，灯光是不会灭的——我想着，想着，不觉对着山那边微笑了。

1942 年 2 月在桂林

1923年10月，刚刚离开家庭步入社会的巴金曾在《妇女杂志》上发表过一首题为《黑夜行舟》的小诗：

> 天暮了，
>
> 在这渺渺的河中，
>
> 我们的小舟究竟归向何处？
>
> 远远的红灯呵，
>
> 请挨近一些儿罢！

巴金后来曾介绍说，这首小诗是据他乘船出川时的感触写成的，他说："我看见远方一盏红灯闪闪发光，我不知道灯在哪里，但是它牵引着我的心，仿佛有人在前面指路"（《巴金论创作·序》）。当时尚不满19岁的巴金，就已经把灯作为光明与未来的象征，作为人生航标的象征。后来，"灯"也一直指引着他探索前进。因此，在许多作品中，作者追求光、追求火，歌颂太阳，歌颂光明，1942年2月创作的散文《灯》便是一曲灯的赞歌。

一开篇，作者描绘了噩梦醒后所见的一幅自然景象："夜是漆黑的一片，在我的脚下仿佛横着沉睡着的大海，但是渐渐地像浪花似地浮起来灰白色的马路。然后夜的黑色逐渐减淡。哪里是山，哪里是房屋，哪里是菜园，我终于分辨出来了。"那么，是什么东西使"夜的黑色逐渐减淡"呢？在激起读者的期待心理后，作者才郑重地推出所要赞美的对象:灯光，"傍山建筑的几处平房里射出来几点灯光"。在读者的期待得到满足后，巴金又迅速地把视野引入对灯光的观察: 这带着昏黄的灯光虽然在寒气的袭击中"微微颤抖"，但却"默默地在散布一点点的光和热"，给"我"、给寒夜中不能睡眠的人和黑暗中摸索的行路人带来"明亮"与"光明"。这开头初步显现了作品的抒情特点，即在对客观景物的描绘中融入作者的主观感受，通过情景交融画面的创造来抒发作者赞美灯光的情怀。画面中，大海是作者心中的大海，因此它才"仿佛横着沉睡"；马路是作者笔下的马路，所以才会"像浪花似地浮起来"；而灯光实际上也是通过作者心灵折射过的灯光，不然它怎么是"默默地"散布着光和热呢！这种缘情写景、情景交融的写法使作品一开始就具有较强的艺术感染力。

在借景抒情的散文中，作者对特定景物的描摹无非是为了创造抒写感情的艺术氛围，一旦这种氛围形成，他即可乘着艺术的翅膀，舒展自己的情怀。因此，紧接着眼前的灯光，巴金迅速地转入了对记忆里的灯光和传说中的灯光的描述，进而展开关于灯的遐思，抒写自己对灯光特有的认识和特有的感情。在记忆中，一点微弱的灯光可以鼓舞"我"走一段长长的路，一点豆大的灯光也曾指引"我"挺身向前。如今，当"我"的心在黑夜中徘徊时，灯光又指引"我"找到了归路，在传说里，哈里希岛上的长夜孤灯帮助过不少捕鱼人，希洛的火炬曾照亮利安得尔的眼睛，因此，作者觉得记忆里的灯给过"我"安慰与鼓舞，传说中的灯虽不是为"我"点燃，但它的光也驱散过我心灵里的黑暗。巴金满怀深情地写道:"我的心常在黑暗的海上飘浮，要不是得着灯光的指引，它有一天也会永沉海底。"不难看出，随着作者思绪的展开，灯已从具体的逐渐转变为抽象的，从开始时所见的实际的灯转变为心目中的灯。灯这一具体的物象也就升华为具有哲理含义的意象，它象征着光明，象征着温暖，象征着不断进取的生活信念。

《灯》的最后，作者又讲述了一个一点灯光改变一个出门求死者的生活的故事。这在构思上有着双重的作用。一方面，它承接了文章第二个层次的思绪，从反面印证了如果没有光的指引，飘浮的人将沉入海底；如果失去理想与追求，他也必将为生活所吞没。另一方面，通过朋友的得救与转变揭示出另一个生活哲理：在人间，灯光是不会灭的，理想也是不会消失的。

从上述的分析可以看出，这篇散文的成功之处包括了如下几个方面：首先，它紧扣灯的命题，从眼前的灯到记忆的灯，从传说里的灯到朋友心中的灯，一层一层地揭示了永不熄灭的灯在人们前进中的指引作用，从而表达了作者热爱光明、追求理想的执著情怀。第二，对灯的描写从具体物象落笔，由实而虚，由具体而抽象，最后使灯升华为光明与人生信念的艺术象征。第三，移情入境，在创造情景交融的艺术画面之后，交替穿插对记忆与传说的叙述，穿插关于灯与生活信念的相关议论，融记叙、描写、议论 抒情于一炉，从而使作品产生一种独有的艺术魅力。

（辜也平）

悼范兄[①]

在你这里我看见了那无穷大的世界，在你这里我也看见了那无穷小的世界。

昨夜窗外落着大雨，刚刚修补好的屋顶，阻止不了雨水的浸泻，我用一个面盆做武器，跟接连不断的雨滴战斗。我躺在床上，整夜发着高烧，不能闭上眼睛，那些时候我都想起你，我善良、仁厚的亡友。我的心燃烧着，我的身体燃烧着，但我的头脑却是清醒的。在这凌乱地堆满家具和书报的宽大楼房的黑暗中展开了12年的友情。你的和蔼的清瘦的面颜，通过了12年的长岁月，在这雨夜里发亮。在闽南一个古城的武庙中，我们第一次握手，这是我最初从你的亲切的话里得到温暖和鼓舞。没有经过第三个人的介绍，我们竟然彼此深切地了解了。是社会改革的伟大理想把我们拉拢的。你为着自己的理想劳苦了20年，你把你的心血、精力、肌肉都献了给它，人们看见你一天天地瘦下去，弱下去。一直到死，你没有停止过你的笔和唇舌。

我没有忘记，就是在12年前那个南国的秋天里，我们在武庙的一个凉台上喝着绿豆粥，过了二三十个黄昏，我们望着夜渐渐地从庭前两棵大榕树繁茂的枝叶间落到地上，畅快地谈论着当前的社会问题和美丽的未来的梦景。让我们热情的声音，在晚风中追逐。参加谈话的人，我记得有时是5个，有时是6个。他们如今散处在四方，都还活得相当结实，却料不到偏偏少了一个你。

在朋友中你是一个切实的人，即使在侈谈梦景的时候，你也不曾让热情把你引到幻想的境域里去。在第一次的闲谈中我就看出来，甚至当崇高的理想在你脸上发光的时候，你也仍旧保持着科学的头脑。靠着你，我多知道一些事情，我知道怎样节制我的幻想，不让夸张的梦景迷住我的眼睛，凉台上的夜谈并不是白费的。至少对我已经发生影响了。

在那个古城里，我们常常同看秋夜的星空。在那些夜里我也曾发着高热，喝着大碗神曲汁，但是亿万的发光的生命，使我忘记了身体的燃烧。从星球的生命中，我更了解了"存在界"的意义。你告诉我许多关于星球的事，让我知道你怎样由宇宙问题的探讨，而构成了你的生活哲学。

白天你又从外面那些浮着绿萍的水沼、水潭里带回来一杯、一瓶的污水，于是在你的书桌上，显微镜下面展开了一滴水中的世界，使我看见无数的原生动物的活动与死亡。

在你这里我看见了那无穷大的世界，在你这里我也看见了那无穷小的世界。我知道人并不是宇宙的骄子，我知道生命无处不在，我知道生命绵延不绝。你的生活哲学影响了我的。你的待人的态度也改变了我的。倘使我今天从我的生活中完全抽去了你的影响，则我将成为一个忘恩的人而辜负了死友的期望了。

你不是一个空谈家，也不是一个发号施令的英雄。在武庙凉台上的夜谈中你就显露了你的真实面目。谦逊，大量，勤勉，刻苦，这都是你的特点。你不是一个充满夺目光彩的豪士，也不是一个口如悬河的辩才。你是用诚挚，用理智，用坚信，用恒心来感动人的。别人把崇高的理想用来做成自己头顶上的圆光的时候，你却默默地在打算怎样为它工作，为它牺牲。所以你牺牲了健康，牺牲了家庭幸福，将自己的心血作为燃料，供给那理想多放一点光辉，却少有人知道你的名字，或者还有些不做一事的人随意用轻蔑的态度抹煞了你的工作。

的确在生前你是常常被人误解的，有人把你看作一个神经质的肺病患者，有人把你视为一个虚伪的道学家，还有人以为你只是一个被生活担子压得透不过气来的读书人，有好多次那些狂妄的、或者还带有中伤意味的话点燃了我的怒火，我愤慨地、热烈地争辩，我甚至愿意挖出我的心，只为了使友人能够更明白地了解。我这争辩自然是没有用处的，我的话并不曾给你的面影增加光彩。后来还是你自己用你的笔、你的唇舌、你的工作精神、你的生活态度把许多颗年轻的心拉到你的身边，还是你自己用这些把别人投掷在你的面影上的污泥洗去，是你自己拨开了那些空谈家的烟雾，直立在人们的面前，不像一个病人，却像一个战士，一个被称为"生命的象征"的战士。（一个朋友称你做"生命的象征"，她这话的确不错。）

　　诚然12年前我就知道你是一个肺病患者，而且我们也想得到有一天你终于会死在这个不治之症上。但是和你在一起时我却始终忘记你是一个病人。你的思想、你的言论和你的行为都不带丝毫的病态。人从你的身上看不到一点犹疑，一丝悲观，一丝畏怯，你不寻求休息，却渴望工作。你在各处散布生命，你应该是一个散播生命种子的人。十几年前你写过歌颂战士的文章，临死你还写出了《生之欢乐》。你最后留下遗言，望年轻人爱真理向前努力。

　　在《战士颂》中你坦白地说过："我激荡在这绵绵不息、滂沱四方的生命洪流中，我就应该追逐这洪流，而且追过它，自己去制造更广、更深的洪流。我如果是一盏灯，这灯的用处便是照彻那多量的黑暗。我如果是海潮，便要鼓起波涛去洗涤海边一切陈腐的积物。"

　　在《生之欢乐》的开端，你更显明地承认："有人把人生当作秕糠，我却以为它是谷粒。有人把人生视同幻梦，我却以为它是实在。有人把人生作为苦药，我却以为它是欢乐。有许多人以人生为苦恼、黑暗、艰难、乏味、滞钝、不自由、憎恨、丑恶、柔弱的象征，我却认为人生是爱、美、光明、自由、活泼、有为、创造、进步的本身。"

　　你还勇敢地叫喊："人生的美、爱、力量，都是从奋斗中创造出来的。所以人不是环境的奴隶，而是环境的主人……从奋斗的人格中，我们窥见生之光明，生之进步，生之有为，生之自由。……人生的解释受了积极思想的指导，人将为自由，为光明，为爱，为美，为创造，为进步而生，因此人将与压迫、黑暗、暴行、丑恶搏斗。燧石因相击而生火，人则由奋斗而尝到生之欢乐。"

我从未听见过像这么美丽的洋溢着生命的战歌！在朋友中就只有你一个人是这么热情地在各处散布生命，鼓舞希望！在一个孩子的纪念册上你写着："希望是人生所需要的，人如没有希望，何异江河涸了流水。"你这条江一生就没有涸过流水。不但这样，而且你这条江更投入在"那个人类生活的大海里"，用你自己的话，"在大海里你得到了伟大的生命力，发现了不灭的希望，"的确一直到死，你没有失掉希望。

你和我都曾歌颂过战士，我们的战士所用的武器，不是枪和刀，却是知识、信仰，和自己的意志。他把自己的意志锻炼成比枪刀更锋利、更坚实、更耐久的东西。他永远追求光明。他并不躺在晴空下面享受阳光，他却在暗夜里燃起火炬给人们照亮道路。对于他，生命便是不停的战斗。他不是取得光明而生存，便是带着满身伤痕而死去。你正是这类战士的一个典型，你从不知道灰心与绝望，你永没有失去青春的活力。

"除非他死，人不能使他放弃工作，"这是我称誉战士的话。你确实做到了这个地步。甚至在你的最后两年间，你的肺病已经进入第三期，你受着那么大的肉体痛苦的折磨，在死的黑暗的威胁下，你还实践了你那"以有限的余生，为社会文化、思想运动作最后努力"的约言，完成了《科学与人生》、《达尔文》、《科学方法精华》三部译著。这许多万字，都应该是在"胸部剧痛"和"咳嗽厉害"中写成的。最后躺在死床上，你还努力写着你那篇题作《理想社会》的文章。可见一直到死都是些什么事情牵系住你的心。

十几年来你努力跟死挣扎，你几次征服了死，最后终于给死捉了去。这应该是一个悲剧。但是想到你怎样在死的威胁下努力工作，又以怎样的心情去接受死，我觉得这是一个壮观。一个朋友说，临死的你比任何强健的友人"都更富于生命力"！另一个青年友人却因为你以濒死之躯竟能够如此平静地保持着"坚决的信心和旷达的态度"而感到惭愧。一个温柔的女性的心灵曾经感动地为你写下这样的赞辞："透过那为病菌磨枯了的身体，我望见了一个比谁都富于生命的欣欣向荣的灵魂！永远不绝望，永远在求生，——为工作而生。"我应该给她添上一句：而且像一个播种的农夫，永远在散播生命的种子。你以一种超人的力量平静地吞食了那一切难忍的病痛，将它们化作生命的甘泉而吐出来。难道世间还有比这更强健的人？还有比这更美丽的生命的表现？

　　自然在你一生中，经济的压迫与生活的负担很少放松过你。要是换上一个环境，你也许至今还在美国的实验室里度着岁月。你也并不是没有"向上爬"的机会。对你的生活有决定影响的更不是经济的压迫。你为了理想才选取现在走的这条路，而且也是为了理想才选取了过去所走过的路。甘愿过着贫苦生活，默默地埋头工作，在绝望的情形下苦苦地支持着你的教育事业，把忌恨和责难全引到自己的身上，一直到用尽了自己的力量，使事情告一个段落，才又默默地卸下两肩的责任，去到另一个地方开始接受新的工作。倘若单是为了个人的生活，你不会让工作把你的身体磨到这样；倘若单是为了个人的生活，你又不会有那么坚强、充实的精力，在患病垂危的最后二年间还做出那样多的事情。

　　通过了你的一生，你始终把握着战士的武器。你的一生就是意志征服环境的一个最有力的表现，你做了许多在你的处境里似乎是不可能的事情。你在艰苦的环境中锻炼自己，创造自己，只为了完成更大的工作。你终于留下不少的成绩和不小的影响而去了。你的死使我想到了法国大革命时期的启蒙学者龚多塞，他在服毒以前安静地写下了遗言："科学要征服死。"我又想起一个躺在战场上的兵，他看见自己的战胜的旗帜在敌人的阵地上飘扬，才安然闭上燃烧的眼睛。

　　有了这样辉煌的战绩以后，你对自己的死应该没有遗憾了。你是完成了你的任务以后才倒下的。而我们呢？作为你的朋友的我们，至少我，是没有理由来哀悼你的。失去了这个散布生命的人，失去这个"生命的象征"，像这样一个生命的壮观如今竟然在我们的面前永久消去，我们应该感到何等的寂寞。我们应该为这个巨大的损失悲痛。

　　在这里我不敢提说个人的私谊，这几年来我已经失掉不少能够了解我、鼓舞我、督责我、安慰我、帮助我的友人，如今又失去这个不可少的你！12年来的关切、鼓励、期望、扶助（我永不能忘记"八·一三"以后两个月你汇款给我的事，那时你自己也是相当困苦的），现在都成了一阵烟，一阵雾。我在成都得到你的死讯回来，读到你生前寄出的告别信。我读了开头的几句："无论属于公的或属于私的，我有千言万语需要对你说，但我无从说起，"我只有伏在书桌上淌泪，范兄，我不是在为你流泪，我是在哭我自己。

　　在你的告别信里还有两段我不能卒读的话，我不知道你是怎样把它们写下来的，你甚至带点残酷地说：

　　　　"自去年冬至节以后，忽然变成终日喘哮不绝，且痰塞喉间，乎卢乎卢作响，咽喉剧痛，声音全部哑失。现由中西医诊断，谓阴历十二月一个月为生死关键。

　　　　"最近几个月来我已受够了病的痛苦，因为喉痛，连鲜牛乳、鸡汁都不能自由的吃，四肢和身躯已成枯柴。仅剩了骨和不光泽的皮。我已不能自己穿衣，不能自己研墨执笔，我的身体可说完全失了自由。"

　　在我们这些活着的友人中间有谁受过这样痛苦的病的折磨？又有谁能够忍受这一切而勇敢地一直工作到死？更有谁在自己就要失去生命的时候还能够那么热情地到处散布生命，写出洋溢着生命的歌颂"生之欢乐"的文章？倘若有一天我也到了你这样的境地，我不知道自己是否可以保持着你的十分之一的勇敢和热情，像一个战士那样屹立在人世的波涛中间？我更担心自己是否还可以像你那么宁静、那么英勇地去迎接死？

今天我仍旧在这间堆满家具和书报的宽大楼房里，窗外街中响着喧嚣的汽车声，尘土和炎热不断地落到我的头上、身上、手上和纸上。时间已是开篇所谓"昨夜"后的第四天了，我的高热刚刚退尽。这几天里我不能够做别的事情，我就只想到你，我善良仁厚的亡友。你现在永远地离开我们了。一直到最后你还给我们留下一个战士的榜样，你还指示我们一个充实的生命的例子，你对自己，对朋友都可以说是毫无遗憾。正如我在前面说的那样，你是尽了你的战士的任务躺下了，你把这广大的世界和这么多待做的工作留给我们。继续你的遗志前进，正是作为你的友人的我们的责任。范兄！你静静地安息罢，我不能再辜负你的殷切的期望了。

从炎热的下午到了阴雨的深夜，雨洗去了闷热，但也给我带来寂寞。而且这是带点悲凉味的寂寞。一切都睡去了，除了狗吠和蛙鸣。12年的友情又来折磨我的心。我从凌乱的书桌上，拿起你的信函，你那垂死的手写出来的有力的字迹，正在诉说12年中间两个友人的故事。武庙中第一次的握手，也就是同样的写这信的手和拿这信的手罢，那么这应该是我们的最后一次的握手了。这样的告别，这是多么可悲痛的告别啊！

但是望着眼前你的活跃的字迹，我能够相信你已经离开了我们这个世界么？

凉风从窗外吹入，我伸出头去望天空，雨天自然没有星光，但是我的眼前并不是一片黑暗。我想起了一颗死去的星。星早已不存在于宇宙间了，但是它的光芒在若干年后才达到地球，而且照耀在地球上。范兄，你就是这样的一颗星，你的光现在还亮在我的眼前，它在给我照路！

1941 年 6 月 17 日夜在重庆沙坪坝

赏析

　　一般的悼挽散文除表达作者的感情之外，总是以记录亡者的生平事迹、回忆生者与死者的交往为主要内容。但是《悼范兄》却属于别一种写法。巴金写这篇散文的目的，主要却是展现亡友那"纯洁的心灵的光"，却是宏扬和赞美亡友那积极乐观的人格精神（参见《怀念·前记》）。

　　文中的范兄即陈范予，浙江诸暨人。早年在浙江省立第一师范学习时，曾受五四新思潮的影响而积极致力于学生运动。1923年师范毕业之后，他奔走于江、浙、闽、沪等地，力图用实际的文化教育工作来改造社会。由于长期劳累过度，肺病加剧，他被迫于1936年起在福建的福州、连城、崇安等地休养。1941年2月病逝于崇安，终年仅39岁，巴金是1930年结识陈范予的。那时他应朋友邀请到泉州黎明高中访友，陈范予也正好在那儿任教，他们由此而相识并结下了深厚的友谊。

　　巴金与陈范予从结识到永别前后约有10年之久，这其中可写之事必然很多。但巴金不是一般性地介绍亡友的生平事迹，也没有把叙写的范围缩小到两人的交往之内，而是有选择地叙写陈范予生前的一些事迹，突出和赞美亡友身上的闪光点，进而表达对亡友深切的怀念。在作品中，巴金主要从两个方面来写亡友陈范予。一方面，连续引用他生前文章中那"洋溢着生命的战歌"："我如果是一盏灯，这灯的用处便是照彻那多量的黑暗。我如果是海潮，便要鼓起波涛去洗涤海边一切陈腐的积物"。"人不是环境的奴隶，而是环境的主人"。"燧石因相击而生火，人则由奋斗而尝到生之欢乐"。这诗一般的语言，显示了陈范予战士般的胸怀，显示了他那积极乐观的人格精神。另一方面，叙写陈范予在生命的最后两年中的实际努力来印证其精神。肺病已进入第三期，但在"胸部剧痛"、"咳嗽厉害"的情况下仍完成《科学与人生》、《达尔文》、《科学方法精华》等三部译作；在垂危的时候仍比任何强健的人还"更富于生命力"。当然，巴金在作品中也写到与陈范予的初识与永别，但在写初识的情形时突出强调了亡友谈理想仍保持科学头脑、由科学问题的探讨进而形成生活哲学的个性特征。写到永别时，那令人难以卒读的信更使人感受到陈范予那顽强的生活意志。

◎1966年，巴金夫妇在上海火车站为日本作家中岛健藏夫妇送行。左起：杜宣、孔罗荪、巴金、中岛健藏、萧珊、中岛夫人、张瑞芳、秦怡、林林。

巴金的人格追求与陈范予是很接近的。在《〈激流〉总序》中，他曾把生活称为一场"搏斗"，认为生命的目的就是对生活的"征服"。在《做一个战士》一文中，他还直接引用了陈范予的《战士颂》。因此，在这篇散文中，作者缅怀亡友，但同时也抒发与亡友相一致的情怀。特别是"你和我都曾歌颂过战士……你永没有失去青春的活力"。这一段，是作者对亡友人格精神的赞美，也是作者自我情怀的写照。

这篇散文的抒情味很浓，它深深地蕴含着作者那富于变化的情感节奏。在开头的自然段里，巴金交代了写这篇悼念文章的缘由，同时也简略地介绍了两人交往的情形以及亡友至死也没有停止工作的事迹。这是这篇散文的引子，后面的行文大致是在这基础上展开的。接着，作者用5个自然段叙写与亡友的交往。繁茂的榕树、秋夜的星空，还有年轻人在晚风中相互追逐时的笑声，这一切构成了两人初识的背景。行文上，以叙述性长句为主的排列形成了舒缓、悠长的抒情节奏。这美好的画面、美好的旋律，显现出那段日子在作者心中留下的美好记忆。从"你不是一个空谈家，也不是……"开始，作者连续用14个自然段的篇幅来赞美亡友的人格精神。大量的排比、长句短句的错落参差使这一部分的行文形成一种热烈的节奏。特别是"你和我都曾歌颂过战士，我们的战士……"这一自然段，以"他"为主语，以"是"或"不是"为谓语的短句紧密相接，节奏鲜明，音调高亢，反映出生者的思想与亡者的精神热烈交融的情形，构成了这篇散文的抒情高潮。在"在这里我不敢提说到个人的私谊……"之后，作品的行文又由赞颂时的热烈高亢转入告别时的沉重悠长。到"告别信"后的5个连续的问句，更是显示出作者柔肠欲断、悲痛万分的情思。行文至此，作者的感情无法自己，作品的文气也似乎是戛然而止，与后面4个自然段的文字之间留下了短暂的休止。最后4个自然段是尾声，它呼应引子的思绪，并表达作者弘扬亡友人格精神的决心。巴金似乎在与陈范予依依惜别，缠绵悱恻，凄婉动人。

（辜也平）

怀念萧珊

内心的痛苦像一锅煮沸的水，她怎么能遮盖住！怎么能使它平静！

一

今天是萧珊逝世的 6 周年纪念日。6 年前的光景还非常鲜明地出现在我的眼前。那天我从火葬场回到家中，一切都是乱糟糟的，过了两三天我渐渐地安静下来了，一个人坐在书桌前，想写一篇纪念她的文章。在 50 年前我就有了这样一种习惯：有感情无处倾吐时，我经常求助于纸笔。可是 1972 年 8 月里那几天，我每天坐三四个小时望着面前摊开的稿纸，却写不出一句话。我痛苦地想，难道给关了几年的"牛棚"，真的就变成"牛"了？头上仿佛压了一块大石头，思想好像冻结了一样。我索性放下笔，什么也不写了。

6 年过去了，林彪、"四人帮"及其爪牙们的确把我搞得很"狼狈"，但我还是活下来了，而且偏偏活得比较健康，脑子也并不糊涂，有时还可以写一两篇文章。最近我经常去龙华火葬场，参加老朋友们的骨灰安放仪式。在大厅里我想起许多事情。同样地奏着哀乐，我的思想却从挤满了人的大厅转到只有二三十个人的中厅里去了。我们正在用哭声向萧珊的遗体告别，我记起了《家》里面觉新说过的一句话："好像珏死了，也是一个不祥的鬼。"47 年前我写这句话的时候，怎么想得到我是在写自己！我没有流眼泪，可是我觉得有无数锋利的指甲在搔我的心。我站在死者遗体旁边，望着那张惨白色的脸、那两片咽下了千言万语的嘴唇，我咬紧牙齿，在心里唤着死者的名字。我想，我比她大 13 岁，为什么不让我先死？我想，这是多么不公平！她究竟犯了什么罪？她也给关进"牛棚"，挂上"牛鬼"的小牌子，还扫过马路。究竟为什么？理由很简单，她是我的妻子。她患了病，得不到治疗，也因为她是我的妻子。想尽办法一直到逝世前 3 个星期，靠开后门她才住进了医院。但是癌细胞已经扩散，肠癌变成了肝癌。

她不想死，她要活，她愿意改造思想，她愿意看到社会主义建成。这个愿望总不能说是痴心妄想吧。她本来可以活下去，倘使她不是"黑老 K"的"臭婆娘"。一句话，是我连累了她，是我害了她。

在我靠边的几年中间，我所受到的精神折磨，她也同样受到。但是我并未挨过打，她却挨了"北京来的红卫兵"的铜头皮带，留在她左眼上的黑圈好几天以后才退尽。她挨打只是为了保护我，她看见那些年轻人深夜闯了进来，害怕他们把我揪走，便溜出大门，到对面派出所去，请民警同志出来干预，那里只有一人值班，不敢管。当着民警的面她被他们用铜头皮带狠狠地抽了一下，给押了回来，同我一起关在马桶间里。

○ 晚年萧珊（1971）。

她不仅分担了我的痛苦，还给了我不少的安慰和鼓励。在"四害"横行的时候，我在原单位给人当作"罪人"和"贱民"看待。日子十分难过，有时到晚上九、十点钟才能回家。我进了门看到她的面容，满脑子的乌云都消散了。我有什么委屈、牢骚都可以向她尽情倾吐。有一个时期我和她每晚临睡前服两粒眠尔通才能够闭眼，可是天刚刚发白就都醒了。我唤她，她也唤我。我诉苦般地说："日子难过啊！"她也用同样的声音回答："日子难过啊！"但是她马上加一句："要坚持下去。"或者再加一句："坚持就是胜利。"我说"日子难过"，因为在那一段时间里我每天在"牛棚"里面劳动、学习、写交代、写检查、写思想汇报。任何人都可以责骂我、教训我、指挥我，从外地到作协来串联的人可以随意点名叫我出去"示众"，还要自报罪行。上下班不限时间，由管"牛棚"的"监督组"随意决定。任何人都可以闯进我家里来，高兴拿什么就拿走什么。这个时候大规模的群众性批斗和电视批斗大会还没有开始，但已经越来越逼近了。她说"日子难过"，因为她给两次揪到机关，靠边劳动，后来也常常参加陪斗。在淮海中路大批判专栏上张贴着批判我的罪行的大字报，我一家人的名字都给写出来"示众"，不用说"臭婆娘"的大名占着显著的地位。这些文字像虫子一样咬痛她的心。她让上海戏剧学院"狂妄派"学生突然袭击、揪到作协去的时候，在我家大门上还贴了一张揭露她的所谓罪行的大字报。幸好当天夜里我儿子把它撕毁，否则这一张大字报就会要了她的命！

　　人们的白眼、人们的冷嘲热骂蚕食着她的身心，我看出来她的健康逐渐遭到损害，表面上的平静是虚假的。内心的痛苦像一锅煮沸的水，她怎么能遮盖住！怎么能使它平静！她不断地给我安慰，对我表示信任，替我感到不平。然而她看到我的问题一天天地变得严重，上面对我的压力一天天地增加，她又非常担心，有时同我一起上班或者下班，走近巨鹿路口、快到作家协会，或者走近湖南路口、快到我们家，她总是抬不起头。我理解她，同情她，也非常担心她经受不起沉重的打击。我还记得有一天到了平常下班的时间，我们没有受到留难，回到家里，她比较高兴，到厨房去烧菜。我翻看当天的报纸，在第三版上看到当时做了作协的"头头"的两个工人作家写的文章《彻底揭露巴金的反革命真面目》。真是当头一棒！我看了两三行，连忙把报纸藏起来，我害怕让她看见。她端着烧好的菜出来，脸上还带笑容，吃饭时她有说有笑。饭后她要看报，我企图把她的注意力引到别处。但是没有用，她找到了报纸。她的笑容一下子完全消失。这一夜她再没有讲话，早早地进了房间。我后来发现她躺在床上小声哭着。一个安静的夜晚给破坏了。今天回想当时的情景，她那张满是泪痕的脸还在我眼前。我多么愿意让她的泪痕消失，笑容在她那憔悴的脸上重现，即使减少我几年的生命来换取我们家庭生活中一个宁静的夜晚，我也心甘情愿！

二

我听周信芳同志的媳妇说，周的夫人在逝世前经常被打手们拉出去当作皮球推来推去，打得遍体鳞伤，有人劝她躲开，她说："我躲开，他们就要这样对付周先生了。"萧珊并未受到这种新式体罚，可是她在精神上给别人当皮球打来打去。她也有这样的想法：她多受一点精神折磨，可以减轻对我的压力，其实这是她的一片痴心，结果只苦了她自己。我看见她一天天地憔悴下去，我看见她的生命之火逐渐熄灭，我多么痛心。我劝她，安慰她，我想把她拉住，一点也没有用。

她常常问我："你的问题什么时候才解决呢？"我苦笑地说："总有一天会解决的。"她叹口气说："我恐怕等不到那个时候了。"后来她病倒了，有人劝她打电话找我回家，她不知从哪里得来的消息，她说："他在写检查，不要打岔他，他的问题大概可以解决了。"等到我从五七干校回家休假，她已经不能起床。她还问我检查写得怎样，问题是否可以解决。我当时的确在写检查，而且已经写了好多次了。他们要我写，只是为了消耗我的生命。但她怎么能理解呢？

这时离她逝世不过两个多月，癌细胞已经扩散。可是我们不知道，想找医生给她认真检查一次，也毫无办法。平日去医院挂号看门诊，等了许久才见到医生或者实习医生，随便给开个药方就算解决问题。只有在发烧到摄氏39°才有资格挂急诊号，或者还可以在病人拥挤的观察室里待上一天半天。当时去医院看病找交通工具也很困难，常常是我女婿借了自行车来，让她坐在车上，他慢慢地推着走。有一次她雇到小三轮车去，看好门诊回家，雇不到车，只好同陪她看病的朋友一起慢慢地走回来，走走停停，走到街口，她快要倒下了，只得请求行人到我们家通知。她一个表侄正好来探病，就由他去背了她回家。她希望拍一张 X 光片子查一查肠子有什么病，但是办不到，后来靠了她一位亲戚帮忙，开后门两次拍片，才查出她患肠癌。以后又靠朋友设法开后门住进了医院，她自己还高兴，以为得救了。只有她一个人不知真实的病情。她在医院里只活了三个星期。

我休假回家，假期满了，我又请过两次假留在家里照料病人，最多也不到一个月。我看见她病情日趋严重，实在不愿意把她丢开不管，我要求延长假期的时候，我们那个单位一个"工宣队"头头逼着我第二天就回干校去。我回到家里，她问起来，我无法隐瞒。她叹了一口气，说："你放心去吧。"她把脸掉过去，不让我看她。我女儿、女婿看到这种情景自告奋勇跑到巨鹿路去向那位"工宣队"头头解释，希望他同意我在市区多留些日子照料病人。可是那个头头"执法如山"，还说："他不是医生，留在家里有什么用处！留在家里对他改造不利。"他们气愤地回到家中，只说机关不同意，后来才对我传达了这句"名言"，我还能讲什么呢？明天回干校去！

整个晚上她睡不好，我更睡不好。出乎意外，第二天一早我那个插队落户的儿子在我们房间里出现了，他是昨天半夜里到的。他得到了家信，请假回家看母亲，却没有想到母亲病成这样。我见了他一面，把他母亲交给他，就回干校去了。

在车上我的情绪很不好。我实在想不通为什么会有这样的事情。我在干校呆了5天，无法同家里通消息。我已经猜到她的病不轻了。可是人们不让我过问她的事。这5天是多么难熬的日子！到第5天晚上在干校的造反派头头通知我们全体第二天一早回市区开会。这样我才又回到了家，见到了我的爱人。靠了朋友帮忙她可以住进中山医院肝癌病房，一切都准备好，她第二天就要住院了。她多么希望住院前见我一面，我终于回来了，连我也没有想到她的病情发展得这么快。我们见了面，我一句话也讲不出来，她说了一句："我到底住院了。"我答说："你安心治疗吧。"她父亲也来看她，老人家双目失明，去医院探病有困难，可能是来同他的女儿告别了。

我吃过中饭就去参加给别人戴上反革命帽子的大会，受批判、戴帽子的人不止一个，其中有一个我的熟人王若望同志，他过去也是作家，不过比我年轻。我们一起在"牛棚"里关过一个时期，他的罪名是"摘帽右派"①。他不服，不肯听话，他贴出大字报，声明"自己解放自己"，因此罪名越搞越大，给捉去关了一个时期不算，还戴上了反革命的帽子监督劳动。在会场里我一直在做怪梦。开完会回家，见到萧珊我感到格外亲切，仿佛重回人间，可是她不舒服，不想

◎ 巴金和夫人萧珊、女儿小林在上海寓所（1949）。

①王若望同志在1957年被错划为右派（1962年摘帽），最近已经改正，恢复名誉。

讲话，偶尔讲一句半句，我还记得她讲了两次："我看不到了。"我连声问她看不到什么？她后来才说："看不到你解放了。"我还能回答什么呢？

我儿子在旁边，垂头丧气，精神不好，晚饭只吃了半碗，像是患感冒。她忽然指着他小声说："他怎么办呢？"他当时在安徽山区农村插队落户已经呆了3年半，政治上没有人管，生活上不能养活自己，而且因为是我的儿子给剥夺了好些公民权利。他先学会沉默，后来又学会抽烟，我怀着内疚的心情看看他，我后悔当初不该写小说，更不该生儿育女。我还记得前两年在痛苦难熬的时候她对我说："孩子们说爸爸做了坏事，害了我们大家。"这好像用刀子在割我身上的肉，我没有出声，我把泪水全吞在肚里，她睡了一觉醒过来，忽然问我："你明天不去了？"我说："不去了。"就是那个"工宣队"头头在今天通知我不用再去干校，就留在市区。他还问我："你知道萧珊是什么病吗？"我答说："知道。"其实家里瞒住我，不给我知道真相，我还是从他这句问话里猜到的。

三

第二天早晨她动身去医院，一个朋友和我女儿女婿陪她去。她穿好衣服等候车来。她显得急躁，又有些留恋，东张张、西望望，她也许在想是不是能再看到这里的一切。我送走她，心上反而加了一块大石头。

将近20天里，我每天去医院陪她大半天，我照料她，我坐在病床前守着她，同她短短地谈几句话，她的病情变化，一天天衰弱下去，肚子却一天天大起来，行动越来越不方便。当时病房里没有人照料，生活方面除饮食外一切都必须自理。后来听同病房的人称赞她"坚强"，说她每天早晚都默默地挣扎着下了床走到厕所。医生对我们谈起，病人的身体受不住手术，最怕她的肠子堵塞，要是不堵塞，还可以拖延一个时期。她住院后的半个月是1966年8月以来我既感痛苦又感到幸福的一段时间，是我和她在一起度过的最后的平静的时刻，我今天还不能将它忘记，但是半个月以后，她的病情又有了发展，一天吃中饭的时候，医生通知我儿子找我去谈话，他告诉我：病人的肠子给堵住了，必须开刀，开刀不一定有把握，也许中途出毛病，但是不开刀，后果更不堪设想，他要我决定，并且要我劝她同意。我做了决定，就去病房对她解释，我讲完话，她只说了一句："看来，我们要分别了。"她望着我，眼睛里全是泪水。我说："不会的……"我的声音哑了。接着护士长来安慰她，对她说："我陪你，不要紧的。"她回答："你陪我就好。"时间很紧迫。医生护士们很快做好了准备，她给送进手术室去了，是她的表侄把她推到手术室门口的。我们就在外面廊上等候了好几个小时，等到她平安地给送出来，由儿子把她推回到病房去。儿子还在她的身边守过一个夜晚。过两天他也病倒了，查出来他患肝炎，是从安徽农村带回来的。本来我们想瞒住他的母亲，可是无意间让他母亲知道了。她不断地问："儿子怎么样？"我自己也不知道儿子怎么样，我怎么能使她放心呢？晚上回到家，走进空空的、静静的房间，我几乎要叫出声来："一切都朝我的头打下来吧，让所有的灾祸都来吧。我受得住！"

我应当感谢那位热心而又善良的护士长，她同情我的处境，要我把儿子的事情完全交给她办。她作好安排，陪他看病、检查，让他很快住进别处的隔离病房，得到及时的治疗和护理。他在隔离病房里苦苦地等候母亲病情的好转。母亲躺在病床上，只能有气无力地说几句短短的话，她经常问："棠棠怎么样？"从她那双含泪的眼睛里我明白她多么想看见她最爱的儿子。但是她已经没有精力多想了。

她每天给输血、打盐水针，她看见我去，就断断续续地问我："输多少CC的血，该怎么办？"我安慰她："你只管放心，没有问题，治病要紧。"她不止一次地说："你辛苦了。"我有什么苦呢？我能够为我最亲爱的人做事情，哪怕做一件小事，我也高兴！后来她的身体更不行了。医生给她输氧气，鼻子里整天插着管子。她几次要求拿开，这说明她感到难受。但是听了我们的劝告她终于忍受下去了。开刀以后她只活了5天，谁也想不到她会去得这么快！5天中间我整天守在病床前，默默地望着她在受苦（我是设身处地感觉到这样的），可是她除了两三次要求搬开床前巨大的氧气筒，三四次表示担心输血较多、付不出医药费之外，并没有抱怨过什么，见到熟人她常有这样一种表情：请原谅我麻烦了你们。她非常安静，但并未昏睡，始终睁大两只眼睛。眼睛很大，很美，很亮，我望着，望着，好像在望快要燃尽的烛火。我多么想让这对眼睛永远亮下去！我多么害怕她离开我！我甚至愿意为我那14卷"邪书"受到千刀万剐，只求她能安静地活下去。

不久前我重读梅林写的《马克思传》，书中引用了马克思给女儿的信里的一段话，讲到马克思夫人的死。信上说："她很快就咽了气。……这个病具有一种逐渐虚脱的性质，就像由于衰老所致一样，甚至在最后几小时也没有临终的挣扎，而是慢慢地沉入睡乡，她的眼睛比任何时候都更大、更美、更亮！"这段话我记得很清楚，马克思夫人也死于癌症。我默默地望着萧珊那对很大、很美、很亮的眼睛，我想起这段话，稍微得到一点安慰。听说她的确也"没有临终的挣扎"，她也是"慢慢地沉入睡乡"。我这样说，因为她离开这个世界的时候，我不在她的身边，那天是星期天，卫生防疫站因为我们家发现了肝炎病，派人上午来做消毒工作。她的表妹有空愿意到医院去照料她，讲好我们吃过中饭就去接替。没有想到我们刚刚端起饭碗，就得到传呼电话，通知我女儿去医院，说是她妈妈"不行"了。真是晴天霹雳！我和我女儿女婿赶到医院。她那张病床上连床垫也给拿走了。别人告诉我她在太平间。我们又下了楼赶到那里，在门口遇见表妹，还是她找人帮忙把"咽了气"的病人抬进来的。死者还不曾给放进铁匣子里送进冷库，她躺在担架上，但已经给白布床单包得紧紧的，看不到面容了。我只看到她的名字。我弯下身子，把地上那个还有点人形的白布包拍了好几下，一面哭着唤她的名字。不过几分钟的时间。这算是什么告别呢？

据表妹说，她逝世的时刻，表妹也不知道。她曾经对表妹说："找医生来。"医生来过，并没有什么。后来她就渐渐"沉入睡乡"。表妹还以为她在睡眠。一个护士来打针才发觉她的心脏已经停止跳动了。我没有能同她诀别，我有许多话没有能向她倾吐，她不能没有留下一句遗言就离开我！我后来常常想，她对表妹说："找医生来。"很可能不是"找医生"，是"找李先生"（她平日这样称呼我）。为什么那天上午偏偏我不在病房呢？家里人都不在她身边，她死得这样凄凉！

我女婿马上打电话给我们仅有的几个亲戚，她的弟媳赶到医院，马上晕了过去，3天以后在龙华火葬场举行告别仪式。她的朋友一个也没有来，因为一则我们没有通知，二则我是一个审查了将近7年的对象。没有悼词，没有吊客，只有一片伤心的哭声。我衷心感谢前来参加仪式的少数亲友和特地来帮忙的我女儿的两三个同学。最后我跟她的遗体告别，女儿望着遗容哀哭，儿子在隔离病房，还不知道把他当作命根子的妈妈已经死亡。值得提说的是她当作自己儿子照顾了好些年的一位亡友的男孩从北京赶来只为了看见她的最后一面。这个整天同钢铁打交道的技术员和干部，他的心倒不像钢铁那样。他得到电报以后，他爱人对他说："你去吧，你不去一趟，你的心永远安定不了。"我在变了形的她的遗体旁边站了一会儿。别人给我和她照了相。我痛苦地想：这是最后一次了，即便给我们留下来很难看的形象，我也要珍视这个镜头。

一切都结束了。过了几天我和女儿女婿再去火葬场，领到了她的骨灰盒。在存放室里寄存了3年之后，我按期把骨灰盒接回家里，有人劝我把她的骨灰安葬，我宁愿让骨灰盒放在我的寝室里，我感到她仍然和我在一起。

四

梦魇一般的日子终于过去了，6年仿佛一瞬间似的远远地落在后面了。其实哪里是一瞬间！这段时间里有多少流着血和泪的日子啊。不仅是6年，从我开始写这篇短文到现在又过去了半年，这半年中间我经常在火葬场的大厅里默哀，行礼，为了纪念给"四人帮"迫害致死的朋友。想到他们不能把个人的智慧和才华献给社会主义祖国，我万分惋惜。每次戴上黑纱、插上纸花的同时，我也想起我自己最亲爱的朋友，一个普通的文艺爱好者，一个成绩不大的翻译工作者，一个心地善良的好人。她是我的生命的一部分，她的骨灰里有我的泪和血。

她是我的一个读者。1936年我在上海第一次同她见面，1938年和1941年我们两次在桂林像朋友似的住在一起。1944年我们在贵阳结婚。我认识她的时候，她还不到20，对她的成长我应当负很大的责任。她读了我的小说，后来见到了我，对我发生了感情，她在中学念书，看见我之前，因为参加学生运动被学校开除。回到家乡住了一个短时期，又出来进另一所学校。倘使不是为了我，她37、38年可能去了延安。她同我谈了8年的恋爱，后来到贵阳旅行结婚，只印发了一个通知，没有摆过一桌酒席。从贵阳我们先后到重庆，住在民国路文化生活出版社门市部楼梯下七八个平方米的小屋里。她托人买了4只玻璃杯开始组织我们的小家庭。她陪着我经历了各种艰苦生活。在抗日战争紧张的时期，我们一起在日军进城以前10多个小时逃离广州，我们从广东到广西，从昆明到桂林，从金华到温州，我们分散了，又重见，相见后又别离。在我那两册《旅途通讯》中就有一部分这种生活的记录。40年前有一位朋友批评我："这算什么文章！"我的《文集》出版后，另一位朋友认为我不应当把它们也收进去。他们都有道理，两年来我对朋友、对读者讲过不止一次，我决定不让《文集》重版。但是为我自己，我要经常翻看那两小册《通讯》。在那些年代每当我落在困苦的境地里、朋友们各奔前程的时候，她总是亲切地在我的耳边说："不要难过，我不会离开你，我在你的身边。"的确，只有在她最后一次进手术室之前她才说过这样一句："我们要分别了。"

我同她一起生活了30多年。但是我并没有好好地帮助过她。她比我有才华，却缺乏刻苦钻研的精神。我很喜欢她翻译的普希金和屠格涅夫的小说。虽然译文并不恰当，也不是普希金和屠格涅夫的风格，它们却是有创造性的文学作品，阅读它们对我是一种享受。她想改变自己的生活，不愿做家庭妇女，却又缺少吃苦耐劳的勇气。她听从一个朋友的劝告，得到后来也是给"四人帮"迫害致死的叶以群同志的同意到《上海文学》"义务劳动",也做了一点点工作,然而在运动中却受到批判,说她专门向老作家、反动权威组稿,又说她是我派去的"坐探"。她为了改造思想,想走捷径,要求参加"四清"运动,找人推荐到某铜厂的工作组工作,工作相当繁重、紧张,她却精神愉快。但是我快要靠边的时候,她也被叫回作家协会参加运动。她第一次参加这种急风暴雨般的斗争,而且是以反动权威家属的身份参加,她不知道该怎么办才好。她张皇失措、坐立不安,替我担心,又为儿女的前途忧虑。她盼望什么人向她伸出援助的手,可是朋友们离开了她,"同事们"拿她当作箭靶,还有人想通过整她来整我。她不是作家协会或者刊物的正式工作人员,可是仍然被"勒令"靠边劳动站队挂牌,放回家以后又给揪到机关。过一个时期她写了认罪的检查、第二次给放回家的时候,我们机关的造反派头头却通知里弄委员会罚她扫街。她怕人看见,每天大清早起来,拿着扫帚出门,扫得精疲力尽,才回到家里,关上大门,吐了一口气。但有时她还碰到上学去的小孩,叫骂:"巴金的臭婆娘。"我偶尔看见她拿着扫帚回来,不敢正眼看她,我感到负罪的心情。这是对她的一个致命的打击,不到两个月,她病倒了,以后就没有再出去扫街(我妹妹继续扫了一个时期),但是也没有完全恢复健康。尽管她还继续拖了4年,但一直到死,她并不曾看到我恢复自由。这就是她的最后,然而绝不是她的结局。她的结局将和我的结局连在一起。

我绝不悲观。我要争取多活。我要为我们社会主义祖国工作到生命的最后一息。在我丧失工作能力的时候,我希望病榻上有萧珊翻译的那几本小说。等到我永远闭上眼睛,就让我的骨灰和她的骨灰搀和在一起。

1979 年 1 月 15 日写完

赏析

　　《怀念萧珊》是巴金悼挽亡妻的散文，也是他晚年创作中的佳作。它倾注着作者对亡妻真挚而深沉的怀念，包藏着作者对给萧珊带来不幸的罪恶势力的无比愤恨和对历史的深沉的反思，具有一种震撼人心的感情力量。

　　然而，优秀的悼挽散文一般又都带有记叙的特点，它们往往通过对逝者的回忆来寄托生者的哀思。在这篇作品中，巴金也满怀深情地诉说着萧珊生前的一切，诉说着他们相濡以沫的最后时光。萧珊与巴金初识在1936年，几乎完全是在战乱中经历了多年的相恋之后，于1944年与巴金结合的。没有隆重的婚礼，也没有任何的物质追求，有的只是两人真诚的爱。在战争的年代里，她陪着丈夫"经历了各种艰苦的生活"；在浩劫的岁月中，她又给备受摧残的丈夫安慰、鼓励与信任。由于丈夫的"连累"，她也蒙受着种种非人的迫害，但虽然"内心的痛苦像一锅煮沸的水"，表面上却还努力装出"平静"的样子。当丈夫诉说"日子难过"时，她总是鼓励丈夫"要坚持下去"。为了使丈夫的"问题"早日解决，自己病得不能起床也不用电话去打扰丈夫，甚至在病危之际，也还念念不忘丈夫的"解放"，还因看不到丈夫的"解放"而遗憾。巴金一方面深情绵邈地诉说萧珊生前对自己的种种好处，另一方面又痛苦地回忆自己给她带来的种种不幸，为了他，萧珊承受了铜头皮带的抽打；因为他，萧珊被揪去挂牌、陪斗，被罚去扫街。"冷嘲热骂蚕食着她的身心"，无情的病魔夺去了她的生命。她死时，自己的亲人却没能在身旁。在这悲痛的思忆中，夹杂着生者无尽的自责与悔恨，透露着巴金永久的遗憾："我同她一起生活了30多年。但是我并没有好好地帮助

过她""倘使不是为了我，她37、38年一定去了延安"。"是我连累了她，是我害了她"……悔深是由于情切。用悔恨来反衬哀思，使得巴金对亡妻的怀念之情显得更为真诚与深沉。

记得别林斯基曾经说过，任何伟大的诗人之所以伟大，是因为他的痛苦和幸福的根子深深地伸进了社会历史的土壤里，因为他是社会、时代，人类器官的代表。巴金失去萧珊的痛苦是他个人的，但这种痛苦同时又是那个时代整个民族所共有的。虽然巴金一再为萧珊的不幸而自责，但透过这痛苦的自责还是不难看到，作者自己也是那场劫难的受害者。无论是作者本人，还是周信芳夫人，巴金的妹妹、儿子，在那苦难的岁月中同样都受尽了无尽的凌辱。当然，在这篇散文中，作者对那场罪恶更为深刻的揭露，主要也是通过对萧珊悲剧的描述加以表现的。萧珊是有"才华"的，她曾翻译过普希金和屠格涅夫的小说，她也有工作热情，曾主动要求到编辑部义务劳动。萧珊又是善良本分的，病重住院时，她不止一次地对巴金说："你辛苦了。"见到熟人来探望，她也"常有这样一种表情：请原谅我麻烦了你们"。更令人痛心的是她又那样的单纯，单纯得至死也没能识破那场罪恶的种种骗局。她诚心诚意，身体力行地"改造"自己，同时又主动地配合丈夫的"改造"。悲剧是"将人生的有价值的东西毁灭给人看"（鲁迅《再论雷峰塔的倒掉》），《怀念萧珊》的悲剧力量也就在于此。作者越是写出被迫害致死的萧珊的善良、热情与单纯，就越深刻地揭示了那场罪恶的残酷性；他越是挖掘出萧珊品格中那美丽动人之处，就越能引发人们对毁灭这一切的罪恶势力的憎恨。其他人的遭遇连同萧珊的不幸，使得这篇散文的悲剧意义远远地超越了一般的悼亡散文，作者的哀痛与愤懑实际上已和民族的不幸、人民的苦难紧紧地交织到了一起，这也正是《怀念萧珊》格外动人心弦、引人深思的原因之一。

这篇散文在艺术上最显著的特色是叙事与抒情的紧密结合。作者"为情而造文"（刘勰《文心雕龙·情采》），缘情叙事，记事抒情。他围绕着对萧珊生前不幸的回忆，时而抒发对亡妻铭心的情思，时而表达对罪恶势力刻骨的憎恨。在叙事结构上，文章分为四部分：第一节由萧珊逝世6周年纪念日引发情思，由最近经常参加骨灰安放仪式联想到与萧珊遗体告别的情形。这就把萧珊之死一开始和时代变迁紧密联结在一起。

作者为她的早逝而不平，因自己"连累"她而哀痛，从而转入对文革初期那段生活的回忆。在第二节里，作者详尽地叙述了萧珊因受摧残而病倒，病情因医治延误而恶化的过程，同时表达看着亲人一天天地憔悴下去，看着她的生命之火逐渐熄灭，自己却无能为力的隐痛之情。其中都深深烙刻着历史的印痕。第三节则集中笔墨描述萧珊生命的最后历程，叙写萧珊住院后那令作者"既感痛苦又感到幸福"的悲惨情形。一方面是生离死别的境况，一方面又是柔肠欲断的情思，读来令人潸然泪下。最后，作者在第四节简略地补叙了与萧珊从初识到永别的过程，进一步表达对亡妻刻骨铭心的思念。显然，全文的叙事重心是萧珊的死，是生者与死者永别的时光。围绕这一重心的详略安排，既突出了萧珊悲剧的时代因素，又强化了作品生离死别的悲剧力量；既较为全面地反映了作者与萧珊之间那美好而深长的感情历程，又突出了痛失亲人时那诉说不尽的哀伤。

在对往事的回忆中，巴金往往通过对一些细节具体而形象的描绘，来展示人物的内心世界，来再现苦难的历史场景。浩劫到来之后，有一个时期巴金与萧珊临睡前都得靠"眠尔通"才能闭眼。但是，安眠药可以使人入睡，却无法令人摆脱痛苦，于是："天刚刚发白就都醒了。我唤她，她也唤我。我诉苦般地说：'日子难过啊！'她也用同样的声音回答：'日子难过啊！'"这寥寥几笔，形象地再现了这对善良夫妻相濡以沫、相依为命的悲惨情形，同时又是那灾难岁月中许许多多中国人艰难境况的真实写照。巴金是位杰出的小说家，在对亡妻的回忆中，他同样也以小说中人物描写的技法来揭示她细微的心理活动，展现她美好的品性。当萧珊知道"工宣队"头头逼巴金第二天返回干校时，"她叹了一口气，说：'你放心去吧。'她把脸掉过去……"她叹了一口气是心情的自然流露。她的病情已日益严重，她多么希望丈夫能守在身边，但现实又是这样的残酷。这叹气，包含着与亲人分离的痛苦，包含着对丈夫无尽的恋情，也包含着无可奈何的惆怅。但是萧珊又十分明白丈夫的处境，她体贴丈夫的为难，期望他能早日"解放"，因此又很快克制住自己的感情安慰丈夫说："你放心去吧。"当然，强作的平静无法掩饰内心的痛苦，她终于还是得把脸掉转过去，因为她不想让丈夫看到自己痛苦的表情，不忍心让处于厄运中的亲人再受心灵的折磨。在《怀念萧珊》中，作者还多次写到女主人无尽的疑问：“你的问题什么时候才解决呢？”“他（儿子）怎么办呢？”“棠棠怎么样？”“输多少CC的血？该怎么办？”这一个又一个的疑问，流露了萧珊无法左右自己命运时的困惑与痛苦，体现了对丈夫、对儿子、对家庭那无私的爱。总之，巴金用饱含深情的笔触，具体而又细致地勾勒出萧珊这一纯洁善良女性那美好动人的形象。

巴金又是杰出的抒情歌手，他曾以那丰富的情怀征服过无数读者的心。《怀念萧珊》无处不浸透着他对亡妻刻骨铭心的情思。有时，这情思化作涓涓的细流，渗入到对萧珊生前一言一行的体察、描绘之中，有时，作者又按捺不住地直抒胸臆，用诗一般的语言来表露自己那不安定的灵魂。面对即将永别的萧珊，看着她那“很大、很美、很亮”的双眼，巴金的心是那样的痛苦：“我多么想让这对眼睛永远亮下去！我多么害怕她离开我！我甚至愿意为我那14卷‘邪书’受到千刀万剐，只求她能安静地活下去。”情真意切，痛不欲生，简直令人不忍卒读。谈到与萧珊遗体告别时，巴金写道：“我咬紧牙齿，在心里唤着死者的名字。我想，我比她大13岁，为什么不让我先死？我想，这是多么不公平！她究竟犯了什么罪？”这里，有失去亲人的哀痛，也有愤懑不平的呼号。当然，在痛定思痛之时，巴金的这种情思就显得格外绵长，格外深沉，他一次又一次地写道：“她是我的生命的一部分，她的骨灰里有我的泪和血。”“她的结局将和我的结局连在一起。”“等到我永远闭上眼睛，就让我的骨灰同她的搀和在一起。”真是柔肠百结，生死与共。

冰心老人认为：巴金“最可佩服之处，就是他对恋爱和婚姻的态度上的严肃的专一”（《一位最可爱可佩的作家》）。的确，这是一个至情的人，在萧珊逝世后的几天里，他就想写文章纪念她。那时候“写不出一句话”，是因为纸和笔一时无法表达他的悲痛，也是因为那年头里对自己的妻子的哀思就是被禁锢的。在萧珊逝世6周年纪念日，巴金终于借助纸笔来倾吐自己的感情，但到第二年的1月19日才把这几千字的文章写成。这酝酿6年，历时5个月而写成的《怀念萧珊》，是一个至情的人用血和泪写成的至情的文，它必将随同作者的名字一起载入文学的史册，载入广大读者的心田。

（辜也平）

怀念老舍同志

请多一点关心他们吧，请多一点爱他们吧。不要挨到太迟了的时候。

　　我在悼念中岛健藏先生的文章里提到1977年9月2日虹桥机场送别的事。那天上午离沪返国的，除了中岛夫妇外，还有井上靖先生和其他几位日本朋友。前一天晚上我拿到中岛、井上两位赠送的书。回到家里，11点半上床，睡不着，翻了翻井上先生的集子《桃李记》，里面有一篇《壶》，讲到中日两位作家（老舍和广津和郎）的事情，我躺在床上读了一遍。眼前老是出现那两位熟人的面影，都是那么善良的人，尤其是老舍，他那极不公道的遭遇，他那极其悲惨的结局。我一个晚上都梦见他，他不停地说："告诉朋友们，我没有问题。"总之，我睡得不好。第二天一早我到了宾馆陪中岛先生和夫人去机场。在机场贵宾室里我拉着一位年轻译员找井上先生谈了几句，我告诉他读了他的《壶》。文章里转述了老舍先生讲过的"壶"的故事①，我说这样的故事我也听人讲过，只是我听到的故事结尾不同。别人对我讲的"壶"是福建人沏茶用的小茶壶。乞丐并没有摔破它，他和富翁共同占有这只壶，每天

①下面抄一段井上的全文（吴树文译）　"老舍讲的故事，内容是这样的：
　　很久以前，中国有一个富翁，他收藏有许多古董珍品。后来他在事业上失败了，于是把收藏的古董一件件变卖，最后富翁终于落魄成为讨饭的乞丐，然而即使成了乞丐，有一只壶，他是怎么也不肯割爱的，他带着这只壶到处流浪。当时，另外一个富翁知道了这件事，他千方百计想要获得这只壶。富翁出了很高的价钱想把壶买到手，虽经几次交涉，乞丐却坚决不脱手。就这样过了好几年，乞丐已经老态龙钟，连走路都十分困难了。富翁便给乞丐房子住，给乞丐饭吃，暗中等着乞丐死去。没多久，乞丐衰老之极，病死了。富翁高兴极了，觉得盼望已久的这一天终于来临。可是谁知道，乞丐在咽气之前，把这只壶掷到院子里，摔得粉身碎骨。"

一起用它沏茶，一直到死。我说，老舍富于幽默感，所以他讲了另外一种结尾。我不知道老舍是怎样死的，但是我不相信他会抱着壶跳楼。他也不会把壶摔碎，他要把美好的珍品留在人间。

那天我们在贵宾室停留的时间很短，年轻的中国译员没有读过《壶》，不了解井上先生文章里讲些什么，无法传达我的心意。井上先生这样地回答我："我是说老舍先生抱着壶跳楼的。"意思可能是老舍无意摔破壶。可是原文的最后一句明明是"壶碎人亡"，壶还是给摔破了。

有人来通知客人上飞机，我们的交谈无法继续下去。但井上先生的激动表情给我留下深刻的印象，他告诉同行的佐藤女士：巴金先生读过《壶》了。我当时并不理解为什么井上先生如此郑重地对佐藤女士讲话，把我读他的文章看做一件大事。然而后来我明白了，我读了水上勉先生的散文《蟋蟀罐》(1967年)和开高健先生的得奖小说《玉碎》(1979年)。日本朋友和日本作家似乎比我们更重视老舍同志的悲剧的死亡，他们似乎比我们更痛惜这个巨大的损失。在国内看到怀念老舍的文章还是近两年的事。井上先生的散文写于1970年12月。那个时候老舍同志的亡灵还作为反动权威受到批斗。为老舍同志雪冤平反的骨灰安放仪式一直拖到1978年6月才举行，而且骨灰盒里也没有骨灰。甚至在1977年上半年还不见谁出来公开替死者鸣冤叫屈。我最初听到老舍同志的噩耗是在1966年年底，那是造反派为了威胁我们讲出来的，当时他们含糊其辞，也只能算作"小道消息"吧。以后还听见两三次，都是通过"小道"传来的，内容互相冲突，传话人自己讲不清楚，而且也不敢负责。只有在虹桥机场送别的前一两天，在衡山宾馆里，从中岛健藏先生的口中，我才第一次正式听见老舍同志的死讯，他说是中日友协的一位负责人在坦率的交谈中讲出来的。但这一次也只是解决了"死"的问题，至于怎样死法和当时的情况中岛先生并不知道。我想我将来去北京开会，总可以问个明白。

听见中岛先生提到老舍同志名字的时候，我想起了1966年7月10日在人民大会堂同老舍见面的情景，那个上午北京市人民在人民大会堂举行支援

◎1958年2月11日老舍参加全国人大一届五次会议。

越南人民抗美斗争的大会，我和老舍，还有中岛，都参加了大会的主席团，有些细节我已在散文《最后的时刻》中描写过了，例如老舍同志用敬爱的眼光望着周总理和陈老总，充满感情地谈起他们。那天我到达人民大会堂（不是四川厅就是湖南厅），老舍已经坐在那里同当时的北京市副市长王昆仑在谈话。看见老舍我感到意外。我到京出席亚非作家紧急会议一个多月，没有听见人提到老舍的名字，我猜想他可能出了什么事，很替他担心，现在坐在他的身旁，听他说："请告诉朋友们，我没有问题……"我真是万分高兴。过一会儿中岛先生也来了，看见老舍便亲切地握手，寒暄。中岛先生的眼睛突然发亮，那种意外的喜悦连在旁边的我也能体会到。我的确看到一种衷心愉快的表情。这是中岛先生最后一次看见老舍，也是我最后一次同老舍见面，我哪里想得到一个多月以后将在北京发生的惨剧！否则我一定拉着老舍谈一个整天，劝他避开，让他在精神上有所准备。但有什么办法使他不会受骗呢？我自己后来不也是老老实实地走进"牛棚"去吗？这一切中岛先生是比较清楚的。我在1966年6月同他接触，就知道他有所预感。他看见我健康地活着感到意外的高兴，他意外地看见老舍活得健康，更加高兴。他的确比许多人更关心我们。我当时就感觉到他在替我们担心，什么时候会大难临头。

他比我们更清醒。

可惜我没有机会同日本朋友继续谈论老舍同志的事情。他们是热爱老舍的，他们尊重这位有才华、有良心的正直、善良的作家，在他们的心上，在他们的笔下他至今仍然活着。4个多月前我第二次在虹桥机场送别井上先生，我没有再提"壶碎"的问题。我上次说老舍同志一定会把壶留下，因为他热爱祖国、热爱人民，他虽然含恨死去，却留下许多美好的东西在人间，那就是他那些不朽的作品，我单单提两三个名字就够了：《月牙儿》、《骆驼祥子》和《茶馆》。在这一点上，井上先生同我大概是一致的。

今年上半年我又看了一次《茶馆》的演出，太好了！作者那样熟悉旧社会，那样熟悉旧北京人。这是真实的生活。短短两三个钟头里，我重温了50年的旧梦。在戏快要闭幕的时候，那三个老头儿（王老板、常四爷和秦二爷）在一起最后一次话旧，含着眼泪打哈哈，"给自己预备下点纸钱"，"祭奠祭奠自己"。我一直流着泪水，好些年没有看到这样的好戏了。这难道仅仅是在为旧社会唱挽歌吗？我觉得有人拿着扫帚在消除我心灵中的垃圾。坦率地说，我们谁的心灵中没有封建的尘埃呢？

我出了剧场脑子里还印着常四爷的一句话："我爱咱们的国呀，可是谁爱我呢？"完全没有想到，一个熟悉的声音在追逐我。我听见了老舍同志的声音，是他在发问。这是他的遗言。我怎样回答呢？我曾经对方殷同志讲过："老舍死去，使我们活着的人惭愧……"这是我的真心话。我们不能保护一个老舍，怎样向后人交代呢？没有把老舍的死弄清楚，我们怎样向后人交代呢？1977年9月2日，井上先生在机场上告诉同行的人我读过他的《壶》，他是在向我表示他的期望：对老舍的死不能无动于衷！但是两年过去了，我究竟做了什么事情呢？我不能不感到惭愧，重读井上靖先生的文章、水上勉先生的回忆、开高健先生的短篇小说，我也不能不责备自己。老舍是我30年代结识的老友。他在临死前一个多月对我讲过："请告诉朋友们，我没有问题……"我做过什么事情，写过什么文章来洗刷涂在这个光辉的（是的，真正是光辉的）名字上的浊水污泥呢？

看过《茶馆》半年了，我仍然忘不了那句台词："我爱咱们的国呀，可是谁爱我呢？"老舍同志是伟大的爱国者。全国解放后，他从海外回来参加祖国社会主义建设事业，他是写作最勤奋的劳动模范，他是热烈歌颂新中国的最大的"歌德派"。1957年他写出他最好的作品《茶馆》。他是用艺术为政治服务最有成绩的作家。他参加各项社会活动和外事活动，可以说是把整个生命和全部精力都贡献给了祖国。他没有一点私心，甚至在红卫兵上了街，危机四伏、杀气腾腾的时候，他还拿着事先准备好的发言稿，到北京市文联开会，想以市文联主席的身份发动大家积极参加文化大革命，但是就在那里他受到拳打脚踢，加上人身侮辱，自己成了文化大革命专政的对象。老舍夫人回忆说："我永远忘不了我自己怎样在深夜用棉花蘸着清水一点一点地替自己的亲人洗清头上、身上的斑斑血迹，不明白是哪里出了问题，不明白为什么会闹成这个样子……"

我仿佛看见满头血污包着一块白绸子的老人一声不响地躺在那里。他有多少思想在翻腾，有多少话要倾吐，他不能就这样撒手而去，他还有多少美好的东西要留下来啊！但是过了一天他就躺在太平湖的西岸，身上盖了一床破席。没有能把自己心灵中的宝贝完全贡献出来，老舍同志带着多大的遗憾闭上眼睛，这是我们想象得到的。

"为什么会闹成这个样子？"去年6月3日在北京八宝山公墓礼堂参加老舍同志的骨灰安放仪式，我低头默哀的时候，想起了胡絜青同志的那句问话，为什么呢……？从主持骨灰安放仪式的人起一直到我，大家都知道，当然也能够回答，但是已经太迟了。老舍同志离开他所热爱的新社会已经12年了。

一年又过去了。那天我离开八宝山公墓的时候，我忽然想起一位外籍华人、一位知名的女作家的谈话，她说："中国的知识分子是很了不起的，他们是忠诚的爱国者。西方的知识分子如果受到'四人帮'时代的那些待遇，那些迫害，他们早就跑光了。可是中国的知识分子，不管你给他们准备什么条件，他们能工作时就工作。"这位女士足迹遍天下，见闻广，她不会信口开河。老舍同志是中国知识分子最好的典型，没有能挽救他，我的确感到惭愧，也替我们那一代人感到惭愧，但我们是不是从这位伟大作家的惨死中找到什么教训呢？他的骨灰虽然不知道给抛撒到了什么地方，可是他的著作流传全世界，通过他的口叫出来的中国知识分子的心声请大家侧耳倾听吧："我爱咱们的国呀，可是谁爱我呢？"

请多一点关心他们吧，请多一点爱他们吧。不要挨到太迟了的时候。

话又说回来，虽然到今天我还没有弄明白，老舍同志的结局是自杀还是被杀，是含恨投湖还是受迫害致死。但有一点是可以肯定的：人亡壶全，他把最美好的东西留下来了。最近我在北京出席第四次全国文代会，没有看见老舍同志我感到十分寂寞。有一位好心人对我说："不要纠缠在过去吧，要向前看，往前跑啊！"我感谢他的劝告，我也愿意听从他的劝告。但是我没有办法使自己赶快变成《未来世界》中的"三百型机器人"，那种机器人除了朝前走外，什么都看不见。很可惜，"四人帮"开动了他们的全部机器改造我10年，却始终不曾把我改造成机器人。过去的事我偏偏记得很牢。

老舍同志在世的时候，我每次到北京开会，总要去看他，谈了一会儿，他照例说："我们出去吃个小馆吧。"他们夫妇便带我到东安市场里一家他们熟悉的饭馆，边吃边谈，愉快地过一两个钟头。我不相信鬼，我也不相信神，但是我却希望真有一个所谓"阴间"，在那里我可以看到许多我所爱的人。倘使我有一天真的见到了老舍，他约我去吃小馆，向我问起一些情况，我怎么回答他呢？……我想起了他那句"遗言"："我爱咱们的国呀，可是谁爱我呢？"我会紧紧捏住他的手，对他说："我们都爱你，没有人会忘记你，你要在中国人民中间永远地活下去！"

1979 年 12 月 15 日

赏析

　　"文化大革命"结束以后，巴金重新拿起笔写作。其中怀念故人的作品占有相当比重。也是他晚年力作《随想录》中的重要组成部分。通过对这些亲友的怀念，他倾诉了对他们深厚的友情，也畅抒了自己对于历史的反思，包括自我拷问。人们从中可以感受到巴金的人格精神和深沉的思考。《怀念老舍同志》就是这些作品中的一篇代表作。

　　《怀念老舍同志》写于1979年底。1978年以后的中国，进入到一个摆脱旧有的谬误思想束缚，重新思考确定以现代化建设为中心的新的历史时期。曾经被诬陷各种莫须有罪名的许多优秀的文化精英逐渐得以恢复本来面目，大批的冤假错案开始平反昭雪。巴金自己也是刚刚从"反革命"恶谥中解脱出来不久；老舍则是在"文革"开始就被迫害致死。对于这样一些历史现象，巴金一直深加思索和探讨，觉得这是一个必须严肃正视的历史教训，要真正从中深刻反思，教育子孙后代。这就是他在本文中引用老舍夫人胡絜青的话："为什么会闹成这个样子？……"那时已是"文革"结束第3年了，也正是人们开始面对和严肃探讨反思的问题。

　　当然，这是一个重大的历史问题，涉及到非常复杂广泛深远的社会历史根源，是需要从多方面加以考察探索的。巴金在这里只是通过老舍之死这个特定的具体的视角来思考。1966年7月，巴金和老舍有过一次最后的见面。"文革"已经开始，迫害知识分子浪潮席卷全国，人们普遍感到黑云压城，风声鹤唳，随时都有遭受灾难的可能。巴金、老舍这些中国著名作家纵然在世界上都有影响，在社会上有很高地

位，也一样感受到很大的精神压力，惶惶不可终日。在这之前不久，郭沫若公开表示他的著作应当全部烧毁。巴金在一次学习会上也表示他过去写的作品应该毁掉。老舍则在这次会上见到巴金声称："请告诉朋友们，我没有问题 ……"这种声辩本身就说明他惶恐不安的心理。就在这时，巴金非常敏锐地捕捉到了日本友人中岛健藏发亮的眼光，因为他为看到老舍、巴金仍还健康地活着而高兴。这种高兴写出了中日作家、中日人民之间个人的深厚友情，在危难之际的深情关注；但也进一步反映了这个恐怖年代不只对于中国人。即使对于那些关心同情中国人民的外国朋友同样也是满怀疑虑和恐惧的。他们已从当时的动乱中"预感"到一种可怕的前景。果然，在这次见面后不久，巴金就被"打倒"，老舍惨遭迫害死去。

巴金选取、回忆和描写了1966年7月与老舍最后见面的场景、感受作为本文的开头，虽然花费不多笔墨，却写出了那个时代的历史特点和作家们内心深处的悲哀和疑惧。

1949年中华人民共和国成立后，老舍是老一辈作家中写作最多最勤快的一个，他从《龙须沟》到《茶馆》这18个大型剧本写作中，都热情歌颂了共产党的领导，他对于共产党领导的各项事业、活动总是毫无保留地积极拥护，热心参加的。所以，他曾被北京市政府授予"人民艺术家"的荣誉称号。但他在"文革"中仍然逃不过劫难，遭到毒打和侮辱，直到悲惨地死去，就更加显得专横和野蛮，更加重了他的惨死的悲剧性。

老舍的悲剧在巴金心头一直结成一个很大的疑问，久思不得其解。他好像老听见老舍与《茶馆》中的人物一样不断地在问人们："我爱咱们的国呀，可是谁爱我呢？"这个疑问本身就是震撼人心的，就是发人深思的，就是振聋发聩的。

巴金不能忘怀，还由于他和老舍从 30 年代相识以来的深厚友情和彼此理解相知。因此，他对老舍的屈死更加不能接受。为什么这样一个"有才华、有良心的正直、善良的作家"不为所容，必将置之于死地？他把那么多美好的艺术作品留给了世人，他的著作流传全世界，受到许多外国读者和专家的重视和高度评价，而人们又对他做了什么呢？巴金在作这样历史的反思的同时，也对自己作了严苛的反诘，

"我究竟做了什么事情呢？"他对作家方殷说："老舍死去，使我们活着的人惭愧。"因为人们没有保护好他，没有救助他，直到他死后，泼在他身上的污泥浊水也很久没有洗清，迟迟到了"文革"结束后近两年才为他举行了昭雪冤屈的平反仪式。巴金在这里的反思和自谴都是严肃的、真诚的，也是值得人们深长思之的。这样的悲剧为什么会在中国毫无阻碍地发生了！

因此，巴金没有像往常怀念故人的文章那样用很多篇幅去叙述回忆过去相识相知的故事，而是围绕着老舍之死进行了深入的思考，同时也充分流露了他对老舍的真挚痛惜之情。本文既是从个人友情出发，又是立足于对民族历史、前途的瞻前顾后。这样，一篇怀念文章里却包含着相当丰富的历史内容。

巴金在这篇文章中还连续用老舍的《壶》、《茶馆》的故事中的细节、人物对话，用日本友人的感情，来加强文章的感情色彩和形象的贴切譬喻，因此感染力特别强烈。人们读来会很深切地感受到作者所倾注的血和泪的激情及为友人、为中华民族而大声疾呼。

（晨）

巴金与曹禺在上海寓所庭院里（1982）。

怀念鲁迅先生

在他写作和生活是一致的，作家和人是一致的，人品和文品是分不开的。

45年了，一个声音始终留在我的耳边："忘记我。"声音那样温和，那样恳切，那样熟悉，但它常常又是那样严厉。我不知对自己说了多少次："我绝不忘记先生。"可是45年中间我究竟记住一些什么事情？！

45年前一个秋天的夜晚和一个秋天的清晨，在万国殡仪馆的灵堂里我静静地站在先生灵柩前，透过半截玻璃棺盖望着先生的慈祥的面颜，紧闭的双眼，浓黑的唇髭，先生好像在安睡，四周都是用鲜花扎的花圈和花篮，没有一点干扰，先生睡在香花丛中，两次我都注视了四五分钟，我的眼睛模糊了，我仿佛看见先生在微笑。我想，要是先生睁开眼睛坐起来又怎么样呢？我多么希望先生活起来啊！

45年前的事情仿佛就发生在昨天。不管我忘记还是不忘记，我总觉得先生一直睁着眼睛在望我。

我还记得在乌云盖天的日子，在人兽不分的日子，有人把鲁迅先生奉为神明，有人把他的片语只字当成符咒；他的著作被人断章取义，用来打人，他的名字给新出现的"战友"、"知己"们作为装饰品。在香火烧得很旺、咒语念得很响的时候，我早已被打成"反动权威"做了先生的"死敌"，连纪念先生的权利也给剥夺了。但是在作协分会的草地上有一座先生的塑像，我经常在园子里劳动，拔野草、通阴沟。一个窄小的"煤气间"充当我们的"牛棚"，六七名作家挤在一起写"交代"。我有时写不出什么，就放下笔空想。

我没有权利拜神，可是我会想到我所接触过的鲁迅先生。在那个秋天的下午我向他告了别。我同七八千群众伴送他到墓地。在暮色苍茫中我看见覆盖着"民族魂"旗子的棺木下沉到墓穴里。在"牛棚"的一个角落，我又看见了他，他并没有改变，还是那样一个和蔼可亲的小小老头子，一个没有派头、没有架子、没有官气的普通人。

我想的还是从前的事情，一些很小、很小的事情。

我当时不过是一个青年作家。我第一次编辑一套《文学丛刊》，见到先生向他约稿，他一口答应，过两天就叫人带来口信，让我把他正在写作的短篇集《故事新编》收进去。《丛刊》第一集编成，出版社刊登广告介绍内容，最后附带一句：全书在春节前出齐。先生很快地把稿子送来了，他对人说：他们要赶时间，我不能耽误他们（大意）。其实那只是草写广告的人的一句空

◎ 巴金在上海虹口公园鲁迅墓迁葬仪式上致辞，右立者许广平、宋庆龄（1956）。

话，连我也不曾注意到。这说明先生对任何工作都很认真负责。我不能不想到自己工作的草率和粗心，我下决心要向先生学习，才发现不论是看一份校样，包封一本书刊，校阅一部文稿，编印一本画册，事无大小，不管是自己的事或者别人的事，先生一律认真对待，真正做到一丝不苟。他印书送人，自己设计封面，自己包封投邮，每一个过程都有他的心血，我暗中向他学习，越学越是觉得难学。我通过几位朋友，更加了解先生的一些情况，了解越多我对先生的敬爱越深。我的思想、我的态度也在逐渐变化。我感觉到所谓潜

移默化的力量了。

　　我开始写作的时候，拿起笔并不感到它有多少重，我写只是为了倾吐个人的爱憎。可是走上这个工作岗位，我才逐渐明白：用笔作战不是简单的事情。鲁迅先生给我树立了一个榜样。我仰慕高尔基的英雄"勇士丹柯"，他掏出燃烧的心，给人们带路，我把这幅图画作为写作的最高境界，这也是从先生那里得到启发的。我勉励自己讲真话，卢骚是我的第一个老师，但是几十年中间用自己的燃烧的心给我照亮道路的还是鲁迅先生。我看得很清楚：在他写作和生活是一致的，作家和人是一致的，人品和文品是分不开的。他写的全是讲真话的书。他一生探索真理，追求进步。他勇于解剖社会，更勇于解剖自己；他不怕承认错误，更不怕改正错误。他的每篇文章都经得住时间的考验，他的确是把心交给读者的。我第一次看见他，并不感觉到拘束，他的眼光，他的微笑都叫我放心。人们说他的笔像刀一样锋利，但是他对年轻人却怀着无限的好心。一位朋友在先生指导下编辑一份刊物，有一个时期遇到了困难，先生对他说："看见你瘦下去，我很难过。"先生介绍青年作者的稿件，拿出自己的稿费印刷年轻作家的作品。先生长期生活在年轻人中间，同年轻人一起工作，一起战斗，分清是非，分清敌友。先生爱护青年，但是从不迁就青年。先生始终爱憎分明，接触到原则性的问题，他绝不妥协。有些人同他接近，后来又离开了他；一些"朋友"或"学生"，变成了他的仇敌。但是他始终不停脚步地向着真理前进。

　　"忘记我"！这个熟悉的声音又在我的耳边响起来，它有时温和，有时严厉。我又想起45年前的那个夜晚和那个清晨，还有自己说了多少遍的表示决心的一句话，说是"绝不忘记"，事实上我早已忘得干干净净了。但在静寂的灵堂上对着先生的遗体表示的决心却是抹不掉的。我有时感觉到声音温和，仿佛自己受到了鼓励，我有时又感觉到声音严厉，那就是我借用先生的解剖刀来解剖自己的灵魂了。

　　25年前在上海迁葬先生的时候，我做过一个秋夜的梦，梦景至今十分鲜

◎ 在鲁迅先生葬礼上，巴金（左一）等青年作家为先生扶柩（1936）。

明。我看见先生的燃烧的心，我听见火热的语言：为了真理，敢爱，敢恨，敢说，敢做，敢追求。……但是当先生的言论被利用、形象被歪曲、纪念被垄断的时候，我有没有站出来讲出一句话？当姚文元挥舞棍子的时候，我给关在牛棚里除了唯唯诺诺之外，敢于做过什么事情？

10年浩劫中我给造反派当成"牛"，自己也以"牛"自居。在"牛棚"里写"检查"写"交代"混日子已经成为习惯，心安理得，只有近两年来咬紧牙关解剖自己的时候，我才想起先生也曾将自己比做"牛"。但先生"吃的是草，挤出来的是奶和血"。这是多么优美的心灵，多么广大的胸怀！我呢，10年中间我不过是一条含着眼泪等人宰割的"牛"。但即使是任人宰割的牛吧，只要能挣断绳索，它也会突然跑起来的。

"忘记我"！经过45年的风风雨雨，我又回到了万国殡仪馆的灵堂。虽然胶州路上殡仪馆已经不存在，但玻璃棺盖下面慈祥的面颜还很鲜明地现在我的眼前，印在我的心上，正因为我又记起先生，我才有勇气活下去。正因为我过去忘记了先生，我才遭遇了那些年的种种的不幸。我会牢牢记住这个教训。

若干年来我听见人们的议论：假如鲁迅先生还活着……。当然我们都希望先生活起来，每个人都希望先生成为他心目中的那样。但是先生始终是先生。

为了真理，敢爱，敢恨，敢说，敢做，敢追求……

如果先生活着，他绝不会放下他的"金不换"①。他是一位作家，一位人民所爱戴的伟大的作家。

1981 年 7 月底

◎黄源、巴金、黄裳在绍兴鲁迅故居百草园中（1983）。

　　1936年10月，鲁迅去世以后近半个世纪里，巴金先后写过怀念鲁迅的文章约有11篇之多，这些写在不同时期的文章里，都有各自着重抒发的内容。本书选录的这篇《怀念鲁迅先生》是其中最后的一篇，也是最有分量的一篇。

　　30年代前半期，当巴金作为一个新兴的、创作极为多产丰饶的、又拥有大量读者群的青年作家出现在文坛时，鲁迅已是当时中国文化界的精神领袖。虽然他们相识时间不算很长，往来也不是很多，但是，他们却很相知。巴金对于鲁迅非常尊重敬佩，鲁迅对于巴金也有很高评价。

　　1935年以后，巴金支持文化生活出版社编辑工作，策划编辑一套大型丛书《文学丛刊》，得到了鲁迅有力的支持。《怀念鲁迅先生》文中讲到鲁迅抱病赶着创作编定新著《故事新编》交给巴金编入这套丛书，使他们如期推出第一辑，就是指的这件事情。半个世纪之后，巴金谈及往事仍然怀着深深的感激之情，《文学丛刊》由此开始一直编辑了10辑共160种，为中国文坛推出了一大批有影响的或新进的作家作品。

　　30年代的文坛还是派系纷争和文学思想论争激烈复杂的地方。当时部分左翼作家对于鲁迅、巴金等曾有许多误解和偏见。其中，以徐懋庸为代表曾在报刊上公开攻讦鲁迅、巴金等许多作家。鲁迅仗义执言，愤怒地驳斥了这些谬误。鲁迅、巴金等还曾联络了一大批作家共同署名发表了著名的《中国文艺工作者宣言》，表明了中国作家面对日本军国主义侵略威胁的严正立场和抗日救亡主张。

正是在不长的时间里，在这些重要的活动中，他们协同合作如此默契，说明他们相互理解竟是这样深刻和透彻，因而结成的友谊也就格外亲切和深厚。鲁迅对那些攻讦巴金的人们说："巴金是一个有热情的有进步思想的作家，在屈指可数的好作家之列的作家。"鲁迅去世后，巴金在悼念文章中高度评价说："……我们也和别的许多人一样以为他的作品可以列入世界不朽的名作之林。但我们应该更重视——在民族解放运动中，他是一个伟大的战士，在人类解放运动中，他是一个勇敢的先驱。""在二三十年来，他的正义的呼声，响彻了中国的暗夜，在荆棘遍地的荒野中，他执着思想的火把，领导着无数的青年向远远的一线光亮前进。"

　　半个世纪的历史，一方面证明巴金对于鲁迅的崇高评价是非常准确的，另一方面巴金一直执意学习践行鲁迅所走的道路，为人为文都以鲁迅为榜样。《怀念鲁迅先生》写于1981年7月，"文革"结束将近5年了，他还在不断反思，深深为自己在那些日子里未能坚持、捍卫鲁迅精神而自我拷问、谴责。这篇文章的中心正是在于再次高扬鲁迅精神的一个重要方面是讲真话。"为了真理，敢爱，敢恨，敢说，敢做，敢追求……"

　　巴金对于以鲁迅为师、坚持讲真话的思想在《随想录》的其他文章中也曾多次谈到。但在此文中尤为深刻：那些真正坚持鲁迅精神的人，在那个黑暗日子里被当做"反革命"，关进了"牛棚"，受尽迫害。那些践踏鲁迅精神的人，反倒谬托知己，神化鲁迅，利用来装点门面，打击迫害知识分子和平民百姓。于是，人们不能不想，不能不议论：假若鲁迅先生还活着……又将如何呢？当然也只能出现在"牛棚"的一个角落。当然，鲁迅将"始终不停脚步向着真理前进"，绝不会放下他的笔。

　　所以，巴金在《怀念鲁迅先生》中再次大声呼唤鲁迅讲真话的精神，正是因为它仍然是照亮我们前进道路的思想火把。不只对谎话横行、灾难深重的"文革"具有深刻批判意义，而且对于假货泛滥的今天仍然具有鲜明的现实性。

　　今天的年轻人恐怕已经不知道文中所说的"牛棚"为何物。"文革"期间，一个公民可以任意被诬陷为敌人，随即投入私设的变相的"监狱"，失去自由，做惩罚性劳动，受尽屈辱、迫害和批斗。同样，年轻人也不大知道文中说的"忘记我"的出处，那是鲁迅去世前一个多月写的文章《死》中谈到的。他说，一场大病之后，使他想到了死。于是就在文中写了7条遗嘱，其中第4条是："忘记我，爱自己生活。——倘不，那就真是糊涂虫。"巴金在《怀念鲁迅先生》中反复讲到这句"忘记我"的声音留在他耳边 45年了，未能忘记，并说他也多次表示"我绝不忘记先生"。然而在"文革"中，因为没有坚持鲁迅精神，他深深地忏悔那时"忘得干干净净了"。

如果了解和熟悉了这许多历史，再读巴金这篇文章，我们会被他那热情、真诚而锋利的思想、精神所感染，所激励，并汇聚到鲁迅这面大旗下，去发扬讲真话的精神。

（晨）

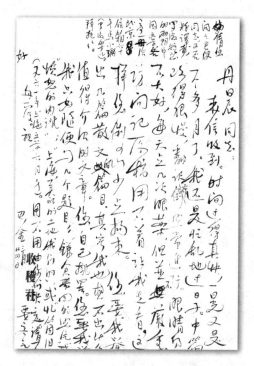

◎巴金的信（1963）。

秋夜杂感

其实我们中国知识分子中间早就有一句老话：
"不鸣则已，一鸣惊人"，换句话说，就是："鸣
起来就一定要鸣得好！"

一

"百家争鸣"的方针提出来好几个月了，可是到现在还很少听见真正的"鸣"声。发牢骚、提意见的人倒不少。有些挨了棍子没有给打死的人出来叫冤，有些对现在的某些工作有不同看法的人出来提意见，这都是人情之常。倘使把这些叫做"鸣"，那未免大题小做了。吃够了过早下结论的苦头的人容易了解"争鸣"的重要，可是习惯了"人云亦云"的人反倒觉得"争鸣"是一件麻烦的事情。要"鸣"必须先有"独立思考"，就说自己不"鸣"吧，要是"百家争鸣"起来，自己到哪里去找"结论"呢？现在的问题绝不是"鸣"声多，而是"鸣"声少，这也是可以想象到的。因为人并非电铃，只要给手一按就会发出"鸣"声。就拿我来说吧，即使有了这样好的方针，也得让我对一些问题好好思考一下，我才可以"鸣"出我个人的意见，万一我对某一个问题实在没有研究，说不上有见解，就是有人拿着鞭子在后面打，我也"鸣"不了。就说一按便"鸣"的电铃吧，要是断了电，哪怕人用小锤敲它，也敲不出"鸣"声来。

所以在这个时候提出"争得好，鸣得好"的问题来，实在太早了。究竟怎样才算"争得好，鸣得好"呢，就是最近解放日报上发表的苏坤同志的"不需要'争得好，鸣得好'些吗？"也没有作出具体的解释来。其实我们中国知识分子中间早就有一句老话："不鸣则已，一鸣惊人"，换句话说，就是："鸣起

◎巴金在大型画册《巴金对你说》上签名（1992）。

来就一定要鸣得好！"然而有这个抱负的人总是不鸣的居多。因为我们是世界闻名的谦虚的民族，真正认为自己有了"一鸣惊人"的把握的人毕竟不多。所以要是未"鸣"之前先听惯了"争得好，鸣得好"的话，不管是苏坤同志所说的"祝福"也好，"希望"也好，"要求"也好，"鼓励"也好，那么没有"好"的把握的人只好"噤若寒蝉"了。只有寥寥几下正确的"鸣"声来点缀"百家争鸣"的局面，拿世界强国之一的新中国来说，未免显得寒伧吧。

也还有一些喜欢打懒主意的人，他们听见别人提出"争得好，鸣得好"的要求，就有这样一种想法：请那些主张"争得好，鸣得好"的同志先来"鸣"一下，作为示范，以便大家照办。不过这样一来，说不定恐怕又会成了"人鸣亦鸣"了。

二

我在8月号的"文艺月报"上发表过一篇"观众的声音"。标题不用"鸣

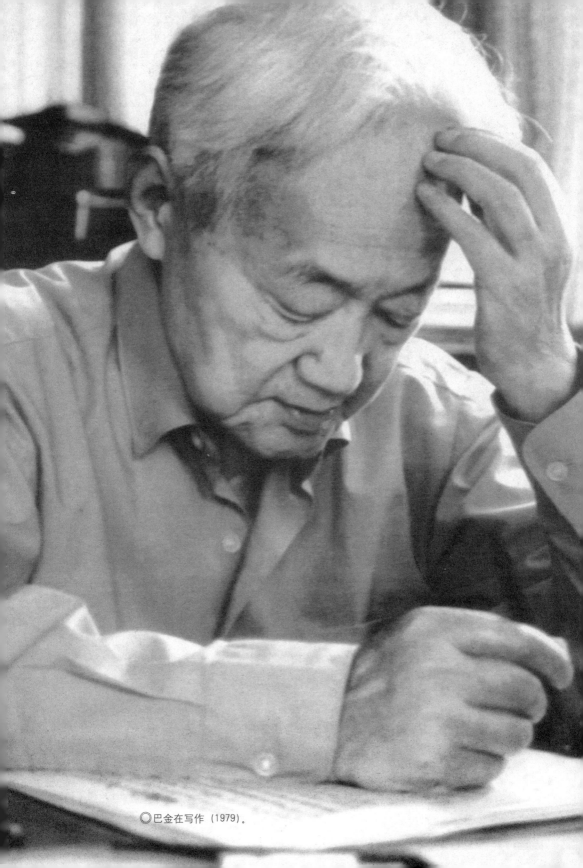
◎巴金在写作（1979）。

声"，唯一的原因便是："鸣得好"的"要求"使我胆怯。我想，对于一般"观众的声音"可能没有较高的要求吧。

然而挹松同志马上在"文艺报"上升起了"持平之论"的大旗。我看旗子扯得太早了吧。几年来一直给压在"保守思想"这顶大帽子下面的"观众"今天刚抬起头来发出点声音，就只见"持平之论"的大旗在前面迎风招展。他只好埋下头去不响了。照例总要等到诉苦诉得太多了时才出现"持平之论"的。

但是这所谓"持平之论"究竟是不是"持平之论"呢？

挹松同志首先断定我的文章"给人一种印象：似乎最近几年的戏曲改革搞坏了一切事；似乎……；似乎解放后强调提出'百花齐放、推陈出新'的戏曲改革方针是毫无必要的"。其实我的文章写得明明白白，毫不含糊，绝不需要挹松同志替我加上几个"似乎"。在那篇短文里面，我只提出了不同的意见，我只指出了戏曲改革工作中的一些缺点。我并不想把文章写得"全面"，如肯定优点，指出缺点，然后提出一些改进工作的具体意见等等。这一类文章，写的人已经够多了，用不着我来写。倘使因为我在一篇短文里没有肯定戏改工作的成绩，就替我的文章加上几个"似乎"，那么，这几个"似乎"也只能说是挹松同志自己的意见，没有必要把责任加在我的肩上。关于戏曲改革工作本身，我觉得有些问题是值得大家研究讨论的。例如由专家把古典名剧修改成一个定本交给各剧团照样演出好呢，还是加强戏曲导演制度，让不同的导演和演员用各人的艺术的创造在演出上加工好呢，等等，倘使将来我考虑成熟了，我自然会发表意见。上次那篇短文没有讲到这些问题，只是因为我还没有可供参考的意见。

为外国观众改革戏曲的问题是我那篇文章的一个要点。

挹松同志说，我"举出'三岔口'和'雁荡山'作为'专家'破坏遗产的罪证"，他还在"专家"下面加一个注："新文艺干部"。事实上，一，我根本不知道从事戏改工作的是新文艺干部，而且作为观众，花钱看戏，或者参加招待晚会，欣赏节目，就戏论戏，用不着知道其他；二，我只举出"三岔口"和"雁荡山"做例子，对我们的"专家"为西洋的观众改革戏曲，和他们认为西洋的观众不喜欢情节的看法提出疑问。我希望得到有关方面的回答。现在挹松同志首先证实"三岔口""这出戏在出国表演的时候越压越短，情节越来越简单"。他还说"这是大家都不赞成的"。可见我的疑问并非提得"毫无必要"，而且正相反，这个问题已经严重到"大家都不赞成的程度"了，然而挹松同志却又说："这是京剧名演员张云溪、张春华同志的创造，这出戏已经经过几年来舞台的考验了。"这就叫人弄不明白了：究竟"大家不赞成的"是谁的"创造"？"名演员"的"创造"呢？还是"新文艺干部"（挹松同志的用语）的"创造"？关于"雁荡山"，据挹松同志说，这是个"尝试"，他又说："人们可以批评这出戏只注意形式而忽略了内容。"他接着还加一个注"我就有这样的看法"。可见即使根据"持平之论"，这两出百演不厌的出国戏本身也有不少的缺点了。

◎ 巴金在上海寓所庭院里漫步思考（1982）。

那么我更有权利提出我的疑问：

为什么我们必须把"大家都不赞成的"和"忽略了内容"的"尝试"拿去招待我们的国外友人呢？（既然我们的国外友人把他们自己认为最好的东西拿来招待我们。）

这是一个严肃的问题，我们必须认真地考虑这个问题。为我们自己，为我们的国外友人，我们都应当把我们自己认为最好的东西介绍给国外友人，否则所谓"文化交流"就会失其意义，哪里还谈得到"互相了解"、"互相尊重"、"互相影响"呢？

只要这个问题得到重视，得到合理的解决，我愿意向挹松同志和他所说的"新文艺干部"道歉认错，因为我们是在为着国家的利益争论，而不是在做文字的游戏。

1956 年 9 月 10 日

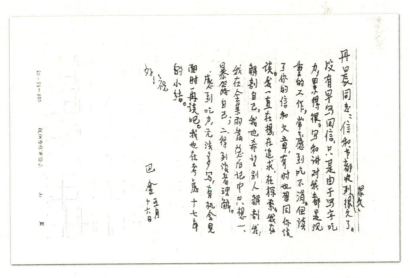

◎巴老的信（1993）。

赏析

　　巴金的《秋夜杂感》写于1956年9月，当时，毛泽东提出了在科学文化艺术领域里要贯彻"百花齐放、百家争鸣"的方针。但是，经过多次政治运动以后的知识分子仍然心存疑虑，迟迟不敢鸣放。这时，仍还有些人以貌似公正而正确的姿态来解释双百方针，诸如要"争得好，鸣得好"，要"健康地展开自由讨论"、"反对片面性"等等来堵还未鸣放起来的嘴。巴金对于这种为文化专制主义张目的诡辩甚为反感，写了这篇针锋相对的文章，作了有力的驳斥。

　　当时的政治环境正处于阴阳暧昧的状态。人们心理上都习惯于"左比右好"，更为安全的不正常心态，对于过去各种政治批判记忆犹新。所以，巴金写这样的文章是冒着一定的政治风险，是要有很大勇气的。因为巴金当时对于文化专制主义已经有了认识，并且怀着一种极为憎恶的感情。所以，他在这个时期写了许多杂文，《秋夜杂感》只是其中的一篇代表作。

　　这篇文章的第一部分的中心思想是为了争取一个让大家不受拘束、没有压力的自由鸣放的环境，扫荡种种借口。在这里，作者突出强调"独立思考"的重要性。"独立思考"是巴金人生历程中信奉的一个非常重要的基本态度。对于任何事物都要通过自己的考察、了解、分析、探讨，才能得出为自己确信的认识，决不人云亦云。巴金一生的卓然独立道路也证明了他的这种人生态度。后来，他在80年代写的《随想录》里，又多次反复强调这个思想，可见是他一以贯之的。这也是抵抗个人迷信、造神运动、文化专制主义的最好的有力的武器。从本文中也可看出早在50年代中期，

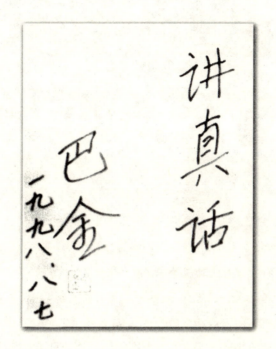

巴金就已鲜明地提出来了。

第二部分是就戏曲改革中的问题，与一种貌似公正客观其实是压制正确批评意见的诡辩进行辩驳。巴金着重抓住论战对方的前后矛盾的弱点，无情地揭穿了对方伪善的面目。

巴金是一位以小说、散文著称的大家。他在30年代也写过一些杂文。50年代中期他对写作杂文却发生了兴趣，连续写了许多很有影响的思想深邃锋利的杂文。显然因为平时对于社会生活、文艺生活积累了很多独特的思考和认识，但却如骨鲠在喉，没有可能倾吐。正是在这种深刻思考和不吐不快的激情推动下，他写的这些杂文行文流畅，论证严密，语言机智而有锋芒，有强大的逻辑力量，读来令人淋漓痛快，信服深思。

（晨）

再论说真话

人只有说真话，才能够认真地活下去。

　　我的"随想"并不"高明"，而且绝非传世之作。不过我自己很喜欢它们，因为我说了真话，我怎么想，就怎么写出来，说错了，也不赖账。有人告诉我，在某杂志上我的《随想录》（第一集）受到了"围攻"。我愿意听不同的意见，就让人们点起火来烧毁我的"随想"吧！但真话却是烧不掉的。当然，是不是真话，不能由我一个人说了算，它至少总得经受时间的考验。30年来我写了不少的废品，譬如上次提到的那篇散文，当时的劳动模范忽然当上了大官，很快就走向他的反面；既不"劳动"，又不做"模范"；说假话、搞特权、干坏事倒成了家常便饭。过去我写过多少豪言壮语，我当时是那样欢欣鼓舞，现在才知道我受了骗，把谎言当做了真话。无情的时间对盗名欺世的假话是不会宽容的。

　　奇怪的是今天还有人要求作家歌颂并不存在的"功"、"德"。我见过一些永远正确的人，过去到处都有。他们时而指东，时而指西，让别人不断犯错误，他们自己永远当裁判官。他们今天夸这个人是"大好人"，明天又骂他是"坏分子"。过去辱骂他是"叛徒"，现在又尊敬他为烈士。本人说话从来不算数，别人讲了一句半句就全记在账上，到时候整个没完没了，自己一点儿也不脸红。他们把自己当做机器，你装上什么唱片，他们唱什么调子；你放上什么录音磁带，他们哼什么歌曲。他们的嘴好像过去外国人屋顶上的信风鸡，风吹向哪里，他们的嘴就朝着哪里。

外国朋友向我发过牢骚：他们对中国友好，到中国访问，要求我们介绍真实的情况，他们回去就照我们所说向他们的人民宣传。他们勇敢地站出来作我们的代言人，以为自己说的全是真话。可是不要多长的时间就发现自己处在尴尬的境地：前后矛盾、不能自圆其说，变来变去，甚至打自己的耳光。外国人重视信用，不会在思想上跳来跳去、一下子转大弯。你讲了假话就得负责，赖是赖不掉。有些外国朋友就因为贩卖假话失掉信用，至今还被人抓住不肯放。他们吃亏就在于太老实，想不到我们这里有人靠说谎度日。当"四人帮"围攻安东尼奥尼的时候，我在一份意大利"左派"刊物上读到批判安东尼奥尼的文章。当时我还在半靠边，但是可以到邮局报刊门市部选购外文"左派"刊物。我早已不相信"四人帮"那一套鬼话，我看见中国人民越来越穷。而"四人帮"一伙却大吹"向着共产主义迈进"。报纸上的宣传和我在生活中的见闻全然不同，"四人帮"说的和他们做的完全两样。我一天听不到一句真话，偶尔有人来找我谈思想，我也不敢吐露真心。我怜悯那位意大利"左派"的天真，他那么容易受骗。事情过了好几年，我不知道他今天是左还是右，也可能还有人揪住他不放松。这就是不肯独立思考而受到的惩罚吧。

其实我自己也有更加惨痛的教训。1958年大刮浮夸风的时候我不但相信各种"豪言壮语"，而且我也跟着别人说谎吹牛。我在1956年也曾发表杂文，鼓励人"独立思考"，可是第二年运动一来，几个熟人摔倒在地上，我也弃甲丢盔自己缴了械，一直把那些杂感作为不可赦的罪行；从此就不以说假话为可耻了。当然，这中间也有过反复的时候，我有脑子，我就会思索，有时我也忍不住吐露自己的想法。1962年我在上海文艺界的一次会上发表了一篇讲话：《作家的勇气和责任心》。就只有那么一点点"勇气和责任心"！就只有三几十句真话！它们却成了我精神上一个包袱，好些人拿了棍子等着我，姚文元便是其中之一。果然，"文化大革命"开始，我还在北京出席亚非作家紧急会议，上海作家协会的大厅里就贴出了"兴无灭资"的大字报，揭露我那篇"反党"发言。我回到上海便诚惶诚恐地到作家协会学习。大字报一张接着一张，"勒令"我这样，"勒令"我那样，贴不到10张，我的公民权利就给剥夺干净了。

那是1966年八九月发生的事。我当时的心境非常奇怪，我后来说，我仿佛受了催眠术。也不一定很恰当。我脑子里好像只有一堆乱麻，我已无法独立思考，我只是感觉到自己背着一个沉重的"罪"的包袱掉在水里，我想救自己，可是越陷越深。脑子里没有是非、真假的观念，只知道自己有罪，而

◎《随想录》五卷。

且罪名越来越大。最后认为自己是不可救药的了，应当忍受种种灾难、苦刑，只是为了开脱、挽救我的妻子、女儿。造反派在批斗会上揭发、编造我的罪行，无限上纲。我害怕极了。我起初还分辩几句，后来一律默认。那时我信神拜神，也迷信各种符咒。造反派批斗我的时候经常骂一句："休想捞稻草！"我抓住的唯一的"稻草"就是"改造"。我不仅把这个符咒挂在门上，还贴在

我的心上。我决心认真地改造自己。我还记得在我小的时候每逢家中有人死亡，为了"超度亡灵"，请了和尚来诵经，在大厅上或者别的地方就挂出了十殿阎罗的画像。在像上有罪的亡魂通过十个殿，受尽了种种酷刑，最后转世为人。这是我儿童时代受到的教育，几十年后它在我身上又起了作用。1966年下半年以后的3年中间，我就是这样地理解"改造"的，我准备给"剖腹挖心"，"上刀山、下油锅"，受尽惩罚，最后喝"迷魂汤"，到阳世重新做人。因此我下定决心咬紧牙关坚持到底。虽然中间有过很短时期我曾想到自杀，以为眼睛一闭就毫无知觉，进入安静的永眠的境界，人世的毁誉无损于我。但是想到今后家里人的遭遇，我又不能无动于衷，想了几次我终于认识到自杀是胆小的行为，自己忍受不了就让给亲人忍受，自己种的苦果却叫妻儿吃下，未免太不公道。而且当时有一句流行的话："哪里摔倒就在哪里站起来。"我还疑心妄想在"四人帮"统治下面忍受一切痛苦在摔倒的地方爬起来。

那些时候，那些年我就是在谎言中过日子，听假话，说假话，起初把假话当做真理，后来逐渐认出了虚假；起初为了"改造"自己，后来为了保全自己；起初假话当真话说，后来假话当假话说。10年中间我逐渐看清楚十座阎王殿的画像，一切都是虚假！"迷魂汤"也失掉了效用，我的脑子清醒，我回头看背后的路，还能够分辨这些年我是怎样走过来的。我踏在脚下的是那么多的谎言，用鲜花装饰的谎言！

哪怕是给铺上千万朵鲜花，谎言也不会变成真理。这样一个浅显的道理，我为它却花费了很长的时间，付出了很高的代价。

人只有说真话，才能够认真地活下去。

10月2日

三论讲真话

——随想录七十九

说真话并不容易，不说假话更加困难。我常常为此感到苦恼。

　　我昨天读完了谌容的中篇小说《真真假假》。我读到其中某两三段，一个人哈哈地笑了一阵子，这是近十几年来少有的事。《真真假假》是一篇严肃的作品。小说中反映了一次历时3天的学习、批判会。可笑的地方就在人们的发言中：这次会上的发言和别人转述的以前什么会上的发言。

　　笑过之后，我又感到不好受，好像撞在什么木头上，伤了自己。是啊，我联系到自己的身上，联系到自己的经历了。关于学习、批判会，我没有作过调查研究，但是我也有30多年的经验。我说不出我头几年参加的会是什么样的内容，总不是表态，不是整人，也不是自己挨整吧。不过以后参加的许多大会小会中整人被整的事就在所难免了。但有一点是可以确定的：表态，说空话，说假话。起初听别人说，后来自己跟着别人说。再后是自己同别人一起说。起初自己还怀疑这可能是假话、那可能是误传，这样说可能不符合事实等等、等等。起初我听见别人说假话，自己还不满意，不肯发言表态。但是一个会接一个会地开下去，我终于感觉到必须摔掉"独立思考"这个包袱，才能"轻装前进"，因为我已经在不知不觉中给改造过来了。于是叫我表态就表态。先讲空话，然后讲假话，反正大家讲一样话，反正可以照抄报纸，照抄文件。开了几十年的会，到今天我还是怕开会，我有一种感觉，有一种想法，从来不曾对人讲过。在会议的中间，在会场里，我总觉得时光带着叹息在门外跑过，我拉不住时光，却只听见那些没完没了的空话、假话，我心里多烦。我只讲自己的经历，我浪费了多少有用的时间。不止我一个，当时同我在一起的有多少人啊！

"大家都在浪费时间"，这种说法可能有人不同意。这个人可能在会上夸夸其谈、大开无轨电车，也可能照领导的意思、看当时的风向发表言论。每次学习都能做到"要啥有啥"，取得预期的效果。大家都"受到深刻的教育，在认识上提高了一步"。有人说学习批判会是"无上的法宝"。而根据我的经验、我的收获却是"竹篮打水一场空"，我只是在混时间。但是我学会了说空话，说假话。有时我也会为自己的假话红脸，不过我不用为它担心，因为我同时知道谁也不会相信这些假话。至于空话，大家都把它当做护身符，在日常生活里用它揩揩桌子、擦擦门窗。人们想，把屋子打扫干净，就不怕"运动"的大神进来检查卫生。

◎巴金与冰心、日本作家水上勉在日本（1980）。

大家对运动也有看法，不少的人吃够了运动的苦头。喜欢运动的人可能还有，但也不会太多。根据我的回忆，运动总是从学习与批判开始的。运动的规模越大，学习会上越是杀气腾腾。所以我不但害怕运动，也害怕学习和批判（指的是批判别人）。和那样的会比起来，小说里的会倒显得轻松多了。

我还记得1965年第四季度我从河内回来，出国三个多月，对国内的某些情况已经有点生疏，不久给找去参加《评新编历史剧〈海瑞罢官〉》的学习会，感到莫名其妙。为什么姚文元

◎ 巴金荣获意大利但丁国际奖章（1982），意大利驻华大使塔马尼尼（右）和但丁
学会弗尔南多（左二）在上海向巴金表示祝贺。

一篇文章要大家长期学习呢？我每个星期六下午去文艺会堂学习一次，出席
人多，有人抢先发言，轮不到我开口。过了两三个星期，我就看出来，我们
都在网里，不过网相当大，我们在网中还有活动余地，是不是要一网打尽，
当时还不能肯定。自己有时也在打主意从网里逃出去，但更多的时间里我却
这样地安慰自己："听天安命吧，即使是孙悟空，也逃不出如来佛的手掌心。"

　　回想起那些日子，那些学习会，我今天还感到不寒而栗。我明明觉得罩
在我四周的网越收越小、越紧，一个星期比一个星期厉害。一方面想到即将
来临的灾难，一方面又存着幸免的心思，外表装得十分平静。好像自己没有
问题，实际上内心空虚，甚至惶恐。背着人时我坐立不安，后悔不该写出那
么多的作品，唯恐连累家里的人。我终于在会上主动地检查了1962年在上海
二次文代会上的发言的错误。我还说我愿意烧掉我的全部作品。这样讲过之
后比较安心了，以为自己承认了错误，或者可以"过关"。谁知这次真是一网

打尽，在劫难逃。姚文元抢起他所谓的"金棍子"打下来。我出席了亚非作家紧急会议，送走外宾后，参加作家协会的学习会，几张大字报就定了我的罪，没有什么根据就抄了我的家。随便什么人都可以到我家里来对我训话。可笑的是我竟相信自己犯了滔天大罪，而且恭恭顺顺地当众自报罪行；可笑的是我也认为人权是资产阶级的东西，我们"牛鬼蛇神"没有资格享受它。但当时度日如年，哪有笑的心思？在那段时间里，我常常失眠，做怪梦，游地狱；在"牛棚"里走路不敢抬头，整天忍气吞声，痛骂自己。

10年中间情况有一些变化，我的生活状况也有变化。一反一复，时松时紧。但学习、批判会却是不会少的。还有所谓"游斗"，好些人享受过这种特殊待遇，我也是其中之一。当时只要得到我们单位的同意，别的单位都可以把我带去开会批斗。我起初很害怕给揪到新的单位去、颈项下面挂着牌子接受批判，我不愿意在生人面前出洋相。但是开了一次会，我听见的全是空话和假话，我的胆子自然而然地大了起来，我明白连讲话的人也不相信他们自己的话，何况听众？以后我也就不害怕了。用开会的形式推广空话、假话，不可能把什么人搞臭，只是扩大空话、假话的市场，鼓励人们互相欺骗。好像有个西方的什么宣传家说过：假话讲了多少次就成了真话。根据我国古代的传说，"曾参杀人"，听见第三个人来报信，连他母亲也相信了谣言。有人随意编造谎言，流传出去，后来传到自己耳边，他居然信以为真。

我不想多提十年的浩劫，但是在那段黑暗的时期中我们染上了不少的坏习惯，"不讲真话"就是其中之一。在当时谁敢说这是"坏习惯"？!人们理直气壮地打着"维护真理"的招牌贩卖谎言。我经常有这样的感觉：在街上，在单位里，在会场内，人们全戴着假面具，我也一样。

到"四人帮"下台以后，我实在憋不住了，在《随想录》中我大喊：

"人只有讲真话，才能够认真地活下去。"

我喊过了，我写过了两篇论"说真话"的文章。朋友们都鼓励我"说真话"。只有在这之后我才看出来：说真话并不容易，不说假话更加困难。我常常为此感到苦恼。有位朋友是有名的杂文家，他来信说：

"对于自己过去信以为真的假话，我是不愿认账的，我劝你也不必为此折磨自己。至于有些违心之论，自己写时也很难过……我在回想，只怪我自己当时没有勇气，应当自劾。……今后谁能保证自己不再写这类文章呢？……我却不敢开支票。"

我没有得到同意就引用他信里的话，应当请求原谅。但是我要说像他那样坦率地解剖自己，很值得我学习。我也一样，"当时没有勇气"，是不是今后就会有勇气呢？他坦白地说："不敢开支票。"难道我就开得出支票吗？难道说了这样的老实话，就可以不折磨自己吗？我办不到，我想他也办不到。

任何事情都有始有终。混也好，拖也好，捱也好，总有结束的时候；说空话也好，说假话也好，也总有收场的一天。那么就由自己做起吧。折磨就折磨嘛，对自己要求严格点，总不会有害处。我想起了吴天湘的一幅手迹。吴天湘是谌容小说中某个外国文学研究室的主任、一个改正的右派，他是唯一的在会上讲真话的人。他在发言的前夕，在一张宣纸上为自己写下两句座右铭：

> 愿听逆耳之言，
> 不作违心之论。

这是极普通的老话。拿它们作为我们奋斗的目标，会不会要求过高呢？我相信那位写杂文的老友会回答我："不高，不高。"

《真真假假》是《人到中年》作者的另一部好作品。她有说真话的勇气。在小说中我看到好些熟人，也看到了我自己。读完小说，我不能不掩卷深思。但是我思考的不是作品，不是文学，而是生活。我在想我们的过去、现在和未来。我想来想去，总离不开上面那两句座右铭。

难道我就开得出支票？我真想和杂文家打一次赌。

3月12日

赏析

巴金晚年写作的重要作品《随想录》五卷中收有五篇关于"说真话"的随笔，在《随想录》的其他文章中也曾多次反复论述过这个问题，其中有一卷书名就叫《真话集》；1990年，四川文艺出版社出版的收有巴金晚年作品集子，巴金又题名为《讲真话的书》。可见，"讲真话"这个命题在巴金晚年的思考和写作生活中占有十分重要的地位，本书选录了他的再论、三论说真话的文章，大致上可以看做是他这方面的代表作。

巴金的《随想录》，顾名思义，就是随时想到什么就写录下什么。英国文学中的Essay，中译"随笔"，如《伊利亚随想集》的作者兰姆（C. Lanme），以及医学家、心理学家兼作家蔼里斯（H·Ellis）等，都是此类文章的著名作家。但是，给巴金影响最大的却是俄国的革命活动家、政论家赫尔岑的《往事与随想》。巴金在他所译的《往事与随想》第一册的《后记（一）》中，曾引用屠格涅夫评论此书的一段话：

"这一切全是用血和泪写成的：它像一团火似的燃烧着，也使别人燃烧……俄罗斯人中间只有他能这样写作。"

巴金也曾经讲到他青年时代第一次读这本书时的感受。他说："我心里也有一团火，它也在燃烧。我也有血有泪，它们要通过纸笔化作一行，一段的文字。"所以，包括五篇"说真话"文章在内的《随想录》的文字，既不像周作人散文那样闲适冲淡，也不像梁实秋散文那样优美和富于诗意；但却同赫尔岑一样，"全是用血和泪写

◎巴金与夏衍（1978）。

成的"，也像一团火似的燃烧着并使别人燃烧。而且同俄罗斯人中间只有赫尔岑能这样写作一样，在中国人中间也只有巴金能这样写作。

　　"说真话"，在正常的社会生活中，本是每个人理所当然应该遵守的基本准则，几乎也是对幼儿进行启蒙教育时必有的内容。中国古代传统文化中对此也非常强调。《论语·季氏》篇把"友直"与"友谅"、"友多闻"并列为"益者三友"；把花言巧语说假话的"便佞"与"友便辟"、"友善柔"并列为"损者三友"。春秋时晋史官董狐秉笔直书"赵盾弑其君"，孔子称之为"良史"，后来文天祥在《正气歌》中称"在齐太史简，在晋董狐笔"，可见，说真话乃天地之正气，有益世道人心，巴金大声疾呼"说真话"，也并不只是谈论一些个别的具体的现象，而是意在提倡一种正气，推进和重建一种新的人文精神。

　　但是，在封建时代，敢于坚持正义、直言抗争的忠贞之士固然常会因此带来灾难。在"文革"时期，竟也因直言罹祸者又何止千万。如张志新烈士就是一个为大家熟知的例子。因为她说了真话，竟惨遭杀害。

　　正是基于对于这样历史的反思，巴金在文章中描写了许多耳闻目睹的事实，令人信服地看到当时整个民族都陷入在一个可怕的自欺欺人的罗网中而无法解脱。人们有意无意、自觉不自觉地接受相信谎言，转而又去传播灌输给别人，还据此来谴责、羞辱、批判自己和别人。巴金曾坦率地自谴："我在1956年也曾发表过杂文，鼓励大家'独立思考'，可是第二年运动一来，几个熟人摔倒在地，我也弃甲丢盔自己缴了械……从此就不以说假话为可耻了"。但是，到了"文革"，终于在劫难逃，几张大字报就定了他的"罪"，任何人可以随意训斥凌辱他，抄他的家，而且祸及他夫人萧珊，使她在受尽迫害之后含恨逝世。

　　这个无所不及的天罗地网是由号称"真理"、缀满鲜花的谎话编织而成的，所以，巴金痛感到，一个人，一个民族，一个国家如果要想认真生存发展下去，"只有讲真话"。这是从"想我们的过去、现在和未来。想来想去"以后才引出的这个认识。

　　正因为巴金关于"讲真话"的呼吁是一件关系到整个民族人文精神重建的大事，所以也就触疼了一些抱住过去不放，依靠谎话过日子的人。他们不断用一些荒谬的奇谈怪论来攻击和批判巴金的呼吁，说什么"真话不等于真理"，"要讲正确的话，讲真理。不要片面追求讲真话"等，这说明在中国，讲真话仍然还有障碍。各种假冒的商品、欺骗的谎言仍然泛滥在社会生活中。这也就更加深刻证明巴金这一思想认识的深刻性和重要性。人们在读这些文章中，会很自然地感受到巴金用血和泪凝成的文字像一团炽烈的火，他那种热情恳切的语言在燃烧着人们的心。他渴望人们能尽早摆脱灾难，成为一个正直的真诚的有独立思考精神的人。

　　　　　　　　　　　　　　　　　　　　　　　　　（张挺）

"文革"博物馆

——随想录一四五

这是应当做的事情，建立"文革"博物馆，每个中国人都有责任。

前些时候我在《随想录》里记下了同朋友的谈话，我说"最好建立一个'文革'博物馆"。我并没有完备的计划，也不曾经过周密的考虑，但是我有一个坚定的信念：这是应当做的事情，建立"文革"博物馆，每个中国人都有责任。

我只说了一句话，其他的我等着别人来说。我相信那许多在"文革"中受尽血与火磨炼的人是不会沉默的。各人有各人的经验。但是没有人会把"牛棚"描绘成"天堂"，把惨无人道的残杀当做"无产阶级的大革命"。大家的想法即使不一定相同，我们却有一个共同的决心：绝不让我们国家再发生一次"文革"，因为第二次的灾难，就会使我们民族彻底毁灭。

我绝不是在这里危言耸听，20年前的往事仍然清清楚楚地出现在我的眼前。那无数难熬难忘的日子，各种各样对同胞的伤天害理的侮辱和折磨，是非颠倒、黑白混淆、忠奸不分、真伪难辨的大混乱，还有那些搞不完的冤案，算不清的恩仇！难道我们应该把它们完全忘记，不让人再提它们，以便20年后又发生一次"文革"拿它当做新生事物来大闹中华？！有人说："再发生？不可能吧。"我想问一句："为什么不可能？"这几年我反复思考的就是这个问题，我希望找到一个明确的回答：可能，还是不可能？这样我晚上才不怕做怪梦。但是谁能向我保证20年前发生过的事不可能再发生呢？我怎么能相信自己可以睡得安稳不会在梦中挥动双手滚下床来呢？

　　并不是我不愿意忘记，是血淋淋的魔影牢牢地揪住我不让我忘记。我完全给解除了武装，灾难怎样降临，悲剧怎样发生，我怎样扮演自己憎恨的角色，一步一步走向深渊，这一切就像是昨天的事，我不曾灭亡，却几乎被折磨成一个废物，多少发光的才华在我眼前毁灭，多少亲爱的生命在我身边死亡。"不会再有这样的事了，还是揩干眼泪向前看吧。"朋友们这样地安慰我，鼓励我。我将信将疑，心里想：等着瞧吧。一直到宣传"清除精神污染"的时候。

　　那一阵子我刚刚住进医院。这是第二次住院，我患的是帕金森氏综合症，是神经科的病人。一年前摔坏的左腿已经长好，只是短了三公分，早已脱离牵引架；我拄着手杖勉强可以走路了。读书看报很吃力，我习惯早晨听电台的新闻广播，晚上到会议室看电视台的新闻联播。从下午三点开始，熟人探病，常常带来古怪的小道消息。我入院不几天，空气就紧张起来，收音机每天报告某省市领导干部对"清污"问题发表意见；在荧光屏上文艺家轮流向观众表示清除污染的决心。我外表相当镇静，每晚回到病房却总要回忆1966年"文革"发动时的一些情况。我不能不感觉到大风暴已经逼近，大灾难又要到来。我并无畏惧，对自己几根老骨头也毫无留恋，但是我想不通：难道真的必须再搞一次"文革"把中华民族推向万劫不复的深渊？仍然没有人给我一个明确的回答。小道消息越来越多。我仿佛看见一把大扫帚在面前扫着，扫着。我也一天、两天、三天地数着，等着。多么漫长的日子！多么痛苦的等待！我注意到头上乌云越聚越密，四周鼓声愈来愈紧，只是我脑子清醒，我还能够把当时发生的每一件事同上次"文革"进展的过程相比较，我没有听到一片"万岁"声，人们不表态，也不缴械投降。一切继续在进行，雷声从远方传来，雨点开始落下，然而不到一个月，有人出来讲话，扫帚扫不掉"灰尘"，密云也不知给吹散到了何方，吹鼓手们也只好销声匿迹。我们这才免掉了一场灾难。

　　1984年5月在日本东京召开的四十七届国际笔会邀请我出席。我的发言稿就是在病房里写成的。我安静地在医院中住满了第二个半年。探病的客人不断，小道消息未停，真真假假，我只有靠自己的脑子分析。在病房里我没有受到干扰。应当感谢那些牢牢记住"文革"的人，他们不再让别人用他们的血在中国的土地上培养"文革"的花朵。用人血培养的花看起来很鲜艳，却有毒，倘使花再次开放；哪怕只开出一朵，我也会给拖出病房，得不到治疗了。

经过半年的思考和分析，我完全明白：要产生第二次"文革"，并不是没有土壤，没有气候，正相反，仿佛一切都已准备妥善，上面讲的"不到一个月"的时间要是拖长一点，譬如说再翻一番，或者再翻两番，那么局面就难收拾了，因为靠"文革"获利的大有人在。……

我用不着讲下去。朋友和读者寄来不少的信，报刊上发表了赞同的文章，他们讲得更深刻，更全面，而且更坚决。他们有更深切的感受，也有更惨痛的遭遇。"千万不能再让这段丑恶的历史重演，哪怕一星半点也不让！"他们出来说话了。

建立"文革"博物馆，这不是某一个人的事情，我们谁都有责任让子子孙孙、世世代代牢记十年惨痛的教训。"不让历史重演"，不应当只是一句空话。要使大家看得明明白白，记得清清楚楚，最好是建立一座"文革"博物馆，用具体的、实在的东西，用惊心动魄的真实情景，说明20年前在中国这块土地上，究竟发生了什么事情?!让大家看看它的全部过程，想想个人在十年间的所作所为，脱下面具，掏出良心，弄清自己的本来面目，偿还过去的大小欠债。没有私心才不怕受骗上当，敢说真话就不会轻信谎言。只有牢牢记住"文革"的人才能制止历史的重演，阻止"文革"的再来。

建立"文革"博物馆是一个非常必要的事，唯有不忘"过去"，才能作"未来"的主人。

1986 年 6 月

《"文革"博物馆》写于 1986 年 6 月，收在《随想录》第五集《无题集》中。

巴金说："建立'文革'博物馆，这不是某一个人的事情，我们谁都有责任让子子孙孙、世世代代牢记十年惨痛的教训。""最好是建立一座'文革'博物馆，用具体的实在的东西，用惊心动魄的真实情景，说明 20 年前在中国这块土地上，究竟发生了什么事情？！……只有牢牢记住'文革'的人才能制止历史的重演，阻止'文革'的再来。……""唯有不忘'过去'，才能作'未来'的主人。"

巴金的这篇文章不是用墨写的，是用血和泪写成的。他的血和泪不只是为自己和亲人以及那些"发光的才华"的被毁灭而流，更重要的是为了我们中华民族的未来不再有可能重新被推向万劫不复的深渊。他通过对"文革"的历史反思，也通过对现实生活中某些不正常现象的揭示，经过深思熟虑，不计个人毁誉安危，倡议建立"文革"博物馆，充分表现了他作为一代文化巨人的深邃的胆识和勇气。

20 世纪，世界上曾经有过几次历史性的大的战争灾难。有的国家把这些历史教训郑重教育一代又一代青年，还建立了有关的博物馆作为全民族反思、警惕、教育的场所。他们因为敢于直面惨痛的历史，从错误教训中吸取了力量，于是很快获得了新生和发展，再次成为强大有力的国家。但是，在中国对于这样一场已经作了历史结论的灾难，曾经把整个国家推入到崩溃的边缘的事实，仍有人采取讳疾忌医的态度，所以，巴金关于建立"文革"博物馆的呼吁虽然得到思想文化界的热烈响应，但至今未见实现的可能。这并未影响巴金的执著的信念。人们从这篇文章中也会被他的崇高的远见卓识所感染，并感到信服。

（张挺）

短篇 小说 卷

洛伯尔先生

"他一天一天地唱着他从前为她做的那首歌,希望它会把她招回来。可是他的努力也没有用。上帝底责罚太严酷了。"

你底倩影在田畔出现时,
星儿收敛了它底光芒,
夜莺停止了它底歌唱,
月儿羞惭地遮了面庞,
羞见你那娇美的模样。

你好像穿着金色衣裳,
你好像沐着圣洁的光,
你走一步啊,
紫罗兰的香雾便在你四周荡漾。
在这时候啊,
我真是快乐无疆!

月儿再露出她底面庞时,
正照见我送你回到你底家门。
我底眼里还留着你底倩影,
你底接吻还在燃烧我底嘴唇,
我忘记了归途的寂寞冷静。
我呆呆望着天,
天使我记起你底面容,
我呆呆望着海,
海使我想起你底爱情。
可是天啊,不及你底面容清,
海啊,它也没有你底爱情深!
……

正是在傍晚时分，洛伯尔先生又唱起他底歌来了。

自从我知道洛伯尔先生以后，这首歌我不知道听见了多少次。不仅是我，恐怕附近一带的居民也是如此罢。

老实说，洛伯尔先生是不会唱歌的，他底颤抖的、枯涩的低音很难听。听见他唱歌的人总要嘲笑他。

"洛伯尔先生，你唱得真动人啊！你把我女儿底心都引动了，"有的男子说。

"洛伯尔先生，你再要唱下去，我可要抛了我底丈夫，跟你跑了。"有的妇人说。

然而洛伯尔先生只是颤巍巍地摇头叹息道："我老了，老了！"于是人们大笑起来。

洛伯尔先生的确老了。他至少有50岁。头上只有寥寥几根灰白发，一脸都是皱纹，两颊陷了进去，背也驼了。可是两只眼睛还射出光来，好像里面有一种不可扑灭的火焰一样。

他没有家，没有亲戚，也没有朋友。他住在我们学校对门的一个

◎ 巴金在法国沙多一吉里城拉封丹中学，小说《洛伯尔先生》取材于此时的生活（1928）。

人家，他租了一间小屋。白天我们很少看见他出外。每天傍晚他照例要在学校后面的河畔田边散步。

我底家就在河畔。我们还有一块小菜园，平日吃过晚饭后我总要跟着妈妈在菜园里工作。我底父亲在一年前死了。

这个时候我看见洛伯尔先生扶着手杖走过，他照例给我们道个"晚安"，又向前走了。不出几分钟，洛伯尔先生就走过桥，在对岸白杨树下一块大青石上面坐下，唱起他底永远忘不了的歌。

你底倩影在田畔出现时……

"妈妈，你听，那个讨厌的洛伯尔先生又在唱歌了。"我向母亲大声说。不知道为什么我很讨厌洛伯尔先生。他对我很好。可是我反而更加讨厌他。他有时候给我道"晚安"，我理也不理他。我不喜欢他，大概因为这首歌的缘故。一则，他唱得那么难听；二则，他在那样的年纪不配唱这首歌。我想，像他这样的人居然还有女人爱他，那比我们前任校长底妻子跟着学监逃走的事情奇怪得多了。

"雅克，你为什么这样不高兴洛伯尔先生？他是个很可怜的老人。"母亲常常替他辩护。

"妈妈，你听，他唱得这么难听，这个老流氓，真不害羞！"我不高兴地争辩说。

母亲突然放下了浇水器，走到我底身边，紧紧地握着我底手。"孩子，亲爱的，答应我不要骂人。你还年轻，不懂得世间的事。你要相信妈妈底话，洛伯尔先生是一个很可怜的人……"我觉得母亲底声音有点古怪，我抬起头望她底脸，她底眼泪正落下来，落在我底脸上。母亲哭了。我紧紧地抱住她底身子，着急地说："妈妈，你哭了，为什么？"

母亲也紧紧地抱住我，默默地过了一会儿，才慢慢地说："我想起了你底爸爸。"停了片刻，她又说："雅克，亲爱的，答应我，你要做一个好人。"

"妈，我答应你，"我不假思索地说出来，同时对母亲感到无限的亲爱。

母亲放了手，说："洛伯尔先生底歌声里有眼泪啊。"她又去拿浇水器了。可是她好像还有什么话没有说出来似的。我想也许她要说洛伯尔先生有神经病罢。

这个晚上母亲照应我睡下以后，忽然流下眼泪紧紧地抱住我。吻我底脸。她接连地问："雅克，你爱你底妈妈吗？说，是不是？"

"妈妈，我爱你，我只爱你一个人。"

"你说，以后不管发生什么事，不管你听见什么关于妈妈的话，你依旧像现在这样爱你底妈妈吗？是不是？"

"是，无论如何我总是爱你的。"

母亲在这个晚上有点精神失常的样子，但是第二天她又跟平日一样了。

日子依旧照常平淡地过去，洛伯尔先生依旧照常唱他底"你底倩影在田畔出现时"的歌。

别人依旧嘲笑他，可是我答应了母亲不再骂他"讨厌"了。而且我学会了他底歌。不知道为什么在母亲面前我不敢唱这首歌，可是背开了母亲我就常常学着洛伯尔先生底调子唱起来，我自以为唱得比他好。

我很骄傲自己比洛伯尔先生唱得好，因此总想找个机会唱给他听听，使他羞愧。可是他白天不出外，傍晚我要跟母亲在菜园里工作。

有一天放学早一点，我一个人跑到洛伯尔先生底窗下唱起这首歌来。因为他住的屋子是面着街的。我刚唱了三句，洛伯尔先生便在楼上打开窗户，伸出他底头。他底脸上带着一种惊讶而忧郁的表情。

我一看见他底头，连忙跑开了，一路上还高兴地大声唱下去。

"雅克，好孩子，这里来。"他底颤抖的声音在我底后面追来。这声音似乎有点凄惨。我几乎要站住，但是我终于走开了。自己心里很满意，只是不敢让母亲知道。

这以后洛伯尔先生对待我似乎更加和善。我也渐渐不觉得他讨厌了，他虽然照常坐在青石上唱歌，但是我也不觉得歌声难听了。他在河那边唱歌的时候，我也在河这边暗暗地和着。

这时正是初夏，白杨树叶随着晚风颤动。空气里充满着麦子和草底的香气。太阳已经落了下去，夜还没有来。河畔的草昂着头等待夜底来临。天色已经渐渐暗淡了。但是坐在青石上的洛伯尔先生底轮廓还看得分明，他在这一幅黄昏底图画里显得很美丽。他忘记了自己似的唱着歌，好像歌中人就在旁边静听一般。忽然平静的水面被扰乱了，一只小船从后面流过来。船里有一对青年男女。男子摇着桨，女子坐在对面。她底清脆的笑声把洛伯尔先生底歌声打断了。

"你底接吻还在燃烧我底嘴唇。"男子带笑地大声唱起来。

女子忽然止住笑向男子扑过去，男子放下桨抱住她底身子。船缓缓地流进去了。我再往对岸看，洛伯尔先生已经不见了，我奇怪这一晚他为什么回去得早一些。

某一天傍晚忽然出了一件不寻常的事：洛伯尔先生底歌声听不见了；对岸青石上也没有他底影子。

"妈妈，怎么洛伯尔先生今晚不来呢？"我挂念地说。

"他大概有事情罢。"母亲不在意地说。

第二天晚上又不见洛伯尔先生来。

"妈妈，洛伯尔先生今晚又不来了。"

"他大概有事情罢。"她过了一会儿又说："他该不会生病罢。"接着她又反驳似的说道："不会的，他明天晚上一定来。"她露出很关心的样子。

这两天母亲底心里好像有什么重大的事情。可是第三天傍晚又不见洛伯尔先生底影子。

"一定发生了什么不寻常的事情。"母亲自语道。我们依旧忙着工作。

忽然母亲拉住我底手，急急地说："雅克，你去看看洛伯尔先生，他一定病了。"

我也不问什么，就听从母亲底话，走出菜园，向洛伯尔先生家去了。母亲还在后面嘱咐："你要早些回来。"

天黑了。路灯也燃起了。我踏着路旁的软草，转过学校底背后，走到洛伯尔先生底家。好奇心鼓舞着我，我走得很快，我好像在奉行重大的使命一般，所以路上遇见老学监的时候，也几乎忘记行礼道"晚安"了。

洛伯尔先生底房间我是知道的。我匆匆地走上了楼，走到他底门前，在门上轻轻地敲了两下，没有应声，便又重重地敲了两下。

"进来。"从里面传出来这个微弱的声音，我听得出是洛伯尔先生底声音，便推开门进去。

在电灯光下我看见洛伯尔先生躺在床上。他见我进来，抬起头惊奇地望了我一眼，说："孩子，你来了。好，我知道你要来的。有三天不看见你了。……没有什么，不过……不过身体有点不舒服。"这些话差不多是一口气说出来的，他说了，又倒下去，好像力竭了似的。人更瘦了，但是眼里还有光，脸色是红红的，嘴上带着笑容，大概他喜欢我来看他罢，我想。

"洛伯尔先生，你病了，不要紧罢，我们三天没有看见你了，很挂念的。"这些话都是从我底心里吐出来的，我差不多快流眼泪了。

他叫我坐在床前一把椅子上。他伸出两只瘦得只有皮包骨的手把我底左手握着，露出感激的样子，一面说："好孩子，谢谢你底好心，愿上帝保佑你。我睡在这里，没有一个亲人，一个朋友，只有房东有时还来照应照应。你是我底唯一的朋友了。"他放开我底手，歇了一会儿忽然又叹息地自语道："青春真可爱啊！真美丽啊！……我老了，老了。"

"洛伯尔先生，你明天就出去散步罢，这几天天气很好。"我找不出别的话来说。

"青春真美丽啊！"他又重复说了一句，然后翻了翻身，再握着我底左手，安慰地说："你觉得在这里没有趣味吗？"他停了片刻，忽然下了决心似的说："好，我给你讲个故事罢。"但是他底嘴又闭上了。

他放了我底手，闭上眼睛思索了一会儿。忽然睁开双眼，像从梦中醒过来似的望着我，一面慢慢地讲起故事来：

"从前在某一个城里有一个不出名的音乐师。他是孤零零的一个人，没有家庭，虽然还不到40岁，就已经显得很衰老了。离他底家不远，有一所卖花店，他到中学里去教音乐，总要从那里经过。

"卖花店底主人是一个老太婆。她有一个女儿，那时还不到20岁。她底相貌算不得十分美丽，但是她有一对非常可爱的眼睛。音乐师每次经过卖花店总看见她立在门前。他们起初只打招呼，道一个'日安'，后来他便时常进她底店里买花。在那个少女底天真无邪的心中也许没有什么，可是音乐师却爱她快要到发狂的程度了。他设法引诱她，跟她谈爱情，时常同她一道去跳舞散步，他在她底身上花了许多钱，可是并不会买到她底爱。因为少女说他老了。但是后来有一天他居然骗着少女同他干了一次犯罪的事。以后少女就答应嫁给他，虽然她并不爱他。"

他说到这里，便停住了，过了一刻，才慢慢地继续说下去：

"可是她底母亲知道了这件事。一定不许她嫁给音乐师。音乐师却得到了少女的同意：两人秘密结婚，然后一起逃到别处去。音乐师把一切都准备好了。然而到了约定的时间，少女却失了信，也许是她底母亲知道了这个计划，阻止了她。音乐师一个人走了。

"他在外面飘泊了一些时候，然而无论到什么地方他总不能够忘记那个女子，他总不能够消灭他对她的爱情。过了一年，他便回到故乡，可是少女已经不在那里。据说她嫁了人，而且生了儿子。这个孩子其实是音乐师底儿子，只有音乐师和少女知道。

"因为这件事，音乐师感觉到自己对少女犯了一件大罪。他始终爱她。他决心去找寻她，求她底宽恕。从那个时候起他又离开了故乡，带着痛苦和悔恨，走遍了整个法国，到处去找寻她底踪迹，可是连一点影子也没有找到。最后他便飘流到我们这个城里来。他已经是又老、又弱、又病的人了。他的神经受了大的刺激也失了常态。他不能够再动身到别处去找她了。他知道，他在世的时间是不会久的了。

"他知道她到死还会恨他，所以他想在未死之前见她一面，跪在她底面前求她底宽恕，或者见着他底儿子，也求他底饶恕，以便放下他背上那个痛苦的十字架，那么他将来也可以安心地死去。

◎ 巴金与萧乾在北京（1985）。

"他一天一天地唱着他从前为她做的那首歌，希望它会把她招回来。可是他的努力也没有用。上帝底责罚太严酷了。"

他愈说，话愈急，好像害怕谁阻止他说下去似的。他底眼睛里射出强烈的火焰，这里面燃烧着痛苦与悔恨。他接连地喘气。

"上帝啊，你底责罚太严酷了！"他忽然撑起半个身子叫道。

一阵恐怖的感觉抓住了我。我不禁大声问："那个音乐师是谁？"

"他现在就要死了，……你还不明白吗？"他狞笑道。

"玛丽—波尔啊！……"

"你说什么？"血在我底全身沸腾，我底身子战抖起来，我疯狂地问。

"玛丽—波尔……那个少女底名字。"他昏迷地说，眼光开始散乱了。

天呀！

"玛丽—波尔？……那么你底儿子，不，……她底儿子今年不是十四岁吗？"我希望他回答我不是。

可是他已经倒在床上说不出话来了。

我疯狂地摇撼他底身子，他底头，一面大声问："你说，是不是十四岁？快说！"

他被我摇了好久，忽然睁开眼睛，痛苦地看了我一眼，点了点头，便把眼睛闭上了。这一次是永远地闭上了。

我伏倒在他底身上，大声地哭起来。……

　　你可曾听见河上的歌声？

　　它是多么温柔，多么动人！……

几个年轻人唱着《印度支那的夜》的流行歌曲在窗下走过去了。

1930年

赏析

《洛伯尔先生》是巴金最早写作的短篇小说之一。写于1930年，当时巴金26岁。

小说以一个 14 岁孩子的眼光描绘了发生在本世纪 20 年代末法国的一则凄凉的爱情故事，十分的生动与感人。作品首尾呼应的爱情"小夜曲"奠定了全文抒情柔曼的基调，内中情节的舒缓展开，将人物命运逐渐推向高潮。

故事由一曲"小夜曲"开始，它的歌唱者洛伯尔先生曾是法国某城一所中学的一位不出名的音乐教师。当他出现在我们面前时，已是又老又丑了，声音颤抖枯涩，非常难听。但他总是每天傍晚时分，照例要到河畔唱他的永远年轻又美丽的情歌，这使少年雅克相当的反感而且迷惑不解。但是这首歌却包含了一个秘密。直到有一天老人在生命垂危的时刻，对前来探访的雅克讲述了自己的故事，才为我们揭开了歌唱者之谜。10多年前的洛伯尔在担任中学音乐教师时，爱上了比他小20岁的花店主人的女儿，因"爱她到快要到发狂的程度，"便忍不住"设法引诱她"，可他始终没有找回自己的爱情，也没有得到渴望的宽恕。洛伯尔先生受尽了上帝严酷的责罚，心中"燃烧着痛苦与悔恨"离开了人世……

这则充满了悲剧色彩的爱情故事，虽然短小，却自有其深蕴的内涵。它表达的是人类由于自身的过失、错误而导致的精神幻灭的悲哀，是那种对罪与罚的深深的恐惧，是人与自己搏斗的、良知与人性的"死之忏悔"。正因为小说中的这些道德因素的存在，它才没有落入一般爱情小说恩恩怨怨的套路，而具有震动人心的感染力量和启迪作用。正如作者本人在《复仇集》的自序中所说的："这几篇小说并非如某一些评论家所说的是从美丽的诗的情绪的描写。这是人类痛苦的呼吁。我虽不能苦人类之所苦，而我却是以人类之悲为自己之悲的。"

在这篇小说创作前，巴金正处于创作的凝滞状态，他后来回忆说："就在这年7月的某一夜，我忽然从梦中醒来，在黑暗中我看见一些悲惨的景象，我的耳边也响着一片哭声。我不能再睡下去。就起来扭开电灯，在清静的夜里一口气写完了那篇题作《洛伯尔先生》的短篇小说。"作者创作此篇时火一样的激情以及郑重其事的态度，都是以表明《洛伯尔先生》在巴金创作生涯中具有举足轻重的地位、作用和意义，而绝非即兴随意之作。

连作者本人也想不到的是，此后几年间竟身不由己地进入了创作中的"火山爆发期"，短短4年内，巴金的创作超过了同时代的任何一位作家，风靡了整整一代青年。巴金的创作从一开始便以十分现实的态度，探求"凡人小事"中纠缠着的伦理道德的精神实践问题，这种绝不浮于表面的人性思索规定了巴金的创作方向，并始终贯穿在巴金一生的努力中，直到其晚年。

严格地说，《洛伯尔先生》属于道德小说，它与作者后来所写的大量作品一样，基本上是以人的道德冲突作为基本出发点，去"排演着善与恶的基本挣扎"(夏志清语)。即使是描写像洛伯尔这样一个在生活中无足轻重的音乐师，对他的命运起落，也不只是停留在"讲故事"上，而是力图通过其道德矛盾的展示去发掘人格、良心、伦理的价值所在，体现了对人性的中国式的思考。

应该说，《洛伯尔先生》中的三个主要人物都是矛盾交织着的悲剧人物。虽然故事的外在的滑稽效果令人迷惑，但轻松热闹的旋律掩藏不住沉重阴冷、令人不安的节奏，已经又老又丑的洛伯尔明知自己老了，偏偏还要每天在人们的哄笑声中唱情歌，谁又知道他在经受着良心的（而非上帝的）责罚，生活在记忆的坟墓中呢？老人最终在亲历了种种自造与他造的苦难之后，带着"痛苦与悔恨"离开了人世，至死也未能得到解脱，而"不懂得世间的事"的雅克直到洛伯尔先生临终前，才隐约知道他一直骂为"老流氓"的老人正是自己的亲生父亲；三个人中，只有雅克的母亲，洛伯尔过去的情人玛丽—波尔明白其中的道理，知道他是"一个很可怜的人"。

听着儿子骂他的父亲，她不由流下泪来，紧紧地抱着儿子说："我想起了你底爸爸。"但她毕竟惧怕世俗的偏见，因此诚惶诚恐地问儿子："以后不管发生什么事，不管你听见什么关于妈妈的话，你依旧像现在这样爱你底妈妈吗？"对以往情人不幸命运的同情与将可能失去儿子的爱的担心交织在一起，折磨着玛丽，使之终于也没敢将真相挑明，洛伯尔无以解脱的悲惨死亡便在所难免了。

巴金就是这样在最早的短篇创作中，将人性矛盾冲突和自我道德审判推到了悲剧性的高度。这种做错了一件事，便自我忏悔责罚，至死不肯原谅自己的人格自我完善的要求，我们在《洛伯尔先生》创作60年后的今天，仍能从《讲真话的书》中看到作者本人实践的影子。

小说创作于巴金青年时期，语言结构方面还较为稚嫩，存在着某些模仿的痕迹，但对于人物肖像的描写却有其独到之处，比如描写洛伯尔先生"头上只有寥寥几根灰白发，一脸都是皱纹，两颊陷了进去，背也驼了。可是两只眼睛还射出光来，好像里面有一种不可扑灭的火焰一样"。这一静态外形描写由于突出了眼神得以强化而生动起来。而当雅克改变了对洛伯尔的反感后，他眼中的老人在田园诗般的背景中又是显得如此动人，使人如临其境一般。当雅克去探望濒临死亡的老人时，作者则对"瘦得皮包骨"的洛伯尔作了一系列动态的描绘，尤其是对老人讲述自身经历时的眼神变化作了细致的刻画：从"眼睛里还有光"，到"闭上眼睛思索了一会儿"，到"忽然睁开双眼，像从梦中醒来似的望着我"，到"眼睛里射出强烈的火焰，这里面燃烧着痛苦与悔恨"，到最后"眼光开始散乱"、"忽然睁开眼睛，痛苦地看了我一眼……便把眼睛闭上。这一次是永远地闭上了。"这一系列关于眼神的描写，将老人眼中"不可扑灭的火焰"和"光"，那久久燃烧着的浓烈的爱情与深深的自责充分地表现了出来，可谓举重若轻之笔。

（张沂南）

第二的母亲

有一天果然从空虚里给我生出了一个母亲来。这个母亲给我的幼年的单调生活添了一些趣味的点缀，而且使我过了好些温暖的日子……

人们都叫我做孤儿。

我的父母很早就死了，我甚至不曾认清楚他们的面貌。我是跟着叔父长大的。叔父没有小孩，就把我当做他的儿子。

婶母在两年前去世。叔父常常不在家，只有一个小厮和一个老妈子照料我。还有一个中年仆人，时常跟着叔父在外面跑。家里地方宽大，有一个小小的花园，我整天到处玩，可是找不到一个小伴侣。小厮和老妈子的世界跟我这个孩子的世界究竟不同。我虽然还是一个小孩子，有时候我也会感觉到寂寞。

叔父聘请了一位严肃的老先生来管教我。我每天要在书房里度过四五个钟头。先生自己不声不响地看书。我却用疲倦的声音反复读着《千字文》一类的书中奇怪的字句，心里胡乱想些不能够实现的事情。等到先生忽然用严肃的声音说："好，现在放学了。"我才带笑跑出那个囚笼一般的书房。

晚上我常常做梦，梦见的总是先生的面孔。这张面孔会变幻出种种的把戏。偶尔我也做过比较愉快的梦，但是它也会被读书的事情破坏了。原来在梦里我也会读书。总之，我害怕的唯一的人就是那个永远板着面孔的教书先生；我害怕的唯一的事情就是读书。

叔父是一个温和的人，同他在一起我倒觉得舒服。但是他常常不在家，而且他以为读书是最好的事情，虽然他自己很难得拿出一本书来翻看。

他一天究竟做些什么事情呢？他究竟到什么地方去呢？别人不告诉我。后来我知道他爱看戏，而且他也带我去过一家戏园。

"林官少爷，你有了新婶婶了。"有一天那个仆人忽然开玩笑地对我说，他做了一个鬼脸。

"我婶婶已经死了，哪儿还有新婶婶呢？你骗我！"我不高兴地回答道。我婶母是一个毫不亲切的妇人，我虽然被她抚养过，但是我从她那里并不曾得到温暖。我常常觉得她很可怕。我的生活虽然是这样寂寞，但是我也不愿意再有一个这样的婶母到我们家来。

仆人的那句话马上就被我忘掉了。我依旧过着少变化的生活。仆人的三角形的瘦面孔，老妈子的满是皱纹的老面孔，小厮的猴子脸一般的面孔，教书先生的神像一般的面孔，还有叔父的团团的笑面孔，此外又有几个亲戚的陌生面孔。我一点儿也不疑惑，我以为世界上就只有这些面孔。我完全想不到还会有使人眼睛喜欢的美丽的面孔。

小厮的年纪比我大，他知道的事情也比我多。但是他似乎并不聪明，因为他跟我说过许多话，对我讲过许多故事，题目却只有一个，就是"母亲"，他叫她做"亲妈"。他的故事总是以母亲作中心，他这个人把母亲看得比一切都贵重。

他很穷，他的母亲也很穷。所以他不得不到我们家来做小厮，他的母亲也不得不到别人家去做老妈子。她是一个中年寡妇，面孔比他的还瘦，衣服比他的更坏。她一个月照例要来看这个儿子两次，把他叫到僻静的地方去对他说一些话，起初抚着他笑，后来抱着他哭。他们常常是这样的。

不管怎样，同母亲见面就是这个儿子最大的快乐，这种快乐使他忘掉了痛苦，所以他常常得意地对我说：

"我亲妈明天要来了。"

起初我对于他这句话并不觉得奇怪。但是后来我甚至羡慕起他来了。因为他有一个叫做"亲妈"的女人，而我却没有。特别是在我听见他夸耀似的说起他母亲的种种好处，又亲眼看见那个母亲怎样爱抚儿子的情形以后，我就觉得没有母亲是怎样可悲的事情了。

有时候他的母亲给他带来一件新衣服或者吃的东西，他总要得意地向我夸示，或者穿起衣服给我看，说是他母亲亲手缝的，或者把吃的东西分些给我吃。我常常骄傲地回答他说：我有更漂亮的新衣服和更好吃的东西。但是在心里我却妒忌他，我的衣服和吃的东西完全是用钱买来的。我们家里有的是钱，用钱去买东西，是极平常、极容易的事。

我开始羡慕他，我觉得我也需要一个这样的母亲。然而羡慕也没有用，我不能够从空虚里制造出一个母亲来。我的年纪虽小，但是我也知道人只能够诞生一次，因此也只能够有一个母亲。

但是出乎我意料之外，有一天果然从空虚里给我生出了一个母亲来。这个母亲给我的幼年的单调生活添了一些趣味的点缀，而且使我过了好些温暖的日子……

有一天叔父带我到一家戏园去看戏，我很快活地跟着他走了。我们进了包厢，那里面没有别的人。我们坐下来。台上正在演武戏，许多人光着身子翻筋斗。我便伏在栏杆上注意地看戏。

我看得正高兴，忽然听见耳边一个女人小声说："就是你的侄儿吗？"

我惊讶地掉过头去看。我后面正坐着一个30岁光景的女人。她含笑地看我，一面在和叔父谈话。

我呆呆地望着她：瓜子脸，两根细眉毛，红红的小嘴，粉红色的两颊。

她看见我现出了呆相，就笑了，她两边脸颊上现出了两个酒窝；她和叔父低声说了一句话。

我被她笑得有些不好意思，同时又觉得奇怪，就拉着叔父的衣角在他耳边小声问道："她是谁？是你的朋友吗？"

叔父笑起来，不回答我，却告诉了那个女人。她也笑了，对我说："你小小年纪，倒很聪明！你过来，我自己慢慢儿告诉你。"

叔父把我送到她身边。她就把头埋下来，用她的柔软的手抚摩我的脸，然后就抱起我坐在她的膝上。这样我看戏台就看得更清楚。

我那时只顾注意地看戏，她却时常拿种种的问话打岔我。后来她就不再絮絮地问话了，却只是给我详细解说台上演的什么戏和戏里的种种情节，使我看戏看得特别有兴趣。

我觉得我开始喜欢她了。她就常常在我耳边说话，声音非常温柔。我有时掉头去看她。她的脸红红的，眼睛里射出柔和的、喜悦的光。

戏演完了。我们都站起来，预备走了。忽然那个女人俯下头捏住我的两只膀子，含笑说："你要回家去了。今天我同你玩了这么久，你还没有叫我一声。你说你叫我做什么呢？"

我抬起头，睁大了眼睛看她的脸。不知道怎样，而且连我自己也不大明白，我居然接连叫了两声"妈"。我后来想这也许是因为我时时渴望着有一个体贴我、对我亲切的母亲的缘故罢。

"蠢孩子，你怎么乱叫人家做妈呢？"叔父在旁边笑起来。

"不要笑他，我喜欢他这样叫我。这个孩子倒很聪明，你看他很喜欢我。"她轻轻地拍我的头。"你愿意我做你的妈吗？"她带笑地问道。我忽然注意到她的眼睛发亮，那里面出现了泪珠。

我因为叫错了称呼，又当着叔父的面，觉得有些害羞，微微低下头去，小声答应着。

她走到叔父面前，低声和他说了几句话，他点点头。我偷偷地看她，她带了喜色回到我身边来，牵着我的手，跟在人群后面，慢慢地走出去了。

"我已经同你叔叔说过了，你跟着我到我家里去玩。"她走出戏园门口，看见轿子在那里等她，便带笑地对我说。

我看叔父，叔父温和地微笑。我忽然瞥见那个仆人在叔父后面对我做了一个鬼脸。我也不去睬他。我让那个方才被我叫做"妈"的女人把我带进轿子里去了。

在轿子里面，我依旧坐在她的膝上。她絮絮地向我问话。她一只手时时抚摩我的头发，我的脸。她的手是那么温柔，声音是那么甜蜜，我仿佛觉得就是坐在母亲的怀里了。她问起我在家里的生活，她问起我家里有些什么人，她问起叔父待我怎么样，她问起我读些什么书，她问起我是不是愿意到她家里去，我都一一地回答了。我的回答显然使她高兴，她对我说了一些称赞的话。

不到一会儿轿子停下来了。我们走出来，她付了钱把轿夫打发走了。她对我说："你叔叔等一会儿就来的，我们先进去罢。"她就把我引进左边一个小院子里面去了。我们经过一个小小的花坛，走上了石阶。天井里长着花草，中间有一条石子铺砌的小路。

我们刚要走进屋去，一个丫头从里面出来，带笑地招呼了她一声；她吩咐了几句话，丫头就走进另一间屋去了。她把我引进了她的寝室。

时候还早，天色很明亮，我看清楚了房里的陈设：家具并不很多，不过布置得很好。这里很清洁，整齐，而且有一种说不出的好处。

"你就在这儿坐坐罢。"她把我引到一把藤椅旁边，这样对我说；她又走到条桌前，从桌上一个瓷坛子里，抓出一把糖果盛在碟子里，放在我面前，又说："你好好地吃，不要客气，我等一会儿再来陪你玩。"她就走进后房去了。接着丫头提了水壶从外面进来到后房里去。

我坐在藤椅上吃糖。我看见丫头走出去了。我听见她在后房里走动，又听见倒水和别的声音。她好些时候不出来。我把糖吃完了，一个人坐在藤椅上有点不耐烦，便站起来，随便走了几步，看看桌上的东西和墙壁上的东西。

墙壁上挂的字画，我好像在我们家里看见过；还有一管笛和一只琵琶也斜挂在墙上。靠窗的书桌上有一尊白瓷观音。看见这尊观音，我很惊奇，明明是我们家里的东西！从前她常常立在叔父的书桌上。我好些时候没有看见她，想不到她却跑到这里来了。我的眼睛不会错。白的衣服，红的净水瓶，绿的柳枝，我都记得很清楚。

为什么叔父的东西会跑到这里来？我觉得很奇怪。但是我又看出来，那张条桌上面的古瓷大花瓶，墙上镶着金边镜框的外国风景画，还有许多许多东西，有的是婶母从前用的东西，如今都搬到这里来了。

她究竟是什么样的人呢？她同叔父有什么样的关系呢？我忽然记起了仆人的话。难道她就是我的新婶婶吗？这样一想我就急得不能够忍耐了。我看见后房门大开，里面燃着电灯，我便往后房走去。

她穿着一件紧身衣，正在电灯下面，对着镜奁擦粉。看见我进来便掉头对我微微一笑，向我招手说："你在外面坐得不耐烦了？糖吃完了吗？好，你到这里玩玩也好。"

我有些胆怯地走到她面前，她一把拉住我的手，笑着说："你就站在这里，不要走开。你先前在戏园里问过我是你叔叔的什么人，你现在就猜猜看。"

我有点不好意思地望着她，说不出一句话。她经过这次打扮，比先前更好看了。我望着这张美丽的面孔，禁不住在心里想：我果然有一个这样好看的婶母吗？

"你怕羞吗？在这儿是不要紧的，你看我像不像你的妈？"她看见我不开口，便亲切地问道。

"你来，我给你把头发梳一下。"她接着又说，就把我抱起来坐在她膝上，她仔细地把我的头发分开，擦了一点油，把它也梳得光光的。

在镜子里面现出两张脸来：她的头和我的头紧紧地靠着。她望着我微笑，笑得非常温柔。

"你叫我，你再叫我一声妈呀！"她低声在我耳边说。

"妈！……我真想有一个像你这样的妈啊！"我感动地说。

"小弟弟，我真有一个像你这样的儿子，我不晓得会多么快活啊！……然而我今天也够快活了。这些年来，我从没有像今天这样快活的。"她说到这里眼睛发亮了，我看见她的眼角嵌着泪珠。

"你哭了？"我惊讶地对她说。我伸出手去，要给她揩眼泪。她突然捧起我的脸，就在脸颊上接连亲了几下。

"你看，你把我的脸都染红了。"我指着胭脂的痕迹对她说；她微微地笑了笑，就取过一张湿毛巾把我的脸揩干净了。

"好，你先出去罢，你叔叔恐怕就要来了。"她就把我放下来，叫我在外面等她。我就先走出去了。

外面房间相当阴暗，我坐在藤椅上等她。她出来了。这时电灯也亮了，屋子里突然明亮起来。她已经穿好衣服，短袄和裤子的颜色配合得很好看。

"他怎么还没有来！你饿不饿？"她走出来，问了一句。

"不饿。"我简单地回答，就站起来。

"好，那么就再等一会儿。你在这里觉得有些不惯罢。不要怕，多玩一些时候也不要紧。你叔叔今天晚上一定会来接你回去。"她说罢，又从另一个瓷坛子里取出一些点心给我吃。

然后她对我笑了笑，说："我吹笛子给你听好不好？"她就搬了凳子，跪在凳子上，把墙上的笛子取了下来。她在藤椅上坐下，叫我靠在她身边，她开始吹起笛子来。

我不晓得她吹的是什么调子。但是我听着笛声，看看她的面容，不知道怎样我竟然想哭了。我紧紧地偎着她。

她吹完了一个调子。叔父还没有来。她微微叹了一口气，就把笛子横放在膝上，她用温柔的眼光看我的脸。

"要是你叔叔今晚上不来接你，你就睡在这里，好不好？你不怕吗？"她带笑地问我道。

"只要你在这里，我就不怕。"我直率地说。

"你真聪明，你真像我的小弟弟。"她抱住我，又抚摩我的头发。过了一会儿，她忽然问我道："你想不想听我弹琵琶？"

我看见琵琶高高地挂在墙上，我就说："今晚上不要弹了，你给我讲故事罢。"我拿起笛子在玩。

"讲故事？我好多年没有讲故事了。那还是同我的小弟弟在一起的时候——现在我完全忘记了。"她的声音渐渐地改变了，她连忙收住话，轻轻地叹了一口气。

"怎么你也有小弟弟？"我惊讶地问。

"是的，我也有一个小弟弟，面貌也有些相象。"她低声说。

"他现在在哪儿？"

"我不晓得，我跟你一样地不晓得。"

"怎么，你不晓得你自己的弟弟在哪儿？"我不相信她的答话，我奇怪她会流眼泪。

"我不晓得。"

"那么他死了？"

"我也不晓得。"她用悲苦的声音说，"我离开他的时候，他还不到 8 岁。……那个时候我爹刚死。妈没有钱埋爹，就听别人的话把我卖给一个有钱人家做丫头。从此我就跟我妈、弟弟分开了。……"

"以后你还看见他们吗？"我问道。

"我再也没有见到他们了。"她摸出一方手帕揩了揩眼睛说，"我当时还不到14岁。在公馆里做了几年，后来受了少爷的骗，他又把我卖给坏人。……"她叹了一口气，停了一下又说："我吃了好几年的苦，遇到了你叔叔。他待我好，我也就死心塌地跟了他。我的身子就是他赎出来的。"

"我跟我弟弟分别的时候，他就像你这样的年纪，他的相貌也很像你，"她又叹息地说下去："可是如今又过了十二三年了，我不晓得他是不是还活在世上，我不晓得我妈是不是还活着，……我跟了你叔叔以后，常常听见他讲起你。我要他把你的相片给我看。我看见你的相片就想起我的弟弟。我越看，越觉得你像他，就央求你叔叔把你给我带来。一直到今天我才有福气见到你。你看我还把你的相片挂在身边呢！"她从衣服里面摸出一个椭圆形的金坠儿，这是系在金链子上，套在颈项上，垂在胸前的。她把盖子打开，里面果然嵌着一个孩子的相片，这是去年我同叔父在一处拍的照片，我站在叔父膝前。我叔父的房间里就挂着放大的这张相片。

我呆呆地望着相片，我把金坠儿拿在手里玩。

"你不觉得我有些冒犯你吗？我拿你比我弟弟。"她温柔地低声在我耳边说。过了一会儿她又说："可怜我弟弟，他连一张相片也没有，他没有给我留下一件东西做个纪念。"

她不能够再忍耐下去了。她一把抱住我，脸贴着我的脸，低声哭起来，她的身子像发寒颤地微微抖着。

我也陪着她哭了。我紧紧地抱着她。我想安慰她，但是我说不出别的话，我只是怜惜地唤着"妈妈"。

忽然她觉醒似的推开我，站起来说："现在好像你叔叔来了。"她用手帕给我揩了眼泪，一面说："你不要把刚才的事情告诉你叔叔啊！"

"我不会的，我决不会告诉别人。"我点头答应道。

"好，你就坐在这儿玩，让我到后房去洗脸。"她亲切地嘱咐我。我再看她的脸，脸上脂粉已经凌乱了。

她走进后房以后，外面果然响起了脚步声。我听见叔父在咳嗽，于是一个人揭起门帘进来，正是我的叔父。接着又走进那个仆人，他又对我暗暗地做了一个鬼脸。

"你在这儿玩得好吗？"叔父带笑地问。

"好。"我站起来，简单地答复了他，就转身向后房走去，我害怕叔父看见我脸上的泪痕。

我走进后房，看见她又在那里擦粉，但是她马上就好了。她对我微微一笑，低声说："你来。"就绞了一张湿毛巾，给我揩了脸，然后牵着我的手走到外面房间去。

她招呼了叔父，问他为什么来得这么迟。叔父抱歉地说了许多解释的话。他说别人请他吃饭，他等着上了两道菜就要走，但是终于被主人留住了，所以到这个时候才来。

看见上了年纪的叔父这样小心地向她辩解，我不禁要失笑了，在这里的叔父和在家里的叔父不像一个人，在这里的叔父似乎年轻多了。

于是那个丫头和叔父的仆人都进来。他们安好了桌子，摆好了酒菜。我们就开始吃饭了。

一张小方桌放在屋中间，她和叔父对面坐着，我坐在另一方，靠她更近。她和叔父两个慢慢地喝酒，我一个人吃饭。她唤我做"小弟弟"，她跟我说话更多，照料我更周到。她常常看我，我也常常看她。她这时候很快活，有说有笑。所以叔父不会猜到她先前流眼泪讲故事的事情。我看见她快活，我心里更高兴。我当时并不奇怪为什么她先前那样悲痛地叙述她的痛苦，如今又这样快活地享受她的生活。因为哭过后笑，笑过后哭，在小孩是极平常的事情。

我们吃完饭，时候已经不早了，叔父叫仆人送我回去。他说等一会儿他就回家来。她露出不舍的样子，把我送上轿。她还在我耳边温柔地说着要我不要忘记她，要我时常到她那里去玩的话，我都一一答应了。我又唤她做"妈"，而且我也现出留恋的样子。

我回到家里以后，仆人就跟我开玩笑。他告诉我叔父今晚上不会回来，而且叔父常常住在那里。但是我不再觉得奇怪了，而且我也没有泄露出一句她今天对我讲的那些话。

从此我就有一个母亲了。是的，我常常骄傲地想：我也有一个母亲了。我常常到她那里去，在她那里我得到了不少的糖果、爱抚、鼓励和温暖，回到家来我就不觉得生活的寂寞和单调了。我也不妒忌那个有着亲妈的小厮了。

她使我知道许多事情。她又使我过了许多幸福的日子。我受着她的爱抚和照料，大约继续有三年多的时间。这三年的生活对于我以后智力的发展有很大的帮助。

但是一个突然袭来的灾祸就把她给我夺去了，这个灾祸就是叔父的死。

叔父一死，马上有许多亲戚出来料理他的丧事，处置他的遗产。我被他们监护着，管教着，没有一点自由。那个仆人也被他们开除了。没有人带我到她那里去。即使有人带我去，我也没有出去的自由。那个时候我不过是10岁的孩子，我不知道反抗，也无法反抗。

到今天许多年代又过去了。我已经从家庭的羁绊中解放出来，我有了相当的自由了。而且我已经长成为一个强壮的青年。我的第一个思想就是去寻找那个母亲，找回她来和我一起过从前那样的幸福日子，让我回报她所给过我的那些温暖。然而我到什么地方去寻找她呢？不知道有多少次我走过她从前住过的那条街。我常常在那条街上徘徊。但是那条街已经变成了宽广的马路。她从前住过的那一带的公馆也变成了一排高大的洋房，那里正开设着生意兴隆的洋货店。

旧的生活被新的势力扫荡了。像她那样的人在这个时代显然不会有生活的机会。但是她如今究竟怎样了呢？她究竟跟着什么人在生活呢？她究竟还活着，或者已经死亡？

这些问题并不是难回答的。我知道像她那样脆弱的女人不应该活到现在，而且也没有机会活到现在。但是对于一个曾经做过我的母亲的人的消灭，我不能够没有一点怜惜和悲痛，而且一旦想到她被不合理的制度折磨了一生的悲惨的"命运"，我又不能够没有一点愤怒和诅咒。

我知道她并不是唯一的接受这样"命运"的人。在她前面已经有过不少像她那样的人，在她后面一定也会有不少像她那样的人，因为不合理的制度太残酷了，而脆弱的女人又太多了。

我怜悯那些脆弱的女人，我诅咒那个不合理的制度。

为了这个我还要活下去。

1932 年秋在天津

1932年9月，巴金到北方旅行。他先到青岛探望在大学教书的沈从文。那时沈从文正和张兆和在热恋中。然后，他又到北平（今北京）探望散文家缪崇群。缪崇群正新婚不久。接着，他又到天津探望在南开中学教书的三哥李尧林。他们从小在一起长大，一起离乡出川到上海、南京读书。后来就劳燕分飞，天各一方，已有七八年没有见面。同胞手足情笃，这时聚首就成了非常可珍惜的亲情叙诉。这篇《第二的母亲》就是巴金在这时写作的。

《第二的母亲》在巴金作品中很少为人提及、评论，他本人也几乎没有讲到过素材的来源和构思的前前后后，在当时巴金写作大量的革命传奇性作品的同时，像这样轻音乐似的充满淡淡的纤细的哀怨的抒情作品却也很少见。但是，这篇小说写得很委婉、细致、精巧，很值得推荐给我们的读者。

《第二的母亲》是用一个幼儿的视角来写作的。写幼儿的眼睛所看到的，幼儿心理所反映的。因此，文字简练，语言清新明白，整个故事发展是用幼儿心理去辨识，或者存疑不解，留下空白，让读者有了思索的余地。它是少年儿童的、也是成人的读物。它给人以感染，也给人以启示和思考。

作品的主人公是一个孤儿，父母早逝，为叔父抚养。婶婶并不爱他，但也已去世。叔父爱他，但却并不细心照顾。所以，虽然叔父颇有家产，经济物质生活优裕，他却是生活在一个非常寂寞沉闷的环境里，整天只能看到唯唯诺诺的仆人，板着面孔的教书先生；在枯燥乏味的背书声中，在公馆围墙里的狭窄天地里过着幽禁般的日子。当他看到侍候他的小厮得到母亲的温暖的亲子之爱后，他又妒忌又羡慕。

巴金在这里描写的孤儿的心理活动是非常细致、逼真而动人的。也许，这里也有巴金自己父母早逝以后的心理体验。巴金13岁时，继母亲去世后，父亲又亡故了。这时巴金曾经感到作为孤儿的悲哀，觉得自己这个年龄本应是在父母怀抱里得到爱抚庇护的孩子，如今却永远失去而不可能再得到了。他还因此过分伤痛而生了一场大病。

巴金描写这种孤儿心理的作品在他的全部创作中几乎是仅有的。这与他当时与三哥李尧林相聚引起的感伤不无关系。因此作品中流露的感情是相当深沉的，呼唤要有一个母亲的心声也是非常感人的。但是这个短篇小说在不长的篇幅中还描写了一个年轻、善良、美丽、充满着母性的女人的不幸命运。也许，这样的贫家女儿堕

◎《巴金文集》十四卷（1958—1962出版）。

入风尘的故事已有许多作家描写过,但是巴金着重表现的却是她的爱心,母性的爱。她自己正处在随人摆布玩弄的不幸处境中却还在渴望着真诚单纯的爱,又以一种母性的爱慷慨给予别人。这篇小说就是描写一个幼小的孤儿和一个风尘女子之间的纯洁的亲情。他们都孤独寂寞,他们都弱小无援,他们都渴望着爱和温暖,渴望着母爱或亲子之爱。没有血缘的然而美好善良的亲情却成了他们在这个世界里唯一能够寻找到的、极为珍惜的、也是他们相互间的结合点。这正是这篇小说着力描写的,就如这个孤儿从小厮那里体会到的一样,"同母亲见面就是这个儿子最大的快乐,这种快乐使他忘掉了痛苦"。现在他也获得了,他是从一个卑微的然而是善良的女性那里得到的。他终生难忘这样温暖的亲情。

小说写得很委婉,也很深刻动人。例如,她满怀欢喜和充满母爱地把孤儿接到家里玩。她平日无处宣泄诉说、沉埋于心底深处的悲哀这时竟不可抑止地自然地向那幼小的孤儿倾诉。那是被对孩子的亲情激发出来的。她吹笛子的凄苦之声也会使孤儿难过。他们成了知音而为此一起流了眼泪。但是这一切,对于她的情人——孤儿的叔父却是完全掩盖起来从不泄露的。她得用笑脸和浓妆来接待她的情人。因为他们之间还很难说是真正的爱情,尽管孤儿的叔父待她很好,但那也只是一个有钱人对贫穷而有姿色的女人的占有而已。在作品中,这一切都不是直接说明的,而是通过情节的进展、细节的细致描写和心理的刻画艺术地展示的,读者正可从中领略这样巧妙而含蓄的描写。

(晨)

月 夜

静静地这个乡村躺在月光下面，静静地这条小河躺在月光下面。在这悲哀的气氛中，仿佛整个乡村都哭起来了。

阿李的船正要开往城里去。

圆月慢慢地翻过山坡，把它的光芒射到了河边。这一条小河横卧在山脚下黑暗里，一受到月光，就微微地颤动起来。水缓缓地流着，月光在水面上流动，就像要跟着水流到江里去一样。黑暗是一秒钟一秒钟地淡了，但是它还留下了一个网。山啦，树啦，河啦，田啦，房屋啦，都罩在它的网下面。月光是柔软的，透不过网眼。

一条石板道伸进河里，旁边就泊着阿李的船。船停在水莲丛中，被密集丛生的水莲包围着。许多紫色的花朵在那里开放，莲叶就紧紧贴在船头。

船里燃着一盏油灯。灯光太微弱了。从外面看，一只睡眠了的船隐藏在一堆黑影里。没有人声，仿佛这里就是一个无人岛。然而的确有人在船上。

篷舱里直伸伸地躺着两个客人。一个孩子坐在船头打盹。船夫阿李安闲地坐在船尾抽烟。没有人说话，仿佛话已经说得太多了，再没有新的话好说。客人都是老客人。船每天傍晚开往城里去，第二天上午，就从城里开回来。这样的刻板似的日程很少改变过，这些老客人一个星期里面总要来搭几次船，在一定的时间来，不多说话，在舱里睡一觉，醒过来，船就到城里了。有时候客人在城里上岸，有时候客人转搭小火轮上省城去。那个年轻的客人是乡里的小学教员，家住在城里，星期六的晚上就要进城去。另一个客人是城里的商店伙计，乡下有一个家。为了商店的事情他常常被老板派到省城去。

月光在船头梳那个孩子的乱发，孩子似乎不觉得，他只顾慢慢地摇着头。他的眼睛疲倦地闭着，但是有时又忽然大睁开看看岸上的路，看看水面。没有什么动静。他含糊地哼了一声，又静下去了。

"奇怪，根生这个时候还不来？"小学教员在舱里翻了一个身，低声自语道。他向船头望了望，然后推开旁边那块小窗板，把头伸了出去。

四周很静。没有灯光，岸上的那座祠堂也睡了。路空空地躺在月光下。在船边，离他的头很近，一堆水莲浮在那里，有好几朵紫色的花。

他把头缩回到舱里就关上了窗板，正听见王胜（那个伙计）大声问船夫道：

"喂，阿李，什么时候了？还不开船？"

"根生还没有来。还早，怕什么！"船夫阿李在后面高声回答。

"根生每次7点钟就到了。今晚——"小学教员接口说。他就摸出了表，然后又推开窗板拿表到窗口看，又说："现在已经七点八个字了。他今晚不会来了。"

"会来的，他一定会来的，他要挑东西进城去。"船夫坚决地说，"均先生，你们不要着急。王先生，你也是老客人，我天天给小火轮接送客人，从没有一次脱过班。"

均先生就是小学教员唐均。他说："根生从来没有迟到过，他每次都是很早就到的，现在却要人等他。"

"今晚恐怕有什么事把他绊住了。"伙计王胜说，他把右脚抬起来架在左脚上面。

"我知道他，他没什么事，他不抽大烟，又不饮酒，不会有什么事留住他。他马上就来！"船夫阿李从船尾慢慢地经过顶篷爬到了船头，一面对客人说话。他叫一声："阿林！"船头打盹的孩子马上站了起来。

阿李看了孩子一眼，就一脚踏上石板道。他向岸边走了几步，又回来解开裤子小便。白银似的水面上灿烂地闪着金光。圆月正挂在他对面的天空。

银光直射到他的头上。月光就像凉水，把他的头洗得好清爽。

在岸上祠堂旁边榕树下一个黑影子在闪动。

"根生来了。"阿李欣慰地自语说，就吩咐孩子，"阿林，预备好，根生来，就开船。"

孩子应了一声，拿起一根竹竿把船稍稍拨了一下，船略略移动，就横靠在岸边。

阿李还站在石板道上。影子近了。他看清楚那个人手里提了一个小藤包，是短短的身材。来的不是根生。那是阿张，他今天也进城去，他是乡里一家杂货店的小老板。

"开船吗？"阿张提了藤包急急走过来，走上石板道，看见阿李，便带笑地问。

"正好，我们还等着根生！"阿李回答。

"8点了！根生一定不来了。"小学教员在舱里大声说。

"奇怪，根生还没来？我知道他从来很早就落船的。"阿张说，就上了船。他把藤包放在外面，人坐在舱板上，从袋里摸出纸烟盒取了一根纸烟燃起来，对着月亮安闲地抽着。

"喂，阿李，根生来吗？"一个剪发的中年女人，穿了一身香云纱衫裤，赤着脚，从岸边大步走来，走上石板道就唤着阿李。

"根生？今晚上大家都在等根生，他倒躲藏起来。他在什么地方，你该知道！"阿李咕噜地抱怨说。

"他今晚没曾来过？"那女人着急了。

"连鬼影也没看见！"

"你不是在跟我开玩笑？人家正在着急！"女人更慌张地问。

"根生嫂，跟你开玩笑，我倒没工夫！我问你根生今晚究竟搭不搭船？"阿李摆着正经面孔说话。

"糟啦！"根生嫂叫出了这两个字，转身就跑。

"喂，根生嫂，根生嫂！回来！"阿李在后面叫起来，他不知道是怎么一回事情。

女人并不理他。她已经跑上岸，就沿着岸边跑，忽然带哭声叫起了根生的名字。

阿李听见了根生嫂的叫声，声音送进耳里，使他的心很不好受。他站在石板道上，好像是呆了。

"什么事？"三个客人都惊讶地问。阿张看得比较清楚。商店伙计爬起来从舱里伸出头问。小学教员推开旁边的窗板把头放到外面去看。

"鬼知道！"阿李掉过头，抱怨地回答。

"根生嫂同根生又闹了架，根生气跑了，一定是这样！"阿张解释说，"人家还说做丈夫的人有福气，哈哈！"他把烟头抛在水里，又吐了一口浓浓的痰，然后笑起来。

"根生从来没跟他的老婆闹过架！我知道一定有别的事！一定有别的事！"阿李严肃地说。他现出纳闷的样子，因为他也不知道这别的事究竟是什么事。

"根生，根生！"女人的尖锐的声音在静夜的空气里飞着，飞到远的地方去了。于是第二个声音又突然响了起来，去追第一个，这个声音比第一个更悲惨，里面荡漾着更多的失望。它不曾把第一个追回来，而自己却跟着第一个跑远了。

"喂，怎么样？阿李！"小学教员翻个身叫起来，他把窗板关上了。没有人回答他。

"开船罢！"商店伙计不能忍耐地催促道，他担心赶不上开往省城的小火轮。

阿李注意地听着女人的叫声，他心上的不安一秒钟一秒钟地增加。他并不回答那两个客人的话。他呆呆地站在那里，听女人唤丈夫的声音，忽然说："不行，她一定发疯了！"他就急急往岸上跑去。

◎ 巴金在写作（1979）。

　　"阿爸，"那个时时在船头上打盹的孩子立刻跳起来，跑去追他，"你到哪里去？"

　　阿李只顾跑，不答话。孩子的声音马上就消失了，在空气里不曾留下一点痕迹。空气倒是给女人的哀叫占据了。一丝，一丝，新的，旧的，仿佛银白的月光全是这些哀叫聚合而成的，它们不住地抖动，这些撕裂人心的哀叫，就像一个活泼的生命给毁坏了，给撕碎了，撕碎成一丝一丝，一粒一粒似的。

　　三个人在泥土路上跑，一个女人，一个船夫，一个孩子。一个追一个。但是孩子跑到中途就站住了。

　　船依旧靠在石板道旁边，三个客人出来坐在船头，好奇地谈着根生的事情。全是些推测。每个人尽力去想象，尽力去探索。船上热闹起来了。

女人的哀叫渐渐低下去，于是停止了。阿李在一棵树脚下找到了那个女人，她力竭似的坐在那里，身子靠着树干，头发散乱，脸上有泪痕，眼睛张开，望着对岸的黑树林。她低声哭着。

"根生嫂，你在干什么？你疯了吗？有什么事，你讲呀！"阿李跑上去一把抓住她，用力摇着她的膀子，大声说。

根生嫂把头一摆，止了哭，两只黑眼睛睁得圆圆地望着他，仿佛不认识他似的，过了半晌她才迸出哭声说："根生，根生……"

"根生怎么样？你讲呀！"阿李追逼地问。

"我不知道。"女人茫然地回答。

"呸，你不知道，那么为什么就哭起来？你真疯啦！"阿李责骂地说，吐了一口痰在地上。

"他们一定把他抓去了！他们一定把他抓去了！"女人疯狂似的叫着。

"抓去？哪个抓他去？你说根生给人抓去了？"阿李恐怖地问。他的心跳得很厉害。根生是他的朋友。他想，他是个安分的人，人家为什么要把他抓去。

"一定是唐锡藩干的，一定是他！"根生嫂带着哭声说，"昨天根生告诉我唐锡藩在县衙门里报告他通匪。我还不相信。今天下午根生出去就有人看见唐锡藩的人跟着他。几个人跟着他，还有侦探。他就没有回家来。一定是他们把他抓去了。"她说了又哭。

"唐锡藩，那个拼命刮钱的老龟。他为什么要害根生？恐怕靠不住。根生嫂，你又不曾亲眼看见根生给抓去！"阿李粗声地安慰她。他的声音不及刚才的那样严肃了。

"靠不住？只有你才相信靠不住！唐锡藩没有做到乡长，火气大得很。他派人暗杀义先生，没有杀死义先生，倒把自己的乡长弄掉了！这几天根生正跟着义先生的兄弟敬先生组织农会，跟他作对。我早就劝他不要跟那个老龟作对。他不听我的话，整天嚷着要打倒土豪劣绅。现在完了。捉去不杀头也不会活着回家来。说是通匪，罪名多大！"根生嫂带哭带骂地说。

"唐锡藩，我就不相信他这么厉害！"阿李咕噜地说。

"他有的是钱呀！连县长都是他的好朋友！县长都肯听他的话！"根生嫂的声音又大起来，两只眼睛在冒火，愤怒压倒了悲哀。"像义先生那样的好人，都要被他暗算。……你就忘了阿六的事？根生跟阿六的事并没有两样。"恐怖的表情又在她的脸上出现了。

阿李没有话说了。是的，阿六的事情他还记得很清楚。阿六是一个安分的农民。农忙的时候给人家做帮工，没有工作时就做挑夫。他有一次不肯纳扁担税，带着几个挑夫到包税的唐锡藩家里去闹过。过两天县里公安局就派人来把阿六捉去了，说他有通匪的嫌疑，就判了15年的徒刑。警察捉阿六的时候，阿六刚刚挑了担子走上阿李的船。阿李看得很清楚。一个安分的人，他从没有做过坏事，衙门里却说他通匪。这是什么样的世界呀！阿李现在相信根生嫂的话了。

阿李的脸色阴沉起来，好像有一块沉重的石头压在他的心上。他绞着手在思索。他想不出什么办法。脑子在发胀，许多景象在他的脑子里轮流变换。他就抓起根生嫂的膀子说："快起来，即使根生真的给抓去了，我们也得想法救他呀！你坐在这里哭，有什么用处！"他把根生嫂拉起来。两个人沿着河边急急地走着。

他们走不到一半路，正遇着孩子跑过来。孩子跑得很快，高声叫着："阿爸。"脸色很难看。"根生……"他一把拉住阿李的膀子，再也说不出第二句话。

"根生，什么地方？"根生嫂抢着问，声音抖得厉害。她跑到孩子的面前摇撼他的身子。

"阿林，讲呀！什么事？"阿李也很激动，他感到了一个不吉的预兆。

阿林满头是汗，一张小脸现出恐怖的表情，结结巴巴地说：

"根生……在……"他拉着他们两个就跑。

在河畔一段凸出的草地上，三个客人都蹲在那里。草地比土路低了好些。孩子第一个跑到那里去。"阿爸，你看！……"他恐怖地大声叫起来。

根生嫂尖锐地狂叫一声，就跟着跑过去。阿李也跑去了。

河边是一堆水莲，紫色的莲花茂盛地开着。小学教员跪在草地上正拿手披开水莲，从那里露出了一个人的臃肿的胖身体，它平静地伏在水面上。香云纱裤给一棵树根绊住了。左背下衫子破了一个洞。

"根生！"女人哀声叫着，俯下去伸手拉尸体，伤心地哭起来。

"不中用了！"小学教员掉过头悲哀地对阿李说，声音很低。

"一定是先中了枪。"商店伙计接口说，"看，这许多血迹！"

"我们把他抬上来吧。"杂货店的小老板说。

阿李大声叹了一口气。紧紧捏住孩子的战抖的膀子，痴呆地望着水面。

根生嫂的哭声不停地在空中撞击，好像许多颗心碎在那里面，碎成了一丝一丝，一粒一粒似的。它们渗透了整个月夜。空中、地上、水里仿佛一切全哭了起来，一棵树，一片草，一朵花，一张水莲叶。

静静地这个乡村躺在月光下面，静静地这条小河躺在月光下面。在这悲哀的气氛中，仿佛整个乡村都哭起来了。没有一个人是例外，每个人的眼里都滴下了泪珠。

这晚是一个很美丽的月夜。没有风雨。但是从来不脱班的阿李的船却第一次脱班了。

1933年夏在广州

赏析

《月夜》写于 1933 年夏。

　　那年 5 月，巴金曾与朋友陈洪有到广东去旅行作客。陈洪有在广东新会县乡间办西江乡村师范。他们都是一些为建设一个理想社会默默地奉献自己的一切，切切实实从事教育实际工作的人。巴金在那里耳闻目睹深受感动，在这期间，他还在这些朋友的陪同下，到附近市镇、农村去走访。巴金还参加过农民的集会，听他们讲述和当地土豪劣绅对抗的情形。后来，他依据这段生活中的某些见闻写成两篇重要的有连续性的短篇小说《还乡》和《月夜》。

　　《月夜》是一篇结构谨严、构思精巧，艺术表现形式比较规范的短篇小说。它从一个侧面来叙写背景复杂情节曲折的事件，从一个场景、一个事件来透视广阔的历史画面。这与有些有头有尾、情节复杂的故事或枝节蔓延、篇幅冗长的近似中篇小说的写法不同。正如有的文学大师所说的，短篇小说犹如一些树木的横断面，可以由此了解森林一样。短篇小说的思想内容的包容量完全可以达到深邃丰富，但必得是经过巧妙的剪裁以后的一叶。鲁迅也曾认为，在寺庙里看众多塑像，可能非常宏丽，令人心神飞越，"而细看一雕阑一画础虽然细小，所得却更分明，再以此推及全体，感受遂愈加切实，因此那些终于为人所注重了。"《月夜》正是这样一个短篇小说，值得细加欣赏。

　　《月夜》中并没有一个中心人物。它从一个悬念开始。平时最遵守时间，总是提前到达，从不脱班的根生，今晚忽然迟迟不出现。这使马上就要起航的航船里的船夫阿李和客人们非常奇怪、疑惑、焦躁以至猜测。小说把这个悬念层层渲染、步步加重。开始时是一片绝对安静的氛围：夜晚、月光、缓缓流动的小河、密集丛生的水莲、微弱的油灯光、默不作声的人们、打盹的孩子、老李喷吐的烟雾……平静得令人疲倦、平静得死寂了似的……这就为后来事件的发展铺写了极端反差的气氛。

然后是人们终于不耐烦，奇怪，焦急……甚至两次远远走过来的黑影都被误以为是根生来了。这都突出人们过分关注和焦虑的心情，也引导了读者渴望知道根生的消息。

最后渐渐引向高潮，从根生嫂出场到狂奔哭喊，到叙说事件原委，到发现根生的尸体，才渐渐揭示了事件的真相。整个故事只是在一个小船泊处的简单场景进行，没有中心人物，也没有人物外形肖像描写，更没有人物戏剧冲突的直接描写，但是，它却揭示了那个时代表面平静的乡村实际上正处在一场激烈的社会斗争中。土豪劣绅勾结官府欺压以至虐杀平民百姓。一些革命知识分子正在乡间领导农民起来对抗这个不合理的社会制度。这些重大的矛盾都被作者置于故事的背景位置，是由根生嫂简略叙述得知的，但是一个公认的循规蹈矩、善良老实的农民根生却是在这样背景下被杀害的。从这一个小小的侧面，人们可以切实而分明地感受到了那个时代的某些风貌和低层人民的不幸命运。

《月夜》表现的是一个社会矛盾很尖锐的题材。但作者叙写的笔墨却是异常冷静、从容、优美而抒情。如小说一开始那段描写，像死寂了一样的安静预示着一种动荡不安的风暴即将来临。它给人以神秘感，甚至像文中写的"月光是柔软的，透不过网眼"那样还有一种压迫感。然而当根生嫂莫名的恐怖的叫喊出现以后，那一切神秘的沉静就完全打破了。

> ……空气倒是给女人的哀叫占据了。一丝，一丝，新的，旧的，仿佛银白的月光全是这些哀叫聚合而成的，它们不住地抖动，这些撕裂人心的哀叫，就像一个活泼的生命给毁坏了，给撕碎了，撕碎成一丝一丝，一粒一粒似的。

这是抒情，是抒发根生嫂的？是一种意象，是生命毁灭的？请读者细细咀嚼吧！

（晨）

将 军

> "完结了，在一个战争里什么都毁了！"他这样地叹息起来，他仿佛看见将军全身浴着血倒在地上，又仿佛看见人们在府邸里放了火。

"你滚开，今晚又碰到你！"费多·诺维科夫突然骂起来，右脚踢到墙角一只瘦黄狗的身上去。那只狗原先缩成了一团，被他一踢便尖声叫起来，马上伸长了身子，一歪一跛地在旁边一条小街跑去了，把清静的马路留给他。

"在你们这里什么都不行，连狗也不咬人，狗也是这么软弱的！"诺维科夫常常气愤地对那个肥胖的中国茶房说。他差不多每个晚上都要在那家小咖啡店里喝酒，一直到把他身边带的钱花光了，才半昏迷地走出来。在那个咖啡店里他是很得意的。他跟那个中国茶房谈话，他什么话都谈。"这不算冷，在你们这里简直不冷。在我们那里冬天会把人的鼻子也冻掉！"他好几次得意地对那个茶房说。那个中国人永远带着笑容听他说话，在这样大的城市里似乎就只有那个人尊敬他，相信他的话。"你们不行，你们什么都不行！"他想到自己受过的委屈而生气的时候，就气愤地对那个中国人骂起来。

他走出咖啡店，不过十几步光景，一股风就对着他迎面吹来，像一根针把他的鼻子刺一下。但是他马上就不觉得痛了。他摇摆着身子，强硬地说："这不算什么，这不算什么。你们这里冬天并不冷，风也是很软弱的。"他想要是在他的家乡，风才真正厉害呢！风在空中卷起来，连人都会给它卷了去。那雪风真可怕！它会把拖着雪车的马吹得倒退。他记得从前他同将军在一起，就是那位有名的除伯次奎亲王，一个晚上，他跟着将军冒雪赶到彼得堡去，马夫在路上冻坏了，马发狂似地在风雪中乱跑，几乎要把车子撞到石壁上去，还是亏他告了奋勇去拉住了马。跟风雪战斗，跟马战斗，的确不是容易的事，但是他到底得了胜利。后来进了旅店，将军很高兴地拍他的肩头说："朋友，你很不错，你应该得一个十字章！"将军还跟他握手呢！后来他升做了中尉。是的，将军很高兴提拔他。他也很有希望做一个将军。但是后来世界一变，什么都完结了。将军死在战场上，他一生的希望也就跟着将军完结了。从那个时候起，许多戏剧的场面接连地在他的眼前出现，变换得那么快，他好像在做梦。最后他漂流到了中国，这个什么都不行的地方，他却只得住下来。他住了下来，就糊里糊涂地混过这几年，现在好像被什么东西绊住了脚跟似的，他要动弹也不能够了。

"中国这地方就像沙漠一样，真是一个寂寞的大沙漠呀！好像就没有一个活人！"他走在清静的马路上，看着黯淡的灯光在寒风里战抖，禁不住要想到家乡，想到家乡他禁不住要发出这样的叹息了。

一辆黑色汽车从他后面跑过来，像蛇一般只一窜就过去了。灯光在他眼前开始打转，一圈一圈地旋转着，他好像被包围在金光里面。他不觉得奇怪，似乎头变得重一点，心却是很热的。他仿佛听见人在叫他："将军！"他就含糊地应了一声。

他在这里也听惯了"将军"的称呼。起初是他自己口里说着，后来别人就开玩笑地称呼他做"将军"。那个中国茶房就一直叫他做"将军"。那个愚蠢的老实人也许真正相信他是一位将军，他的态度不就像一位将军吗？每次那个茶房称他做"将军"，他就骄傲地想："你们这里有什么将军可以比得上我？他们都配做将军，我为什么不配？"他端起酒杯喝酒的时候，他用轻蔑的眼光把屋子里的陈设看一下，心里非常得意，以为自己真正是一位将军了。

然而从咖啡店出来，他埋头看一下自己的身子，好像将军的官衔被人革掉了似的，他的骄傲马上飞走了。在咖啡店门前没有汽车或者马车等候他，只有一条长的马路伸直地躺在那里。他要回家还得走过这条马路，再转两个弯，走两条街。路不算远，可是他每晚总要在咖啡店里坐到时候很迟才走。

他说是回家，但是看他的神情，他又像不愿意回家似的。对那个中国茶房他什么话都肯说，然而一提到家他就胆怯似的把嘴闭紧了。

没有汽车、马车，没有侍从，没有府邸的将军，这算是什么将军呢？有时候他自己也觉得条件不够了，就自然地想到府邸上面来。"现在将军要回府邸了。"有一回喝饱了酒他就大摇大摆地对茶房这样说了，于是挺起肚子走了出去。

给风一吹他的脸有点凉了，脑子里突然现出了一个"家"字，好像这个字是风给他吹进来似的。于是他的眼前就现出来一个房间，一个很简陋的房间，在一个中国人开设的公寓的楼上。这是他的府邸呀。在那个房间里还住着他的妻子安娜。他自己将近50了，安娜却比他年轻。他做中尉的时候和她结了婚。她是一个小军官的女儿，有着普通俄国女子所有的好处。她同他在一起将近20年了，他们就没有分开过。她应当是一个很体贴的妻子。但是为什么一提到她，他就觉得不舒服，他就害怕呢？那原因他自己知道。但是他不愿意让别人知道。

"她真的是我的妻子吗？"他每次走进那个弄堂，远远地看见自己的家，就要这样地问他自己。有好几回他走到后门口却不敢按电铃，踌躇了半晌才伸出了手。茶房来开了门，他就扑进里面去，困难地爬上了楼，把钥匙摸出来开了房门。房里照例是空空的，只有香粉的气味在等候他。

"是这样的，是这样的，将军夫人晚上要赴宴会呀！"他扭燃电灯，一个人走来走去，在桌上、床上到处翻了一下，就这样自言自语。他记得很清楚，从前在彼得堡的时候，除伯次奎将军就常常让他的妻子整夜同宾客们周旋，将军自己却忙着做别的事情。"是的，做将军的都是这样，都是这样。"

虽然他这样说，但是他的心并不是很宁静的。他自己并不相信这样的话。不过他的脑子却没有功夫思索了。他就在床上躺下来，换句话说，他就糊里糊涂地睡下了。

他第二天早晨醒来，还看不见安娜。她依旧没有回家，也没有人招呼他，他还得照料自己。后来安娜回来了，她料理他们的中饭，她还给他一点零钱花。

"安鲁席卡，你真漂亮呀！"他看见妻子的粉脸，就这样说。

"费佳，我不许你这样说，你没好心的！"她走过来含笑地让他吻了她。

"我以后不说了。可是我看见你回来，禁不住又要说出这种话。"他像接受恩惠一般地接受了她的吻，说话的时候还带着抱歉的神情。

"你又喝酒了，费佳。我知道，你这个酒鬼，总把钱送到酒上面去。"她好心地责备他。

"不要说了，安鲁席卡，在彼得堡我们整天喝香槟呢！"他哀求似的说了，这自然是夸张的话，在彼得堡他不过偶尔喝香槟，常喝的倒是伏特加①。

①俄国的烧酒。

"在彼得堡，那是从前的事。现在我们是在中国了，在中国什么东西都是冷的，生活全是冷的。"她说着，渐渐地把笑容收敛起来，一个人在那张旧沙发上坐下去，眼睛望着壁上挂的一张照片，在照片上她又看到了他们夫妇在彼得堡的生活。

他看见妻子不高兴了，就过去安慰她。他坐在沙发的靠手上，伸一只手去挽住她的颈项，抱歉地说："都是我不好，我使你不快活，你要宽恕我。"

她把身子紧紧地偎着他，不答话。过了一会儿她叹息说："那些都成了捉不回来的梦景了。"

"安鲁席卡，你又在怀念彼得堡吗？不要老是拿怀念折磨你自己呀！"他痛惜地说，他究竟热爱着他的妻子，跟从前没有两样。

"我再不能够忍耐下去了。我要回去，我一定要回去。你全不关心我，你只知道喝酒。你只知道向我要钱！"她半气愤地半带哭声地对他说了。她的肩头不停地起伏着。

这是他听惯了的话。他知道妻子的脾气。她前一晚上在别人那里受了气，她回家就把气发泄在他的身上，但是这所谓发脾气也不过说几句责备他的话，或者嚷着要回到自己的家乡去，这也是很容易对付的。但是次数愈多，他自己也就渐渐地受不住了。那羞愧，那痛苦，在他的心上愈积愈多起来。

"安鲁席卡，你再等等吧。为了我的缘故请你再忍耐一下吧。我们以后就会有办法的。我们的生活会渐渐地变好的。"他起初拿这样的话劝她。但是后来他自己的心也在反抗了。他自己也知道这些全是空话。

"变好起来，恐怕永远是一场梦！在这里再住下去，就只有苦死我！我真不敢往下想。我不知道今天以后还有多少日子……"她开始抽泣起来。但是她还在挣扎，极力不要哭出声。

他的心更软了，一切骄傲的思想都飞走了。只剩下一个痛苦的念头。他就问："昨晚上那个人待你好吗？"他问这句话就像把刀往自己的心里刺，那痛苦使他把牙齿咬紧了。

"好？我就没遇见过一个好人！那个畜生喝饱了酒，那样粗暴，就给他蹂躏了一晚上，我的膀子也给他咬伤了。"她一面说，一面揉她的左膀。她把衣服解开给他看，肩头以下不远处，有接连几排紫色的牙齿印，在白色的膀子上很清楚地现出来。

他一生看见过不少的伤痕，甚至有许多是致命的。但是这一点轻微的伤痕却像一股强烈的火焰烧得他不敢睁大眼睛。在他的耳边响着女人的求救般的声音："你给我想个办法吧，这种生活我实在受不下去了。"他极力忍住眼泪，然而眼泪终于打败了他，从眼眶里狂流出来。他不由自主地把脸压在她的脖子上哭了。

这样一来妻子就不再说气话了。她慢慢地止了眼泪，轻轻抚着他的头发，温和地说："不要像小孩那样地哭。你看你会把我的衣服弄脏的……我相信你的话，我们的生活会渐渐地变好的。"起初是妻子责备丈夫，现在却轮到妻子来安慰丈夫了。这一哭就结束了两个人中间的争吵。

接着丈夫就说："我以后决不再喝酒了。"两个人又和好起来，讲些亲爱的话，做些事，或者夫妇一块儿出去在一个饭店里吃了饭，自然不会到他晚上常去喝酒的那个小咖啡店去；或者就在家里吃饭，由妻子讲些美国水兵的笑话，丈夫也真的带了笑容听着。他们知道消磨时间的方法。轮到晚上妻子要出去的时候，丈夫得了零钱，又听到嘱咐："不要又去喝酒呀！就好好地在家里玩吧！"她永远说这样的话，就像母亲在吩咐孩子。但是她也知道她出去不到半点钟他又会到咖啡店去。

他起初是不打算再去咖啡店的，他对自己说："这一次我应该听从她的话了。"他就在家里规规矩矩地坐下来，拿出那本破旧的《圣经》摊开来读，他想从《圣经》里面得到一点安慰。这许多年来跟着他漂流了许多地方的，除了妻子以外，就只有这本书。他是相信上帝的，他也知道他在生活里失掉忍耐力的时候，他可以求上帝救他。

于是他读了："人子将要被交给祭司长和文士：他们要定他死罪；交给外邦人：他们要戏弄他，吐唾沫在他脸上，鞭打他，杀害他。过了三天，他要复活。"①

又是这样的话！他不能读下去了。他想："老是读这个有什么用呢？人子都会受这些苦，但是他要复活。我们人是不能够复活的。他们戏弄我，吐唾沫在我的脸上，鞭打我，虐待我一直到死，我死了却不能够复活，我相信上帝有什么好处？"这时候妻的带着受苦表情的粉脸便在书上现出来了。他翻过一页，却看不清楚字迹，依旧只看见她的脸。他实在不能忍受下去，就阖了书，把大衣一披，帽子一戴，往咖啡店去了。

他走进咖啡店，那个和气的中国茶房就跟往常一样地过来招呼他，称他做"将军"，给他拿酒。他把一杯酒喝进肚里，就开始跟那个中国人闲谈。渐渐地他的勇气和骄傲就来了。他仿佛真正做了将军一样。

"在我们那里一切都是好的，你完全不懂。在彼得堡，将军的府邸里……"他得意地说了。但这府邸并不是他的，是除伯次奎亲王的，他那时是个中尉。

① 见《新约全书》：《马可福音》第10章第33—34节。

他记得很清楚，仿佛还在眼前，那个晚上的跳舞会，他和安娜发生恋爱的那个晚上。厅堂里灯火燃得很明亮，就像在白昼，将军穿着堂皇的制服，佩着宝星，圆圆脸，嘴上垂着两撇胡须。将军的相貌不是跟他现在的样子相象吗？那么多的客人，大半是他的长官和同事，还有许多太太和小姐，穿得那么漂亮。乐队在奏乐了。许多对伴侣开始跳舞。他搂着安娜小姐的腰。她年轻、美丽，她对他笑得那么可爱。同事们都在羡慕他的幸福。看，那边不是波利士吗？他在向他眨眼睛。波利士，来，喝一杯酒呀！尼古拉端着酒杯对他做手势，好像在祝贺他。他笑了，他醉了。

"将军，再来一瓶酒吧。"中国茶房的粗鲁的声音把那些人都赶走了。他睁大了眼睛看，白色墙壁上挂了一幅彼得堡的喀桑圣母大教堂的图画，别的什么也没有。他叹了一口气说："好，来罢，反正我醉了。"

他闭上眼沉默了片刻，再把眼睛睁开，望着中国人给他斟满了酒杯。他望着酒，眼睛花了，杯里现出了一张少女的脸，这张脸渐渐地大起来。他仿佛又回到跳舞会里去了。

他把安娜小姐拉到花园里阳台上去，时候是秋天，正逢着月夜，在阳台上可以望见躺在下面的涅瓦河的清波，月光静静地在水上流动。从厅堂里送出来醉人的音乐。就在这个时候他把他全量的爱都吐露给她。那个美丽的姑娘在他的怀里战抖得像一片白杨树叶，她第一次接受了他的爱和他的接吻。初恋是多么美丽啊，他觉得那个时候就是他征服世界的雄图的开始了。

"生活究竟是美丽的啊！"他不觉感动地赞叹起来。但是这一来眼前的景象就全变了。在他的面前站着那个中国茶房，他带笑地问："将军，你喝醉了？今晚上真冷，再喝一瓶吗？"

音乐，月光，跳舞会，那一切全没有了。只有这个冷清清的小咖啡店，和一个愚蠢的中国茶房。"这不算冷，在你们这里简直不冷！"他还想这样强硬地说。但是另一种感觉制服了他，使他叹息地摇头道："不喝了。我醉了，醉了！"他觉得人突然变老了。

"将军，你们那里的土全是黑的吗？"那个中国茶房看见他不说话，便带了兴趣地问道。

他含糊地应了一声，他还在记忆里去找寻那张年轻小姐的脸。

"我见过一个你们的同乡，他常常带一个袋子到这里来，一个人坐在角落里，要了一杯咖啡，就从袋子里倒出了一些东西——你猜他的袋子里装的是什么，将军？"中国茶房突然笑起来。那张肥脸笑得挤做了一堆，真难看。

他不回答，却让那个中国人继续说下去：

"全是土，全是黑土。他把土全倒在桌上，就望着土流眼泪。我有一次问他那是什么，他答得很奇怪，他说：'那是黑土，俄罗斯母亲的黑土。'他把土都带了出国！这个人真傻！"

那黑土一粒一粒、一堆一堆在他的眼前伸展出去，成了一片无垠的大草原，沉默的，坚强的，连续不断的，孕育着一切的。在那上面动着无数的黑影，沉默的，坚强的，劳苦的……这一切都是他的眼睛所熟习的。他不觉感动地说了：

"俄罗斯母亲，我们全是她的儿子，我们都是这样！"他说罢就站起来，付了钱往外面走了。他的耳边响着的不是中国茶房的声音，是他的妻子安娜的声音：

"我要回去，我一定要回去。"

走在清静的马路上他又想起涅瓦大街来了，在大街上就立着将军的府邸。但是如今一切都完结了。

"完结了，在一个战争里什么都毁了！"他这样地叹息起来，他仿佛看见将军全身浴着血倒在地上，又仿佛看见人们在府邸里放了火。火烧得很厉害，把他的前途也全烧光了。

他长长地叹了一口气。眼睛里掉下几滴泪水来。

"我现在明白了。……我们都是一家的人。你们看，我在这里受着怎样的践踏，受着怎样的侮辱啊！"过了一会儿他好像在向谁辩解似的说。他悔恨地想：他为什么不回去呢？他在这里受苦又有什么好处呢？

　　他想到他的妻子。"我为什么不早回去呢？我受苦是应该的，然而我不该把安娜也毁了！"他禁不住要这样责备自己，这时候他仿佛在黑暗的天空中看见了那张美丽的纯洁的脸，它不住地向他逼近，渐渐变成了安娜的现在的粉脸。"她没有一点错！全是我害她！这些苦都是我给她的！诺维科夫，你这个畜生！"他的脸突然发烧起来，头也更沉重了，他把帽子扔在地上，绝望地抓自己的头发。

　　"我要回去，我一定要回去！"他的耳边突然响起女人的哀求的声音，他就好像看见他的安娜在那个粗野的美国水兵的怀里哭了。那个水兵，红的脸，红的鼻子，一嘴尖的牙齿，他压住她，他揉她，他咬她的膀子，他发狂地笑，跟她告诉他的情形完全一样。男人的声音和女人的声音就在他的耳边撞来撞去。

　　"我要回去，我一定要回去"他疯狂地蒙住耳朵，拼命往前面跑。在他的眼前什么都不存在了，只有一张脸，一个女人的满是泪痕的粉脸，那张小嘴动着，说："怜悯我，救救我吧！"

　　于是什么东西和他相撞了，他跌倒在地上，完全失了知觉，等到他睁开眼睛的时候，几个人围住他，一个中国巡捕手里摊开一本记事册，问他叫什么名字。

①尼切渥：即"没有什么"、"不要紧"的意思。

　　"他们都叫我做将军，诺维科夫将军……尼切握①……不要让安娜知道。我会好好地跟着你走……尼切握……我不过喝了一点酒。完全没有醉，尼切渥……"他用力断续地说了上面的话。他觉得很疲倦，想闭上眼睛。他好像看见他的安娜，她在那个美国水兵的怀里挣扎，那个畜生把身子压在她的身上。他着急地把眼睛大张开，四面看。安娜不在他的眼前。他的身子不能转动了。他老是躺着。他说："带我去，带我到安娜那里去！我要告诉她：我决定回去了。"他慢慢地闭上了眼睛。

　　他说的全是俄国话，没有人懂得他。

　　　　　　　　　　　　　　　　　　　　　1933 年秋在北平

《将军》这篇小说是巴金创作中风格独异的一篇。

巴金的短篇小说是从写外国生活开始的。后来，取材的面日益拓展，既写革命者、知识分子，也写被侮辱与被损害的小人物，如奴隶、船夫、佣工、妓女等等；既写反抗黑暗统治的、反对日本侵略的，也写爱情生活。唯独这篇《将军》，几乎很难把它归属到上述任何一类题材中去。在艺术表现方面也很精巧，尤其着重对一个小人物的复杂心态作深刻而生动的刻画，比起其他一些短篇来说，这方面是比较突出的。

这篇小说描写苏俄十月革命后，流亡到中国来的一个白俄小军官，靠妻子卖淫为生。妻子安娜原是一个小军官的女儿。据这个白俄军官的回忆，当年在沙俄时，他曾因为表现勇敢救了他的首长，因此得到提拔，眼看将会一步一步爬上去的锦绣前程，却因革命而断送了。因此，他时时抱怨自己的命运，为本来可能当上将军的好梦未成而沮丧。现在逃亡到中国，为了苟活生存，无可奈何之下，竟让妻子去卖淫。

《将军》对这样一个人物的特殊生活经历、复杂的心理和多重的性格有着相当深刻的展示。其实，诺维科夫在俄国是一个很普通的下级军官，过的是极一般的生活，平时也只能喝喝低档的伏特加酒的，但他却老是想象自己现在该已爬到将军的位置了，夸张当年的生活是多么富裕欢乐，可以整天喝高级的香槟酒。这种自我膨胀的精神胜利法是中国读者很熟悉的。他流亡在中国苟且偷生，却还处处看不起中国。他无法忍受现在的生活，好像还有一点未泯的血性，因此想回俄国去，然而是想去追回失落了的梦，还是对黑土地的祖国的一份自然的依恋，也许两者都有，但又不是那么肯定。他卑微穷困到连喝酒的钱都是老婆卖身换来的，但在小咖啡馆的茶房面前却还要摆架子，高兴听人叫声"将军"来满足自己那种虚妄的欲望。他爱自己的

◎ 巴金在上海寓所书房（1949）。

妻子，却又眼睁睁看着她去遭受蹂躏和侮辱。他想改变这种沦落的生活，但他完全没有力量重建自己的人生。因为他是一个一无所有的人。没有财产，没有能力，没有意志，没有祖国，没有自尊，没有……他只能以酒解愁，麻醉自己。

这篇小说把这个白俄军官的卑微、鄙俗、虚妄的心态一层一层地描写得相当细致、曲折而真实。他完全是一个生活在早就已经失落、不可能重现的虚幻的醉梦中来打发时光。他既不愿认同现实，也不想去创造新的未来。对于这样人物的不幸和痛苦，人们只觉得可鄙可悲，而难以有所同情；但对这样的悲剧，却又耐人寻味和咀嚼。

这篇小说自始至终围绕诺维科夫这个人物展开叙写。有些细节描写显得很随意，在看似漫笔所到中却含蓄地表现了人物复杂而独特的心态。譬如他走在马路上抬脚可以踢跑一条又瘦又跛的、无家可归的狗，他在小咖啡店里骂骂咧咧，吹吹牛，茶房为了赚他几个酒钱还会对他阿谀奉承。以外，他就是这个世界上最卑贱的了。整个作品布满了灰色的阴暗的氛围，冷清清的小咖啡店，胖而蠢的茶房，狗的尖叫声，针刺似的寒风，在风中战抖似的暗淡的路灯，简陋的住房，夫妻间的争吵，安娜袒露被嫖客欺虐的伤痕……作者冷峻的描写揭示了这样一个还少为人注意的可怕而阴暗的生活角落，也显示了一种沉重的批判态度。好像我们曾在契诃夫的作品中可能感受过的那样一种特殊的艺术色彩，完全没有生气的、阴沉的、绝望的、被扭曲了的人性和沉沦的世界。

这篇小说写于1933年秋，最早发表在郑振铎、章靳以主编、巴金实际也参与编辑的《文学季刊》1934年创刊号上。茅盾读到以后，就写文章给予好评，称赞它"是一篇难得的佳作"。后来鲁迅和茅盾曾应一位住在上海的美国作家伊罗生之约，编选了一本"五四"新文学运动以来的中国现代短篇小说集《草鞋脚》，共收26篇，其中就收有巴金的《将军》，这些作品本拟由伊罗生译成英文在美国出版，但因故未能实现，直到70年代才经重编后在美国面世。可见《将军》在当时曾经受到过重视。

（晨）

化雪的日子

我爱听皮鞋踏在雪上的声音，总择了雪积得最厚的地方走。沐着阳光，迎着微风，我觉得一个温暖的春天向着我走来了。

初春的微风吹拂着我的乱发，山脚下雪开始融化了。

化雪的日子是很冷的。但是好几天不曾露脸的太阳在天空出现了。我披上大衣沐着阳光走下山去。

寂静的山路上少有行人。虽然这里只是一个小小的山坡，离城市又近，但是平日上山的人并不多。住在山上的人似乎都少有亲友。他们除了早晨下山去买点饮食杂物外，便不大跟山下的人往来。山居是非常清闲的。

我因为神经衰弱，受不了城市的喧嚣，两个月前便搬到山上来。在这里生活很有秩序。一天除了按照规定的时间吃饭睡觉外，不做什么事情。我喜欢一个人在山路上散步，但是有时候我也喜欢下山去找朋友谈闲话。在这没有一点波涛的安静的山居中，我的身体渐渐地好起来了。

身体一好，精神也跟着好起来。心里很高兴。我觉得心里充满了爱：我爱太阳，爱雪，爱风，爱山，我爱着一切。

充满了这种爱，我披上大衣踏着雪沐着阳光走下山去。

山路上积着雪，还没有融化，不过有了好些黑的脚印。我愈往下走，看见脚印连起来，成了一堆一堆的泥淖。我爱听皮鞋踏在雪上的声音，总择了雪积得最厚的地方走。沐着阳光，迎着微风，我觉得一个温暖的春天向着我走来了。

我走了一半的路程，刚刚在一所别墅门前转了弯，便看见一个中国女人迎面走来。我一眼就认识她，站住叫了一声"景芳"。我知道她是上山来找我的。

景芳正埋着头走路，听见我的声音，抬起头，答应一声，急急跑过来。

她跑得气咻咻的，脸上发红。她一把抓住我苦恼地说："我实在受不下去了。"

我看她这样子，听她这口气，我不用问便知道她又跟她丈夫吵架了。我想我又得花费半天功夫去劝她。

"好，到我家里去坐坐吧。"我微微皱着眉头对她说。我陪她往上山的路走去。

她跟着我走。在路上她不开口了，我看见她依旧红着脸，嘟起嘴在生气，时时把皮鞋往雪上踢，仿佛肚里有很多怨气不曾吐出来。这一次他们一定吵得很厉害。我心里想：他们夫妇像这样生活下去是不行的。我也看得出来，他们吵架的次数愈多，两个人中间的裂痕也就愈大了。

他们的吵架跟平常夫妇间的吵架是不同的。在他们中间从不曾发生过打骂的事情，最常有的是故意板起面孔或者一个人生自己的气给对方看，使对方受不住。有时候他们也针锋相对地辩论几句，但是其中的一个马上就跑开了，使这场争吵无法继续下去。

这样的事情我看得多了。每次，妻子和丈夫都先后到我这里来诉苦。我照例跟他们谈很久，等他们气平了才送出去。但是我始终不知道他们为了什么事情吵架。据我看来，他们好像是无缘无故地吵着玩。

说他们是一对爱吵架的夫妇吧，可是两个人的脾气都不坏，都是有教养而且性情温和的人。就拿每次的吵架来说，起初每人对我说几句诉苦的话，以后就渐渐地归咎到自己，怪自己的脾气不好，不能够体谅对方。女的说这种话的时候常常眼里含了泪，男的却带着一副阴郁的面容。有时他们吵了架以后在我这里遇见了，丈夫便温柔地伴着妻子回去。

他们吵架的次数渐渐地多起来，就如同做过的事情又来重做。表面上总不外乎那一套把戏。但是它却把我的脑子弄得糊涂了。我想在这简单中一定隐藏着复杂。事情决非偶然发生，一定有特别的原因。我想把原因探究出来。

我曾研究过他们两人的性情，但是我不能够看得很清楚。女的似乎热情些，男的似乎更冷静。女的活泼些，男的却比较严肃。不过这也只是表面的观察。

我同这对夫妇的交情不算深，因为认识的时间还不久。但是因为同住在外国，又在乡间，环境使我们成了亲密的朋友。不过对于他们的过去生活我依旧不很清楚。我只知道他是中等官僚的儿子，夫妇两人都是大学生。他们是由自由恋爱而结合的，那是3年前的事情。可是到现在他们还没有一个小孩。

据我看来在他们中间并没有什么障碍。他们应该过得很好。感情好。经济情形好。两个人都在读书：男的研究教育，女的研究文学，这也不会引起什么冲突。

我始终找不出他们夫妇吵架的真正原因。这一次也找不到一点线索。她的嘴老是闭着。嘴上愤怒的表情却渐渐地淡起来。她走到我家时，她的怒气已经平静下去了。

"什么事情？是不是又吵了架？"我让她进了屋，脱下大衣，把她的和我自己的大衣都挂在衣架上，一面不在意地问她道。

她点点头，颓丧地在沙发上坐下来，用手摸她的头发，呆呆地望着墙上的一幅画。

"为着什么事情？"我坐在她对面，看见她不说话，便又追问了一句，我注视着她的脸，不让她逃避。

"什么事情？"她微微笑了，她显然是拿微笑来掩饰心中的忧郁。她看我一眼，又把眼睛抬上去，做梦般地看墙上的那幅画。头靠在沙发背上，两手托着头，自言自语地说下去："老实说，没有什么事情。我自己不知道应该怎样做。我想我们这样住下去是不行的。……我们也许应该分开。"

"分开，"我听到这两个字心里吃一惊。我暗中观察她的态度。她是在正经地说话，带着忧愁的神气，却没有一点愤怒。我想她这句话决不是随便说出来的。她至少把"分开"的事情先思索一番。

"分开"的确是一个解决争吵的办法。但是到了提出"分开"的问题的地步，事情一定是很严重的了。我心里发愁，老实说，我很不愿意让这一对年轻夫妇分开，虽然我也不愿意看见他们常常吵架。

"分开？"我微微把眉头一皱，连忙赔笑说，"不要扯得太远了。夫妇间小小的争吵也是很平常的事情，只要大家让步，就容易和平解决。我看你们应该是一对很合理想的夫妇。"

"我原也是这样想，"她低声叹了一口气，惋惜地说了这句话。歇了片刻才接着说下去："可是事实上不是这样。我也不知道为什么，总之我们中间有一种障碍。"

"障碍？什么障碍呢？"我惊讶地问道。我仿佛发见了一件新奇的东西。

"我也不知道，"她绝望地回答。"这是无形的，我也看不出来，但是我总觉得……"她闭了嘴慢慢地咬着嘴唇皮。我看出来那似乎是浅谈而实在是深切的苦恼像黑云一般笼罩了她的美丽的脸庞。尤其是那一对眼睛，里面荡漾着波涛，我触到那眼光，我的心也开始沉下去了。

"兹生，你一定给我想个办法。我没有勇气再跟他一起住下去了，"她求助般地对我说。

我陷在十分困难的境地中了。我这时候很同情她，很愿意帮助她，但我又是她丈夫伯和的朋友，而且我实在看不出他们应该分开的理由。那么我应该为她想个什么样的办法呢？我又不是一个头脑灵活的人。

"我问你究竟还爱不爱他？"我想了半天才想到这句话，我这时候只希望他们两个能够和好起来。

"我爱他，"她略略停顿一下便肯定地回答道。我看她的脸，她脸上开始发亮了。我明白她的确说了真话。

这个回答颇使我高兴。我以为问题不难解决了。我直截了当地说：

"那么你还说什么分开的话？你既然爱他，那么一切都不成问题了。"

"可是他——"她迟疑地说了这三个字。

"他，难道伯和不爱你！不，我想他不会！他又没有别的女朋友，"我带着确信地说。我看见话题愈逼愈近，很想趁这个机会给她解说明白，也许可以从此解决了他们夫妇的争端。

"我不知道。他从前很爱我。现在他不像从前那样了。有时热，有时又冷淡。他常常无缘无故地做冷面孔给我看。譬如今天早晨我兴致很好地要他一起上山来看你，他不理我，却无缘无故地跟我生气。从前我只要一开口，他就会照我的意思做。现在他常常半天不理我，只顾读他的书，或者一个人跑出去，很晚才回家来。他这种态度我受不了。……也许这要怪我脾气不好，我不能够体谅他。我也知道。可是……"她说话时声音很平静，这表示她的脑子很清楚，并不曾被感情完全蒙蔽。但是忧虑使她的声音带了一点点颤动，方才在她的脸上出现过一次的亮光已经灭了。她的眼睛里包了一汪泪。我细看她的神情，的确她怨她自己甚于怨她的丈夫。

我的心越发软下来了。我想伯和不应该这样地折磨她。他为了什么缘故一定要使她如此受苦呢？说他不爱她吧，但是从一些小的动作上看来，他依旧十分关心她，爱护她。说他别有所爱吧，但是他并没有亲密的女朋友。他们的生活并没有什么变动。那么是什么东西站在他们的中间，阻止他爱她呢？她所说的无形的障碍究竟是什么呢？我很想知道这个，然而我却不能够知道。至少从她这里我是无法知道的。我只得拿普通的道理来劝她：

"景芳，不要把事情看得太认真。我想你一定对伯和有误会。伯和决不是那样的人。而且夫妇间吵架，不过是争一时的闲气。我担保过一会儿你们就会和好起来。"

"兹生，你不知道当初他对我多么好，真是好得很。体贴，爱护，敬重，无微不至。所以为了爱他，我甘愿离开我的家庭，跟着他远渡重洋。可是现在……我知道我在他的心上已经占不到重要位置了。"她惋惜地说下去。她完全不注意我的话。我也明白我的道理太平凡了。这样的话我对她说过好几遍，说了跟没有说一样。

"兹生，你不知道，你不知道。往事真不堪回首。"她渐渐地激动起来，仿佛感情在鼓动她，她无法抑制了。她的话里带着哭声，同时她拿了手帕在揩那正从她的眼角落下来的泪珠。

我的困窘一秒钟一秒钟地增加。我找不出话安慰她。但是看见她默默地抽泣的样子，就仿佛也有悲哀来搅乱我自己的心。壁炉里火燃得正旺，不断地射出红蓝色的光。窗帷拉开在旁边，让金色的阳光从玻璃窗斜射进来，照亮了我面前的书桌。我的上半身正在阳光里。房里很温暖，很舒适。然而我的心却感觉不到这些。我只希望伯和马上就到这里，把我从这样一个困难的境地里救出来。我知道这个希望很有成为事实的可能。

不久伯和的顾长的影子就在我的窗前出现了。他走得很慢，脚步似乎很沉重。两三天不见面，这个人显得更阴郁了。

他进了房间，照例脱了大衣，招呼我一下，不说别的话，便走到他妻子面前。她依旧坐在沙发上，埋着头用手帕遮住眼睛。她知道他来，也不理他。

他在沙发的靠手上坐下，爱抚地摩她的肩头，低声在她耳边说："景芳，回去吧。"她不答应。他接连说了三次，声音更温和。她含糊地应了一声。

"我们回去吧。不要在这里打扰兹生了。这一次又是我不好。"他站起来轻轻地拉她的膀子，一面埋下头在她的耳边说话。

我明白我留在房里对他们不方便，就借故溜出去了，并不惊动他们。我不知道他们在房里说了些什么话。等我回到房间里的时候，他正挽着她准备走了。两个人脸上都带着笑容。又是一个照例的喜剧的结局。

我祝福他们，把他们送走了。心里想，在这次的和解以后，他们夫妇总可以过五天安静的日子吧。

但是就在这天晚上伯和一个人忽然跑到我这里来。时间不早了。外面吹着风。院子里墙边还堆着未融化的雪。我刚刚读完了一部传记，为书中的情节和文笔所感动，非常兴奋，一个人坐在沙发上对着灯光空想些不能实现的事情。门铃忽然响了。我已经听见了伯和的脚步声。我不安地想，大概在他们夫妇中间又发生了争端。我去给他开了门。

他的一张脸冻得通红。他脱下大衣，便跑到壁炉前面，不住地搓着手躬着身子去烤火。我默默地看他的脸，壁炉里的火光映在他的脸上，使他显得更为阴森可怕，比风暴快来时候的天空还要可怕。

我的不安不断地在增加。我很想马上知道他的脸所暗示的风暴究竟是怎么一回事，但是又担心这风暴会来得太可怕，我会受不住。因此我便闭上嘴等待着，虽然这等待的痛苦也很令人难堪。

他转身在房里走了两步，忽然猛扑似的跑到我身边，抓住我的左膀，烦躁地说："兹生，你帮助我！"

我惊愕地望着他，他的一对眼睛圆圆地睁着，从脸上突出来，仿佛要打进我的眼里似的。是那么苦恼的眼光！我被它看得浑身起了颤栗。

"什么事情？告诉我。"我吃惊地问。在窗外风接连敲着窗户。寂静的院子里时时起了轻微的声音，仿佛有人走路，仿佛有人咳嗽。

"兹生，我不能够支持下去了。你说，你说应该怎么办！我对景芳……"他放松了我的左膀，绞着自己的手指，直立在我面前。

提起景芳，我马上想到了那个穿青色衫子腰间束红带的面孔圆圆的女人，我想到了这一天她一边流泪一边诉说的那些话。我的心软下来了。同情抓住了我。我温和地拍他的肩膀，对他说："你坐下吧。我们慢慢地说。"我替他拉了一把椅子放在我对面离壁炉不远处，让他坐下来。我们对面坐着，我不等他开口便先说道："伯和，你不应该这样折磨景芳。她至今还爱你。你为什么老是跟她吵架？你就让她一点儿也是应该的。况且她的脾气并不坏。"

我的态度和声音都是非常诚恳的。我想这番话一定会使他感动。

他不住地霎眼，动嘴，但是他等到我说完了才摇摇头绝望地说："你不了解我们的情形。"

"那到是谁的错？难道还是她的错？"我看见他不肯接受我的意见，一句话就拒绝了它，因此不高兴地说了上面的类似质问的话。

我的话一定使他很难堪，他的脸色马上变得更难看了。过了一会儿他才痛苦地回答道：

◎ "文革"结束，上海文学界朋友在巴金寓所欢聚。左起：师陀、巴金、孔罗荪、张乐平、王西彦、柯灵（1977）。

"那自然是我的错，我也承认。她没有一点错。"这答语虽然是我意料不到的，但是我却高兴听它。我想抓住这一点，我就可以解决他们的争端了。我便追问下去：

"你究竟为什么一定要那样做？你既然知道自己错了，难道就不可以从此改过来？"

他并没有感激和欣悦的表情，他只是绝望地摇着头，困恼地说："你还是不了解。"

这句话把我弄得更糊涂了。我简直猜不透他的心思。窗外风依旧低声叫唤。炉火燃得正旺,可怕的火光映红了我们两人的脸。他的脸像一个解不透的谜摆在我眼前。

"我现在尝到爱的苦味了。"他自言自语地叹息说。他埋下头,两手蒙住脸,过了一会儿才再抬起头来。我知道他是默默地在让痛苦蚕食他的心;我知道他的痛苦是大于我所想象的。因此我也不能够用隔膜的语言去探询他了。

"兹生,相信我,我说的全是真话。"他开始申诉般地说,"我的确爱过景芳,到现在还爱她。我也知道她还在爱我。然而——他停了停,沉思般地过了片刻,这时候他把一只手压在额上。我也注意他的前额。我看见他额上已经挂满汗珠了。

"然而我不愿意再爱她了,"他突然放下手急转直下地说,态度是很坚决的,仿佛爱给他带来了很大的痛苦。"爱是很痛苦的。从前她也曾使我快乐,使我勇敢。然而那些日子已经过去了。那爱抚,那琐碎的生活我不能够忍受。你知道我的思想变了……"

我只顾惶惑地望着他,他说的我全不知道。我不了解,但是我相信他的话是真实的。

"我有了新的信仰,我不能够再像从前那样地过日子。我要走一条跟从前的相反的新路,所以我要毁弃从前的生活。"

他像朗诵一般说着这些话,可是我依旧不能够了解。他继续说下去:

"然而她却不能够往前走了。她不赞成我的主张。她要过从前的生活。这也许不是她的错。……然而她却使我也留恋从前的生活。她爱我,她却不了解我的思想,她甚至反对它。现在是她使我苦恼,使我迟疑了。"

他叹了一口气。我注意到他说起"她"字时依旧带着爱抚的调子。他虽然说了这些对她不满的话,但是他这时候明明还爱她。这件事情更奇怪了。

"要是她不爱我吧,那倒好办了。然而……我说要抛弃现在有的一切,我要回国，我还要……然而你想她能够忍受吗？她能够让我做吗？'离开她吧！离开她吧！'仿佛有一个声音天天在我耳边这样说，然而——"

他的这几个"然而"把我弄得更糊涂了。但是我望着他那张被深的苦恼笼罩着的脸，听着他用颤抖的声音说出来的奇怪的话，我渐渐地对他抱了同情。同时那个女人的面影却渐渐地谈了下去。

"我天天下了决心，我天天又毁了这个决心，都是为了她！为了爱她！使我长久陷在这种矛盾的生活里。我不能够再支持下去了。我起了抛弃她的念头。然而我没有胆量。永远是为了爱她！我跟她吵过架，然而过了一会儿我又不能自持地求她原谅了。爱把我的心抓得这样紧！"

他不甘心地吐了一口气，伸手在胸膛上胡乱抓了一把，好像要把爱从那里面抓出来一样。

"我最后想到一个办法。我想只有让她离开我。于是我故意把自己变成一个残酷无情的人，常常无缘无故地跟她争吵，这只是为了使她渐渐地对我失望，对我冷淡，使她不再爱我，使她恨我……"

他突然闭上嘴，现出呼吸困难的样子，把一张脸摆在我眼前，他的脸越发黑了，在那上面我看不见一线的希望。只有在那双眼睛里燃烧着一种可怕的东西。就在这个时候，就在这种情形下面，我明白了他们争吵的原因。我看穿了那个谜，只是反倒使我陷在更困难的境地里了。

"我用了这个办法，我折磨我自己，我折磨她。我残酷地吞食了她的痛苦。我全明白。她全不知道。然而这也没有用，只给我带来更多的痛苦。她依旧爱我。她从不会起分开的念头。所以我到底失败了。每一次吵架以后我总要安慰她。她使我变得这样懦弱！我简直无法跟她分开！"

他的绝望的呼号在房里微弱地抖动着，没有别的声音来搅乱它。在外面风歇一阵又猛烈地刮一阵。房里渐渐地凉起来。我走到壁炉前加了些柴和炭进炉里。我没有说话，但是心里老是想着为什么他一定要跟她分开。

"然而这样下去是不行的。我必须跟她分开，使她去爱别人。然而我又不能够。兹生，我不能够支持下去了。我不能够装假了。我想不到爱会使我这样地受苦。我不要爱！我不要爱！……"

他绝望地抓他的胸膛，好像他已经用尽一切的方法了。他不等我回答就站起来，走到那张大沙发跟前，坐下去，把脸压在沙发的靠手上。

房里静得可怕。外面的风倒小了。柴在壁炉里发出叫声。空气压得人透不过气。我的心被痛苦和恐怖纠缠着，这一晚的安宁全给伯和毁掉了。但是我不怨他，反而因为他的苦恼我也觉得苦恼了，虽然我并不了解为什么爱一个女人却不得不引起她的恨。

"伯和，既然这样，你为什么一定要断绝她的爱，一定要跟她分开？你们就不可以再像从前那样和好地过日子吗？你应该仔细地想一下！"我终于掉转身子对他温和地劝道。

他一翻身站起来，眼睛非常干燥。他争辩地说："这不行！这不行！我要回国去！我有更重要的事情！我不能再留在这里过这种矛盾的生活！……"他绞着手踱了几步，突然跑过来，抓起我的膀子，激动地说："兹生，我告诉你：我们打掉了一个孩子。现在是第二个了。她不肯。这一次她一定不肯。你想我应该怎么办？"他的眼光逼着我，要我给他一个回答。

这番话来得很突然，很可怕，我从前完全不知道。但是现在我却更同情景芳而更不了解他了。我甚至觉得他的举动太不近人情，我便带了点气愤地说："她的意思是对的。这是她的权利，你不能够强迫她。"

"然而这也不是我的错。我们都是牺牲者，"他并不因为我的话生气，他只是这样辩解道，他的声音渐渐温和，不像先前那样地激动了。"我自己也是很痛苦的，我的痛苦比她的一定还要厉害。兹生，我希望你了解我，我并不是一个不近人情的人。我也是不得已的。你看我挣扎得多么痛苦！我简直找不到一个人来听我诉苦！只有你！景芳完全不了解我。我不能够对她说明白。"他最后叹了一口气自语说："我现在尝够了爱的苦味了。"他把身子伸直起来默默地站在我面前，好像要使我看明白这个颀长的身子里装了多大的痛苦。

听见他这些话，我越发莫名其妙了。我也是一个遇事不能决断的人，一个懦弱的人。我时而同情景芳，时而同情伯和，我很早就想找一个办法来解决他们夫妇的争端，可是如今伯和怀着这么痛苦的心来求助于我，我却毫无办法了。我只是困恼地在我的枯窘的思想中找出路。

"兹生，我问你，你老实说，你喜欢景芳吗？"他默默地踱了一阵，忽然带着一种异样的表情，走到我身边，用颤抖的声音对我说了上面的话。

我茫然地点着头。我的确喜欢景芳，而且自从他给了她这许多苦恼以后我更同情她了。我看见他的眼睛忽然亮起来，他脸上的黑云也有些开展了。我的点头会使他这样地满意，我想不到。但是一瞬间一个思想针一般地刺进我的脑子。我恍然地明白他的心思了。我像受了侮辱般地跳起来，气愤地责备说："你会有这种思想！真是岂有此理！"我对着他的脸把话吐过去。

他退了两步，忧郁地微笑了。他分辩道："你为什么要生气？我是出于真心。我并不是疑惑你。"

"你去掉这种古怪思想吧。我劝你还是回家去同景芳好好地过日子，不要自寻烦恼了！"我压下怒气最后劝他道，我疑心他要发狂了。

这一下又使他突然沉下脸来。他颓丧地落在沙发里埋下头坐了半晌。于是他站起来，失望地说："我走了。"便拿起大衣披在身上开门走了。

我没有留他，默默地跟着他站起来，走到门口。他把门一拉开，一股冷风吹入，我不觉打了一个寒噤。我耳里只听见风声。我想挽留他，但是他赌气走了。

我心里很难受，觉得不该这样对待他。我知道他是怀了绝大的痛苦来求助于我，我却给他添了更多的痛苦把他遣走了。

我懊恼地走回到沙发前面，坐下去，无意间抬起头，看见了墙上那幅题作《母与子》的名画，就是景芳今天常常看的那幅，画上一个贵妇人怀里抱了一个两岁多的男孩。这又使我想到景芳的生活，使我越发同情她，使我为她的处境感到苦恼。但是一想到伯和的那个古怪的念头，我马上又把景芳的影象赶出我的脑子去了。

这个晚上我没有睡好觉，而且做了奇怪的梦。第二天我很迟才起来，觉得头昏。我勉强支持着下山去看伯和夫妇。

天气很好，温和的太阳照着山路，雪除了几处冻在树脚和墙边的以外都化尽了。路是干燥的。我扶着手杖慢慢地走着。下了山到了伯和夫妇的家。

伯和病在床上，景芳在旁边照料他。他们露出比往日更亲密的样子。

伯和的病很轻，景芳说是因为他昨晚在外面喝醉酒，冒着风到处跑了半夜而起的。她似乎不知道他曾清醒地到过我家谈了那许多话。他一定不曾告诉她。现在躺在病床上他更容易哄骗她了。其实不仅是她，便是我，看见他对待她的神情，我也疑心他昨夜是不是到我家去过。

我自然为他们夫妇的和好感到欣慰。我在他们家里停留片刻。他绝口不提昨晚的事情，一直到我告辞的时候，我还看见他的脸上带着温和的微笑。

我回到家里，仔细地想着这一对夫妇间的种种事情。我想解决那个谜，但是愈想下去愈使我糊涂。我的头在痛了。

我的神经受到这些刺激以后身体又坏下去。我在家里躺了十几天不能够出门。等我病好拄着手杖下山的时候，已经是晴朗的仲春天气了。

伯和夫妇并不曾来看过我的病。在我的病快好的时候我接到他们两个署名的一封信，是从马赛寄发的，说他们已经买了船票，就要动身回国了。

以后我就没有得过他们一封信，我不知道他们在国内干些什么事情。只是在我感到寂寞而无法排遣的时候，我还常常想起这对年轻的夫妇，还诚心地祝福他们。

四年以后的夏天，我在法国南部海边的一个城里过暑假。

我常常到海边去洗澡，躺在沙滩上晒太阳。在这里只有几个中国人。因此我有一天在沙滩上碰见的一对带着一个男孩的中国夫妇引起了我的注意。

这对夫妇刚从水里出来，还穿着浴衣，女的手里牵着孩子，走到一把伞下面躺下了。她在跟孩子讲话。我看见那个女人的身材和相貌很像我的一个熟朋友，连声音也像是熟人的声音。我好奇地走过去看她。她正无意地掉过头来，我看清楚了她的面庞，不觉惊喜地叫道："景芳！"

那个女人连忙跳起来，跑到我身边，高兴地叫着："兹生！原来是你，想不到你还在这里！"她含笑地紧紧捏住我的手。

她没有什么改变，只是人更健壮些，活泼些，快乐些。

"你们是什么时候来的？为什么不给我一个信？那是你们的孩子吗？"我快活地望着她的健康色的脸接连地问道。我又指着那个男孩，他正向我们跑来。

"两个多月了。来这里不过几天。让我带宝宝来看你。"她回转身去接了他来，要他招呼我，给我行礼，这是一个4岁的孩子，很像他的父亲，尤其是一张嘴和一对眼睛。

我拍了拍他的肩头，说了两句话，想起他的父亲来，很奇怪，伯和为什么不过来招呼我，却躲在伞下面睡觉，便说："我们看伯和去！"

她不说什么，陪着我走到伞旁边。那个男子马上站起来迎接我们。一个完全陌生的面孔。我痴痴地站在他面前，不知道应该怎样做。

"这是我的丈夫。"景芳在旁边介绍说，她还说出了那个人的姓名，可是我却没有心思听了。

我说了几句应酬话，就告辞走了。我要求景芳陪我走几步，她没有拒绝。在路上我问她伯和的消息，她说不知道。她不肯说一句关于伯和的话。我问她伯和是不是还在这个世界上，她也说不知道。但是我暗暗地注意她的脸部表情，我知道她这时心里很痛苦，我也不再追问，就跟她分别了。

那个男子是年轻的，温和的，健壮的，颀长的。景芳同他在一起大概过得很幸福。我想，不管伯和是活着或者已经死亡，假若他能够知道景芳现在的生活情形，他一定很放心，而且他的目的也已经达到了。

1934 年秋在上海

赏析

　　《化雪的日子》是巴金于1934年秋写出的短篇小说。

　　这篇小说写的是一对年轻夫妇离异的故事。故事的男主人公叫伯和，女主人公叫景芳。他们都是大学生，相爱而结婚，又一起留学国外，伯和学教育，景芳学文学。因伯和有了新的信仰，要走跟从前相反的新路，要抛弃现在的生路，想回国干一番事业。而景芳却依然停留在原来的水平上，成了伯和前进道路上的反对者，遂产生了摩擦而导致了两人最后的分手。

　　巴金是善于刻画人物心理，尤其善于描写知识分子复杂而矛盾心态的作家。这篇小说故事虽然简单，作家却以平常中出奇之笔，通过伯和夫妻间的寻常吵嘴而深刻地揭示了这对知识青年矛盾而痛苦的心灵世界。伯和与景芳本来是互相体贴的恩爱夫妻，因为伯和新的信仰，两人思想上便产生了差距，感情上也免不了生些别扭。对伯和来说，景芳不再能理解和支持他的新的思想变化和精神上的追求，于是她的爱抚只能使他产生痛苦，他难以忍受，感情上的裂痕也就愈益扩大。伯和为了自己的信仰，为了尽快回国从事心目中的事业，决定将与景芳的关系作一了断。可他们都是有教养且又是性情温和的人，而且他们又有深深相爱的一面。于是他心里存了抛弃她的念头，天天下决心，却又天天又毁了这决心。他不断故意变得冷酷无情，制造矛盾争吵，但又每次妥协，再安慰她，与她和好。伯和不能为了她而放弃信仰，又不能为了信仰而断然置景芳于不顾，陷在两难的痛苦境地里。景芳依然爱着他，梦想继续过安定和美的家庭生活，还希望有一个小孩。

　　伯和夫妇的悲剧是由一个叫兹生的朋友叙述出来的。兹生很想化解他们的矛盾，然而却又无能为力。他听了景芳的诉说，对景芳很同情，认为伯和不该这么折磨她。当听了伯和的陈述后，又对伯和深表同情，对伯和的求助却也没办法。伯和夫妇间的感情纠葛，本身充满了哀婉感伤的情味，却又烙刻着时代的印记。在30年代的中国，许多青年知识分子为了建设理想光明的社会而舍弃了个人的爱情幸福。因此，这就不是兹生所能弥合其矛盾的。但是，当他看到景芳那种无法言喻却又难以排解的内心痛苦时，看到她那一对眼睛，里面荡漾着波涛，"我触到那眼光，我的心也开始沉下去了"。这种委婉曲折而深沉的情感和神态的表述，将当事人与叙述者的心理浑然一体地呈现出来，充溢着感伤凄楚的诗意美。

　　小说对这对青年夫妇之间的矛盾没有取正面写法，没有让冲突本身直接展现在读者面前，不直写其争吵的现场，而是在争吵之后让他们分别向兹生陈说痛苦，这就少了剑拔弩张的表面声势，更可向人物内心深处开掘。而争吵过后的内心痛苦诉说，因了时间空间的间隔，情绪已有所控制，加上两人依然彼此相爱，遂多有自责，少有对对方的斥责，诉说中就有所舍弃，且是欲说不说，变得断断续续、隐隐约约，

◎ 巴金在北平圆明园废墟前（1933）。

更为深刻含蓄。这就像中国古典美学所说的一种朦胧迷离之美。这种写法不仅表现在人物语言上，而且也表现在人物形态刻画上。如写吵架后的景芳本是想找兹生诉冤屈的，可是到了他家后，怒气却已平息。但痛苦依旧，只是呆呆地望着墙上的一幅画。似乎陷入一种痴迷状态，这就留下了一个引人注目的空白。只是到了后来，逐渐解开谜底。所以，景芳看画的内心活动，虽然没有明说，却尽在不言中，我们阅读了本文便能体会出来。这样的艺术空白处理，也增强了作品的含蓄朦胧美。

　　如前所说，伯和夫妇间的故事是由兹生这个人物叙述出来的，而兹生的叙述并不是一下子就切入到这个故事中去的。开始先写兹生在初春化雪的日子走下山去的心理感受，说自己在山上养病已好起来，心里充满了爱：沐着阳光，迎着微风，漫步下山去，觉得一个温暖的春天正向着自己走来了。文笔处处充满了春天的生机和人生的欢情。接下去，笔锋一转，写半路上遇到吵过架的景芳，方始切入故事中去。伯和夫妻间的不快与开头的优美写景抒情有一个很大的反差，顿成跌宕之势。伯和夫妻间的故事由兹生这个叙事者叙述出来，用的是由外而内的探究式。先是景芳的诉说，然后是伯和讲述内心痛苦，在结构层次上由浅入深逐渐递进。在作品的尾部又安排了一个出人意料又在情理之中的细节，写4年后的夏天兹生在法国南部海滨看见景芳带孩子与一陌生的年轻男子在一起，说明她并没有和伯和一起回国（兹生曾收到有他们两个签名的在马赛寄发的说是要乘船回国的信），这使兹生愕然，也令我们吃惊，但回想一下小说主体情节所展示的夫妻间的矛盾、各自的人生态度、特别是伯和回国从事理想事业的决心（为此，他甚至提出了托妻于兹生的办法），这里所作的交代又是很必然的了。最后这段文字，不独使这个感伤故事画上一个优美的句号，使伯和这个甘愿抛弃温暖家庭生活而为自己的信仰、理想、事业去奋斗的热血知识青年增添了光彩，使其成为一个完整的艺术形象，而且与开头初春景象描写成映照，便有颇多意味。总起来看，这篇小说故事虽较单纯，但在叙述上却是波澜起伏，跌宕摇曳，自有一种回环的结构美。

（宋日家）

◎ 巴金在上海（1946）。

鬼

——一个人的自述

要是没有鬼，那么我们在什么地方去找寻公道？这世界里的一切因果报应都要在鬼的世界里找到说明。一切人的苦乐善恶都有它的根源和结果！

我的面前是海水，没有颜色，只是白茫茫的一片。天边有一段山影，但这时差不多淡到看不见了。沉下去的太阳放射着金光，在水面上拖了一段长长的影子。我的眼睛一花，就觉得这影子从太阳那里一直拖到了我的面前。倘若我乘了这影子去，也许会走到太阳那里罢：有时我发过这样的痴想。

我曾被堀口君开玩笑地称作一个空想的人。堀口君这时候就站在我后面。他正对着海在祷告，或者用他自己的话来说，在念经。

我见过海的各种面目了。它发怒的时候，它微笑的时候，它酣睡的时候，我都曾静静地偷偷在它上面走过，自然是怀了不同的心情。但像这样恬静的海面，我却是第一次见到，这时候除了偶尔发生到太阳那里去的痴想外，我对着海没有一点别的感觉。

我脚下是一块突出的岩石。水快要漫上岩石了，却没有一点声音，水是那么清澄，水底的贝壳和沙石都看得见。

在我后面右边是浴场，现在却只有一座水榭似的空屋留在那里，表面上像是沉静的，然而它却把堀口君的祷告的尾声重复叫了出来。

堀口君没有注意。他闭着眼、合着掌虔诚地念着一些我不懂的句子。他先前抛到海里的一包食物不知道被冲到什么地方去了。只有那张报纸还悠悠地躺在水面上，缓缓地往前流去，也许它会把这世界的消息带到太阳那里去吧。

虽然是在正月，海风吹到脸上也不会叫人觉得冷，却仿佛送了些新鲜空气进我的身体里来，这一向闷得透不过气的我现在觉得畅快多了，要不是这位朋友在旁边，我也许会大声唱起什么歌来。

堀口君在我不注意的时候，突然闭了嘴，用感动的声音对我说："张君，回去吧。"他连忙转过身子，快步走了。我也只得跟着他走。虽然他还警告地说："不要回头看，看了灵魂会跟着我们回家的。"但我也偷偷地几次掉过头去看海面，因为我爱看那沉下去的太阳。

归途中堀口君的严肃的面貌使我感到了被压迫似的不舒服，而他那恐惧般的沉默更引起了我的烦躁。我和他走过了宽广的马路，走过了几条点缀着长春树木和精致小屋的弯曲的窄巷。我终于不能忍耐地问道：

"你真的相信灵魂的事情吗？"

他惊讶地看我一眼，敬畏地回答道：

"不要说这样的话呀！我昨晚还分明看见她。她的灵魂已经来过三次了。上一次我还不知道她死。果然以后马上就得到了她的死讯。这次她来，是求我超度她，所以我给她念了一天经把她送走了。"

堀口君的脸上依旧带着严肃和敬畏的表情，但这只是表面上的，我知道在这下面隐藏着什么。

他并不直截了当地答复我的问题，却只是重复说着那些旧话，那些我已经全知道了，都是从他的嘴里听来的。

女人的姓名是横山满子。我曾见过她几面，这是好几年前的事情了。那时我和这位朋友都还在早稻田大学里读书。我们虽然不是同一个国籍的人，我们的姓——"张"和"堀口"代表了我们的国籍，但我们仍有许多接近的机会，于是我们成了朋友。

堀口君的清瘦少须的面孔表示了他的性格，他是个温和到极点的人，我和他同学的 3 年中间没有看见他发过一回脾气。他的境遇不很好，家庭间的纠纷很多，父母都不喜欢他，这些都是某一个晚上我们喝了几杯正宗酒以后在牛込区一带散步时，他娓娓地告诉我的。

家在新潟县。那是个什么样的地方，我不知道，总之是乡下罢了。住处是牛込区原町一家楼上的贷间①三铺席的窄得几乎叫人转不过身来的房间，他居然在那里住了3年。家里寄来的钱不多，假期内他也不回家去，依旧留在吵闹的东京，过他的节俭的生活。

我的思想和他的差得远。他是个安分守己的人。日莲宗的佛教是家传的。他自己并不坚决地相信它，不过自小就活在那种

①贷间：出租的房间（日本语）。

环境里，从没有怀疑过那宗教是什么样的东西，也就把它当作养料般地接受了。

父母来信责骂他，父母的意见永远是对的。报纸上说了什么话，也不会错。日本政府在替人民做事，兵士保护人民，俄国人全是他们的死敌，——这些都是他的信仰，他似乎从来不曾怀疑过，但也并不热烈地主张或者向人

宣传。虽然是信仰，却也是淡淡地信着罢了。要是不同他相熟，谁也不会知道的。

我们是政治经济系的学生，换句话说，就是每天不得不到教室里去听那些正统派的学者鼓吹资本主义。我听久了，也生厌起来。他却老是那样注意地听着。但是下课后偶然和他谈起什么来，他又像不曾用心听过讲似的。因此大考的成绩并不好。他也不管这个，依旧继续用功，而第二年的考试成绩也不见好一点。

就是这样的一个学生，却做了和他性格完全相反的我的朋友了。

"不要老是这么愚蠢地用功吧；多玩玩也好。"我常常半开玩笑地这样劝他。他自然不肯听从我的话，但有时也很为我所窘。譬如我约他一起到什么地方去玩，他虽然不愿意，也只得默默

地陪了我走。我明明知道他的心理，却装做不知道似的故意跟他开玩笑。

　　第三学年开始以后，他的生活就渐渐地有一点改变了。清瘦的面孔上多了一层梦幻的色彩。在教室里也不常做出从前的那种痴样子，却时常无缘无故地微笑着。但这情形除了我以外恐怕就没有人注意到，理由也很简单，我在班上是最不用功的学生。

　　我起初为他的这种改变感到惊奇，后来也就完全明白了。某一个星期日我在上野公园遇见他。我隔着池子唤他，他没有听见，却只顾往前面走了。他平时几乎不到公园来，这次还带了一个穿和服的年轻女子。她的相貌我不曾看清楚，从侧面看去似乎很苗条，而且是剪了发的。

　　第二天在课堂里遇见他，就对他说："我昨天在上野遇见你了。"

　　他不说话，吃惊地红了脸，微微点一下头。

　　下课后和他一道走出学校来，终于忍不住问他："那女子是什么人？"

　　我看出他的受窘的样子。但他并不避开我，却诚实地回答道：

　　"我的一个远亲的姑娘，也是从新潟县出来的。"

　　他看见我现出不满足的神情，便加了一句："横山满子君是个很可爱的姑娘。"

　　"啊，原来如此……"

　　这一天关于横山满子君的话到这里就完了。过了几天见着他时我又问：

　　"喂，满子君怎样了？"

　　他用了责备的眼光看我，略略红了脸，却诚实地答道：

　　"昨晚去看过她。"

　　以后的话他再也不肯说了。

　　我对横山满子君的事情虽不知道，却很高兴堀口君有了一个这样的朋友，因为至少她使他不再像从前那样愚蠢地用功了。我是一匹不受羁绊的野马，所以不高兴看见别人在陈腐的书本里消磨日子。

　　那时我住在马场下一家乐器店的楼上，是个吵闹的地方。

在一个星期六的傍晚，红灯笼一般的月亮从这都市的平房顶上升了起来，深秋的天气清朗得连人的内脏也揩干净了似的，晚风微微吹拂着道旁的玩具似的木屋，连日被资本主义和什么什么立国论弄昏了脑子的我，看见自己房里到处堆着的破书就烦厌起来，只想出街走走。走到街上又想到公园去玩，于是顺便去拜访堀口君，打算邀他同到上野去。

堀口君的房东太太同我很熟。她对我温和而奇怪地笑了笑，低声说："上面还有客人呢！"于是高声招呼了堀口君，一面让我走上楼去。

我一面嚷着，一面大步走上去，还不曾走到最上的一级，堀口君就赶到楼梯口来迎接我了。脸上带了点慌张的表情，好像我的来访颇使他受窘似的。

"怎么样？到上野去玩，好吗？"我见着堀口君，不管有客没有客，就大声叫起来。

"满子君在这里。"他严肃地小声对我说，头向着房间那边一动。

"唔。"我含糊地应了一声，觉得有些好笑，也就糊里糊涂地跟着堀口君进了房间。

那个跪在座蒲团上面的女子看见我走进就磕头行起礼来。我只得还了礼，一面口里也含糊地说了两三句客气话，每句话都只说了一半，连自己也不大明白，我素来就是这样。其实心里很讨厌这种麻烦的礼节，但又不好意思坦然受人家的礼。这样一来连堀口君的介绍的话也没有听清楚，也许是他故意说得那样含糊。

行过礼以后大家都坐定了。他们两个恭恭敬敬地跪在那里，不知礼节的我却盘腿坐着。觉得无话可说，就拿起在旁边碟子里盛着的煎饼果子之类来吃，一面暗暗仔细地打量跪在我斜对面的横山满子姑娘。

梳着西式头，浓密的短鬈发垂在颈际，衬出来一张相当丰满的白面庞，面貌是小心修饰过的，并不十分美丽，但一对清澄的眼睛使这张脸显得有了光彩。据说日本女子很会表情，也许是不错的。满子姑娘的表情的确很漂亮，给她添了不少的爱娇。她说话时比她沉静时好看。但她不常说话，似乎沉静了一点，也许是因为有这个陌生的我插在中间的缘故，我想他们两个人在一起时决不会是这样沉静的罢。

我们谈了一些平常的话。我知道她同父母住在一起，父亲在陆军省里做小职员，哥哥到大连去了；母亲是第二个，还有一个刚进中学的弟弟。这些在堀口君看来也许是了不得的重要，但跟我有什么关系呢？我只要看出来这位姑娘在性格、思想方面和堀口君像不像就够了。反正坐在这三铺席的房间里很拘束，要是把他们两个都拉到上野去，于他们也不见得方便。结果还是我一个人走罢。正在这样打算的时候，忽然听见了满子姑娘的问话。

"张君，方才堀口君说起您在欧洲住过，真是羡慕得很。那些地方一定很好罢？"

自己跟着父亲在法国住过几年，还在法国的小学毕业，这是好些年前的事了，曾向堀口君说起过，所以他把这也当作介绍词似的对满子姑娘说了。

"那是做孩子时候的事情，现在也记不清楚了。我总觉得各地方的情形都差不多。也没有特别好的地方。"

"法国一定是个自由的地方吧？我想那里的女人一定很幸福。我读过几本法国的小说，真是羡慕极了，连做梦也会梦到那样的地方呢。"她憧憬似的说，那一对水汪汪的眼睛追求什么似的望着我，仿佛要从我的脸上看出法国青年男女的面目，甚至于法国社会的全景来。

没有读过一本法国小说，而且只在法国小学里尝过那种专制的滋味的我拿什么话来回答她呢？我被这问话窘住了。

在她呢，她被热情燃烧着，先前那种少女的羞怯的表情完全消失了。那件紫地红白色花朵的绸制的"羽织"①陪衬着她的浓施脂粉的脸庞，在电灯光下面光辉地闪耀起来，吸引了堀口君

①羽织：日本式的上衣。

的全部注意力。在旁观者的我看来，这两个年轻人都为爱情所陶醉了。不同的是：男的醉在目前的景象里，而女的却放纵地梦想着将来的幸福。只有我这时却仿佛看见了另外的一个景象。满子姑娘跪着的姿势在堀口君的眼睛里是极其平常的罢，但我却看出来一代的日本女子跪着在向天呼吁了。

"也许是的。我却一点也不觉得，小说之类的东西我一页也没有翻过。"我直率地回答道，知道也许会被他们嘲笑。

果然满子姑娘低下头笑了，接着自语似的说一句："许是张君客气吧。"便掉过头去，富于表情地看了堀口君一眼。

"张君，你不知道，满子君读法国爱情小说差不多入了迷，她读法国小说才高兴。她读近松秋江一类的小说都要流泪的。"堀口君带笑地给我解释，而满子姑娘却有点不好意思，微微红了脸。其实连近松秋江是个什么宝贝，我都不知道。

满子姑娘和堀口君低声说了几句话，我没有听清楚，仿佛她要他向我问什么话，他说不必问的样子。我也不去管这个，却准备着告辞的步骤。忽然满子姑娘又向我发问了：

"张君，法国女人和日本女人哪方面好，您可以讲讲吗？您喜欢法国女人，还是日本女人？"

她急切地等着我的回答，我是知道的。但我却不知道应该怎样回答她才好。若说两方面都不喜欢，那倒合我自己的意思，但是又对不住堀口君了。似乎是应该说喜欢日本女人的，而我却老实不客气地回答："我完全没有注意过。"

我自己也看得出来满子姑娘被我这回答窘住了，但我也找不到话来安慰她。倒是堀口君聪明，他开玩笑地插嘴说：

"你别问他这些事，学经济的人都是没有情感的，脑子里只有那些长得没有办法的数目字。"

从堀口君本人笑起，三个人全笑了。这算是解了围。我看见满子姑娘同我渐渐地熟悉起来。害怕她还要用法国的什么和日本的什么向我作第二次的

◎ 巴金在日本演讲（1980）。

进攻，连忙站起来，并不管失礼不失礼，什么客套话也不说，就借故慌忙地逃走了。

以后，我就再没有和满子姑娘对面谈过话，在公园遇见她和堀口君在一起的事，也有过两三回，但都只是远远地看见她的背影或者侧面。我因为怕她再用什么来进攻，所以连堀口君的住处也索性不去，偶尔去时，也是先断定了在那个时候不会遇见她才去的。堀口君好像不知道这个，他还"满子君问你好"，"满子君又问起你呢"地屡次对我说，使我很难回答他。有一次他说约了满子君去什么地方，要我同去。虽然我不想谢绝他的好意，但也终于借故谢绝了。

我虽没有和满子姑娘再见面，但我可以从堀口君的脸上知道她的消息。的确那张清癯的脸把他们两人的种种事情毫不隐瞒地报告出来了。我清清楚楚地看见阴影走上了他的脸。他的父亲从新潟县写了很长的信来，否认他同满子姑娘订约束的事，并且将他痛斥了一番，——即使他不告诉我这些话，我也可以从他的面孔上看出来。后来他又告诉我：满子姑娘的父亲采纳了在大连的哥哥的意见，对他们的约束也突然反对起来。

二月初某星期日的上午，我去找堀口君，打算把他的课堂笔记借来翻看一下。毕业期近了，大家都忙着预备考试，连平日不注意听讲的我也着急起来，因此我想堀口君一定在家里用功。但我走进他的房间，却看见他和满子姑娘跪在座蒲团上对哭。看见平日非常用功的学生到了这个地步，也有点可怜他。自己每天在报纸上看见什么"心中"①，什么"心中"，心里担心着不要他们两个也来一下情死，怎么办？想劝他们，又找不出话来说。自己的口才拙，是不必讳言的。同时又想到这边报纸上近来正骂着女人只顾爱情不知国家，似乎朝野异口同声地要女人同国家结婚养小孩。所以我也只得闭口了。堀口君倒拭着眼泪来和我应酬，我反而现出狼狈的样子。满子姑娘只顾俯着头哭，我也没有理她。从堀口君手里接过笔记簿，就匆忙地告辞走了。堀口君把笔记簿递给我时，曾绝望他对我表示就是不毕业也不要紧。我知道这不过是一时的悲愤语。

三月里我和堀口君都毕了业。成绩不好，这是小事。重要的是毕业把我们两个人分开了。我老早就担心着他会同满子姑娘来一下"心中"，看见他的脸色一天天愈加难看起来，更不得不为他的事情发愁。但是我们毕业后我在日本各地游历时期中，报纸上并不曾刊出堀口和横山两人的情死的消息。在神户上船回国以前我还照着他写给我的地址寄了一封信去。

在中国虽然处着种种艰难的逆境，我也是坦然下着脚步。我

①心中："殉情"的意思。在日本一对情人一块儿自杀叫做"心中"。

被一个大学聘了去教书，但在绅士们中间周旋不到两年以后，觉得还是做挑粪夫干净一点，就这样被人排挤出了学校。一个筋斗从讲坛翻到社会里，又混了几年。做教授的时候倒常常想起堀口君，心里想：像我这样的蠢材，也穿起了绅士衣服在大学里混起来，不知道堀口君会有什么样的感想。他大概不会有什么好的职务吧。于是在看厌了绅士们的把戏以后觉得寂寞时，就给堀口君写了一封一封的信去。他也把一封一封的回信寄来，从没有失过一次约。信里的句子是我意想不到的亲切和真挚。他做了一个商业学校的教员，和一个姓"我妻"的女人结了婚，生了小孩。生活并不如意，但也没有什么额外要求地过着日子。他的信和他的人完全一样，不仅他的安分守己的态度没有改变，他在思想上更衰老得把家传的宗教当作至高无上的安慰了。他有一次甚至明白地表示"活着只是为了活着的缘故"，而且"只求无病无灾地把小孩养大就好"。

我在中国社会里翻了几年的筋斗以后，终于被放逐似的跑到堀口君的地方来。

先前接过他的一封信，写着："……既然你没有法子应付你们那里的社会，天天为着种种事情生气，倒不如到我这里来住住也好。我这里虽没有好的东西款待你，但至少我是把你当作弟兄一般看待的，不会使你有什么翻筋斗的麻烦。而且这里的纤细的自然正欢迎着在你们的大自然中厌倦了的你呢！"

我本来没有从中国社会退却的意思，然而读了堀口君的来信，就觉得还是到外面去玩玩好，就这样敏捷地离开了中国。

堀口君的小家庭是在海边的一个安静的小城市里。一切景物正如堀口君的信上所说，都是纤细的。房屋是可移动的小建筑物。山没有山的形状，树木也只有细小的枝条。连海也恬静得起不了波涛。

堀口君依旧保持着他那清癯的面貌和他那平和的态度。妻子是一个能操作的温顺的圆脸女人，很能合他的"把小孩养大就好"的条件。儿子是活泼的四岁的小孩，有着比母亲的更圆的脸。

我住在这么简单的家庭里，整天看着这么简单的面孔，像读书似的把这些完全背熟了。我就这样安静地住了下来，比住在自己家里还放心。其实我本来就何尝有过家呢。

堀口君现在是一个虔诚的宗教信仰者。他因为父亲信奉日莲上人一派的佛教，自己也就承继似的信仰起来，虽然遗产是完全归那个做长子的哥哥承受去了。他的夫人因为丈夫信仰这宗教，也就糊里糊涂地跟着信奉。他的孩子虽然连话都说不清楚，也常常跟着父母念起经偈之类来。

对于这个我完全不懂。我连日莲上人的法华宗和亲鸾上人一派的禅宗有什么分别也不知道，更不能够判断"南无妙法莲华经"和"南无阿弥陀佛"的高下了。

"床间"上放着神橱，里面供着什么东西，我不知道，仿佛有许多纸条似的。此外"床间"的壁上还贴着许多纸条，全写着死人的名字，从堀口家的先祖之灵一直到亲戚家的小女孩之灵。

早晨我还睡在楼上的被窝里就听见他们夫妇在客厅里念经，我用模糊的睡眼看窗户那面，似乎天还不曾大亮。晚上我睡醒一觉，在被窝里依旧听见这夫妇的虔诚地念经的声音。世间再没有比这夫妇更安分守己的人罢，我这样想。

堀口君在学校里的钟点并不多，再加上预备功课的时间，也费不了多大的功夫。我初到的时候，正是秋季开学后不多久，他还有许多时间陪我出去玩，看那恬静的海，或者登那没有山形的山。我们也常常谈话。我对他谈起我这几年翻筋斗的经过，他只是摇头叹息；而他向我叙述他的一些生活故事时，我却带了怜悯的微笑听着。

"满子君怎样了？"他从没有向我提起满子姑娘的事情，甚至连那姓名也仿佛被他忘记了似的。但我有一次同他在海滨散步归来的途中，却无意间这样发问了。

他吃惊地看我，似乎惊奇：怎么你还能够记起她来？接着他把嘴唇略略一动，清癯的脸显得更清癯了。于是他把眼睛掉去看那边天和山连接处挂的一片红艳的霞光，用了似乎不关心的轻微的声音慢慢地说：

"她嫁了一个商人，听说近来患着厉害的肺病呢！"

他似乎想把话猝然收住，但那尾声却不顾他的努力，战抖地在后面长长地拖着。我知道他这时的心情，也就不再开口了。

回到家，虽然时候还早，他却虔诚地跪在神橱前面念起经来。大概一口气念了两个钟头的光景。

第二天早晨他没有课，就上楼到我的房间里来，第一句话是：

"昨晚和满子君谈过话了。"

这句话使我发呆了。他昨晚明明在家里念经，并没有出外去，家里也没有客人来，怎么他会和满子姑娘谈话呢？"若说他跟我开玩笑，但他的脸色很庄重，而且略带了一点喜色。我惊疑地望着他，不知道怎样问他才好。

"这是宗教的力量呢！"他带着确信地对我说，"我昨晚念经的时候，她在'床间'上出现了。她说她还记着我。她说她的身体还好。她说我们还有机会见面。她说以后还有幸福在等着我。所以我今天很高兴。"

我沉吟地微微摇头，不答话。他知道我不相信，便又加重语气地解释道："这是很灵验的呢！我有过好几次的经验了。灵魂和人不同，灵魂是不会骗人的。"

"但是她并没有死……"我不和他细论，只在中途抓住了一句话来问他。

"不管死或者活，灵魂是可以到处往来的。最要紧的在于感应。"他理直气壮地回答我的质问，他的信仰的确是很坚定的。但我看来他却是愈陷愈深了。只是我有什么方法能够使他明白这一层呢？

"这不会是假的。我的父亲说是从这信仰得了不少的好处。许多人都从这信仰得了好处。你多住些日子也就会明白的。其实要是你能够像我这样相信它，你也可以少许多苦恼，少翻些筋斗。"他直率地对我说。他说话虽然不及我的教授同事们的嘴甜，然而他的真挚和关切是一眼就可以看出来的。我虽然讨厌这种道理，我却感激他的好意。而且抛开了国家的界限来看人，直到最近还是罕有的事，至少日本的新闻记者是极力反对这种看法的。因此对他的这种关心我更不得不表示感激了。所以我只是"唔"了一声，并没有反驳他。

我故意把话题引开，我们愉快地谈了好些话，后来不知道怎样又转到灵魂上面来。我忍不住猝然问他道：

"你真的相信有鬼吗？"

"当然，没有鬼还成什么世界？"他不假思索地回答我，好像这是天经地义一般。

"什么？……"我不明白他的意思，便拖长了声音表示疑惑。

"这是很浅的道理。要是没有鬼，那么我们在什么地方去找寻公道？这世界里的一切因果报应都要在鬼的世界里找到说明。一切人的苦乐善恶都有它的根源和结果！"他坚信地阐明了他这种奇妙的道理。我虽然不明白这种论法，但我对于他的思想和行为却渐渐地了解了。

他这个人并不是像我从前所猜想的那样简单吧，甚至他也在这社会组织里看出了不公道，而且觉得对这不公道还应该做一点点事情。但是他马上又轻易地把这个责任交给他理想中的另一个世界的统治者，自己只在念经跪拜等等安全而无用的举动里找到唯一的庇荫了。为了使他的良心得到安慰，鬼的世界就逐渐地在他的脑子里展开来。鬼就是这样生长的罢。

"我明白了。"我淡淡地对他说。其实我明白的只是这个，并不是他的那番话。他自然误会了我的意思。于是我又把鬼的问题关在脑子里了。

我在这安静的生活里开始感到了寂寞。靠看书过日子，这办法使我不舒服；一个人往外面跑，也没有多大趣味，况且这芝麻大的一个小城市，我不要几天的工夫，就把什么地方都逛完了。家里呢，又永远是那一对夫妇和一个小孩，连客人也不见来一个。

　　堀口君的念经的工作突然加重起来。下午念经的事情也有了。他下课归来后便忙着在神橱前跪拜。有一天他念完经马上就匆忙地提了一个包袱出去，过一些时候他回来时，我还在庭前散步，便问他到什么地方去了来。

　　"到海边去了，是去抛掷供物的。"他简单地回答道。

　　我不明白，又问了："什么供物？……"

　　"前天也去海滨抛掷过一次。那是为了另一个死去的朋友。昨晚我的一个中学同学的灵魂到了我家里来，那个人死了不过半年，是死在满洲的。他来向我哭诉。所以我给他念经，我供他。供完了就把供物掷到海里，也不再回头去看，他的灵魂就会平安地到别处去，不再到我家里来了。"他感动地解释说。

　　我想他大概昨晚做了什么怪梦罢，其实这类的怪梦我不知做了多少，要我认真地一一供祀起来，说不定会使我倾家荡产也未可知。我也不去管这些，就随口问道：

　　"这样的事情近来常有吗？"

　　"怎么不是！从前也偶尔有过。近来却突然多了起来。已经供过四五个人了。明天后天都有供的，还有一个是我妻子的好朋友。近来我家里的鬼多着呢！"他严肃地回答道。歇了片刻，他又向我谢罪说："很对不起，使你听这些话。你不会害怕吗？"

　　"哪里！"我接口回答。这短短的一句"哪里"把他的全部话都否定了。

　　在堀口君的眼里看来，这家里大概还是鬼比人多罢。但是在我的眼里不但看不见鬼，连人也少看见。堀口夫人是温顺到使人觉得就像没有她这个人似的。小堀口君却喜欢出去找小伴侣玩。堀口君又要到学校去授课。我一个人住在楼上，就仿佛在古庙里修行。虽然受着兄弟一般的亲切的待遇，但是在这里我的心的寂寞却一天一天地增加。这时候再看见有人画了鬼影放在我的眼前晃动，就像在火上灌了煤油。寂寞猛烈地燃烧起来，我的心便受着煎熬。但这一层堀口君不知道，而且在中国的那般教授同事们也不会知道的。在友谊的款待里我受苦，在阴谋的围攻中我动气。我就是这样的一个蠢材罢。

夜晚在楼上读着堀口君的藏书，为那些死人的陈腐的话动了火，想着那般盗名欺世的大骗子们玩的一贯的把戏；同时又听见堀口君在楼下客厅里念经的声音，这中间夹杂着超度死人的语句，还有和神鬼之类的对答。我无意间第一次分辨出这种种的声音，仿佛就看见许多鬼在下面走动。我的心情突然严肃起来。自己反而为这事情感到更大的烦恼了。

一个世界在我的眼前展开来，这就是堀口君所说的鬼的世界罢。是一片无垠的原野。没有街市，没有房屋；只有人，那无数的人。赤身带血的，断头缺腿的，无手无脚的，披着头发露着柴一般的黄瘦身体的，还有那无数奇形怪状的……都向着天空呼吁似的举着双手。就是这样的一些东西吗？那么堀口君所说的公道又在哪里？所谓因果报应在这里能够有什么样的说明呢？我们世界里的苦乐善恶跟这又能够有什么样的根源与结果的关系呢？倘使这眼前的幻景是真实的，那么这些鬼应该比活着时更明白这个社会组织是什么样的东西罢。那个陷在错误的泥淖中爬不起来的堀口君念经的声音这时候突然消灭了。于是一个哭声轻轻地响起来，起初轻微得仿佛只在我的心上响，以后却渐渐地增高，鬼世界的景象又一度出现，无数的鬼都哀诉般地哭了。

奇怪！我几乎不相信自己的眼睛了。在那哀哭着的鬼丛中忽然出现了许多穿华丽衣服的绅士模样的肥胖的东西，它们露出牙齿狞笑，抓起鲜血淋淋的瘦鬼放在嘴边啃。其余的瘦鬼带着哭声往四面逃散……

"去罢，去罢！"我愤然地叫了。我对于生活在这个大欺骗中不能够做任何事情的自己也憎厌起来。我用力挥舞着右手，好像要把眼前的鬼世界扫去一般。接着我又抓起那骗人的书本往地上掷。这一来幻景马上就消灭了。耳边响着的依旧是堀口君的念经的声音。此外就只有一个寂寞的世界。没有一点人的声音，那寂寞就像利刀似的在我的心上划着。我用手抚着胸膛。痴呆地望着窗外的一片黑暗，痛苦地问着自己：是死是活。

又一天。在安静里过一天就像过一年似的。

"满子君的消息来了,她在逗子的医院里养病。"堀口君忽然对我这样说,那时是傍晚,他带了孩子同我在海滨散步。

"她自己寄了信来吗？"我问道,我也很想知道满子姑娘的事情。

"不,我是从家里的来信里辗转知道的,所以只知道这么一点。我怕她的病加重了。"他说着,脸上现出无可奈何的愁苦的神情。

这回答使我感到失望。但我知道他的痛苦却比失望更大。似乎他至今还保持着从前对满子姑娘的爱情,依旧是那么深,没有减少一点。不过他把它埋在心的深处,只偶尔无意地在人前流露一下罢了。他这种人永远把痛苦咽在心里,对于一切的横逆,都只是默默地顺受,甚至把这当作当然的道理,或者命运。但是在心里他却伤痛地哀哭着他的损失。我的这种看法不会错。好像故意给它一个证明似的,他又接着说:"不知道怎么样,我总担心着她的病。恐怕会发生什么不幸的事情。"他皱着眉毛,一层黑云堆在他的额上。

"她的灵魂不是告诉过你,你们还有见面的机会吗？不是说还有幸福的日子在等待你吗？"我安慰他道。我的口才很拙,仓卒间说出了这样的话,倒像是在故意讥笑他。

"是呀,我本来是这样想的呢！但得到她在逗子患病的消息以后,总觉得有些放心不下,自己也不知道是什么缘故。"他倒把我的话认真地听了,用很软弱的声音辩解似的说,两只眼睛茫然地望着海天交接处的绚烂的云彩。孩子在旁边拉着他的手絮絮地向他问话,他也仿佛听不见了。

"何必这样担心呢？反正她现在跟你没有一点关系,你平日连信也不曾写一封。"这是我劝他的话。自己也知道这种话没有力量,但也找不出更适当的话来了。不懂文学的人似乎连应对之才也缺乏,无怪乎要为绅士们所不容。但是堀口君却又把这当作诚恳的劝告听了,而且更真挚地回答道:

"正是因为这样,所以更不能不关心她。这一切似乎都由一个命运来支配,自己只感到无可奈何的心情。仔细想起来,人生实在是无聊啊！"

说这些话时他依旧望着天边。但云彩已经变换了。先前是淡红色的晚霞,现在成了山峰一般的黑云。夜幕像渔网一样撒在海面上，海依旧是睡眠似的恬静。潮慢慢地涨起来。小孩因为父亲不理他，早已跑开，在海滩上跑着拾贝壳去了。

过了二十几年的安分守己的生活以后，他终于吐出了绝望的呼吁。在这一刹那间所谓万能的宗教也失掉了它的力量。便是一个再简单不过的人，倘使睁开眼睛看见自己心的深处的伤痕，也会对那所谓万世不移的天经地义起了疑惑罢。至少这时的堀口君是对那存在的一切怀着不满足之感了。

"人生并不是这么简单的罢。"看见他在自己造成的命运的圈子里呻吟宛转的样子，我也被感动了。我的天性使我说不出委婉的话，我便直率地把他的话否定了："只有不能支配自己的人才会被命运支配……"

我还没有把话说完，就被他忽然阻止道："你听，这是什么声音？"

这周围非常静，如果有声音，那就是海水的私语。不然他一定是听见自己的心的呼号了。便是最能够忍受的心，有时也会发出几声不平的叫喊罢。然而不幸的是他会用千百句"南无妙法莲华经"来埋葬这颗心的。我能够把他的这颗劫后余烬般的心取出来洗一番吗？我一个人两只手要抗拒二三十年来的他的环境的力量，这似乎和我从前在绅士中间翻筋斗的事情一样，太狂妄了罢。但是像我这样的蠢材总高兴拣狂妄的事情做。

我正要说话，孩子却在那边大声唤他。他忽然皱一下眉头，用痛苦的声音对我说："回去罢！……"就走去迎他的孩子。

逗子的信来了。信封上镶印着黑边，里面一张纸片印着下面的句子：

"赐寄亡妻满子的供物，拜领之后，不胜感谢。亡妻遗体已于某日安葬在逗子的某地，道远不及通知，请原谅。

夫　大口某某

父　大口某某"

从堀口君手里接过这纸片读了两遍,不由得想起了法国女人和日本女人的问题。两只发亮的眼睛仿佛还在纸片上闪动。那张曾经在三铺席房间的电灯光下一度光辉地闪耀过的少女的面庞又在我的脑子里浮动起来。

"怎么突然来了这东西?"我问。

"是呀!第一次的通知并不曾接到,也没有送过什么东西去。不知怎么却来了这谢帖。这错误竟使我连她死去的日期也不知道。"他那极力忍住而终于忍不住的悲痛的声音,我听着更增加了我的寂寞。

横山满子的面颜最后一次在我的脑子里消失了。我把镶印着黑边的纸片还给堀口君时,看见他在揩眼泪,就说:

"人反正是要死的。死了也就不必再提了。其实我好几年前就担心着她会来一个'心中'呢!谁知她倒多活了这几年。"

我把话说完,才知道自己又说了不恰当的话,真是粗人!但是话说出也没法改正了。

"你怎么知道?"他惊讶地问我。

"什么?"我听见他的意外的问话,不觉更惊讶地反问。

"'心中!'"他加重语气地说。

"'心中'!我不过这样推测,报纸上不是常有'心中'的记载吗?老实说我从前倒担心着她和你也许会来一下这个把戏。"我说得很老实。

"哦!"他叹息地应了一声,惊讶的表情没有了,代替的是悔恨。于是他告诉我:

"她的确几次向我这样提议过,我都没有答应。最后一次她约我同到华严泷去,是写了长信来的。我回了一封信说:一切都是命运的安排,人没有一点力量,所以违抗命运的举动是愚蠢的。我们只是一叶小舟,应该任凭波浪把我们载到什么地方去。顺了命运活着,以后总会有好的结果。……这样她就跟我决裂了。我们从此也没有再见面。如果我当时答应了她,我这时也不会在这里了。我知道她的决心是很坚强的。前天夜里还仿佛梦见同她去什

么地方'心中'似的。"

"现在好结果来了罢！"我听完他的故事只说了这短短的一句话。也许是讥讽，也许是同情，也许是责备，也许是疑问。其实这些全包含在这句话里。我不能够相信在那时候的他们的面前就只有他所说的两条路，我不能够相信应付生活就只有这两种办法。事实上他把那个最重要的倒忘记了。

"现在好结果来了罢！"他疑惑地重复着说，然后猛然省悟地责备自己道，"自己种的苦果自己吃，没有什么话可说。"脸上立刻起一阵可怕的痛苦的痉挛。我看见这个就仿佛看见牲畜在屠刀下面哀号，心里也起了战栗。

"那么你还相信命运吗？"我不安慰他，却责备地追问道。

他不回答我，只是埋下头挺直地跪在座蒲团上面。

学校里放了年假。一连几天堀口君都忙着在念经和抛掷供物。差不多每天吃中饭的时候，他都要告诉我说：昨晚某某人的灵魂又到我家里来了。于是就简略地告诉我那个人的生平。无论是男或是女，那些人都是这个社会的牺牲者，而堀口君却说他们全是顺从命运的好人。于是傍晚他就提了一包供物到海边去把那亲友送走了。而在家里又会有另一个亲友的灵魂在等候他超度。

这个人，当他对我申诉痛苦的时候，他露出等人来援救似的无可奈何的心情；而跪在神橱前面，他却毫不迟疑地去超度别人的灵魂了。这也许是宗教的力量罢。但这宗教却把那无数的鬼放进了他的家中，使他与其说是活在人间不如说是活在鬼的世界里了。

新年逼近的时候，平日默默地劳动着的堀口夫人便加倍默默地劳动起来。在堀口君，也多了一件写贺年片的事情。只有那小孩更高兴地往各处找朋友玩。楼上不消说是静得像一座坟墓。我一个人在那里翻阅陈腐的书籍，受古圣贤的围攻。

新年一到，这家庭似乎添了一点生气。邮差不断地送了大批的贺年片来；拜年的人也来了不少，虽然大半都是在玄关口留了名片或者写着"御年贺"的纸卷，并不曾进房里来。但门前的人影究竟增加了许多。小孩也时常带了他的朋友来，多半是些穿着很整齐的和服的小姑娘。常常在庭前用羽子板拍着羽根①玩，这虽是女孩的游戏，但近年来已经有不少的少年在玩了。

①羽根：毽子（日本话）。

劳动了一年的堀口夫人，在她的苍白的圆脸上也露了笑容，多讲了几句话。晚上没有事情，也把我邀到客厅里火炉旁边去玩"百人一首"。玩这种游戏我当然比不过他们夫妇。

堀口君有4天没有到海边去了。大概新年里鬼也需要休息罢。但是1月5日这天的午后他忽然又勤苦地念起经来，一连念了三四个钟点以后，他就在下面大声邀我同到海边去。我走下楼看见他提了一包供物站在玄关口。

"昨晚又有谁的灵魂来过了吗？"我一面穿木屐，一面问道。

"就是横山满子君。我回头再详细告诉你。"他严肃地小声说。

我们默默地走了出去。

从海边归来的途中……

我们依旧在那些窄巷里绕圈子。堀口君说过了那简单的回答后，就不再作声。两人的木屐在土地上沉着地发响。我被沉默窒息着，不能忍耐下去，便说：

"那恐怕是梦罢。你看见她是个什么样子？"

"梦不就是可信赖的吗？我屡次做梦都有应验。"他停了脚步，说着话望了我几眼。前面几步远近，竖着那"马头观音"的石碑。他走上去，合掌行了一个礼。他走过这个地方总要这样地行礼，我看见过好几次了。

"她的样子很憔悴，眼含着泪，要我救助她。所以我想她做鬼也不幸福，今天给她念经超度过了。以后还要给她念经呢！"他继续说，声音有点改变，我明白是一阵悲痛的感情侵袭来了。但我好像不知道怜悯似的不去安慰

◎叶圣陶与巴金在北京（1981）。

他，却说了类似反驳的话：

"她不是顺从着命运活过了吗？那么她应该有好结果呢！你给她的信上不是这样说过的吗？……"

"但是……但是——"他仿佛遇到了伏兵，突然忙乱地招架起来，说了两个"但是"，便再也接不下去。

"但是一切都错在命运上面。这命运也只有你一个人才知道！我不相信这

些。即使真有，我也要使它变成没有！"我气愤地说。我看见他招架不住地往后面退走了，便奋勇地追上去。

他不再和我交战了。他只顾埋着头走，口里含糊地念着什么，像在发呓语一般。但在我的耳朵听来，他念的并不是《南无妙法莲华经》，而是"我错了"一类的句子。

这晚上堀口君忽然现出非常烦躁的样子。晚饭吃得很少，老是沉思一般地不说话。而且因一件小事就把小孩骂哭了。饭后他说要玩"百人一首"。等堀口夫人把食具收拾好拿出牌来时，他忽然又说不玩了，就一个人跑了出去。他的妻子问他夜里到什么地方去，他也不回答。

我回到楼上，又受着腐儒的围攻。虽然房间里摆着火钵，却变得非常寒冷了。接着来的是寂寞。周围静得很可怕。忽然不知在什么地方有人唱起了谣曲，苍凉的声音在静夜里听来就像是鬼哭一般。这许久还不见堀口君回家。于是风起来了，一吹便吹散了谣曲。树木哀叫着，房屋震摇着，小孩也在下面哭了。这楼上就如一个鬼窟，我不能够再坐下去，便毅然站起来，走下楼，到玄关口去找木屐。

"张君，要出去吗？到什么地方去？"堀口夫人在房里用了焦虑的声音问道。

"海边去！"我不假思索地这样回答。不等她说第二句话，就冒着风急急走出门去。

海完全变了模样。

我认不清楚平日见惯的海了。潮暴涨起来，淹没了整个海滩。愤怒般的波涛还不住地往岸边打来。风在海上面吼叫地飞舞。海在风下面挣扎地跳动。眼睛望过去，就只看见一片黑暗。黑暗中幻象般地闪动着白光，好像海在眨眼睛，海在张口吐白沫。

浴场已经消失在黑暗里，成了一堆阴影，躲在前面。每一阵风冲过来，就使它发出怪叫。我去找那些岩石，就是这傍晚我在那上面站过的，现在连痕迹也看不见了。

我站在岸边，望着前面海跟风搏斗的壮剧。一座一座的山向着我压过来，脚下的石级忽然摇晃似的在往后面退。风乘着这机会震撼我的身子。我的脸和手都像着了利刀似的发痛。一个浪打来，那白沫几乎打湿了我的脚背。

　　我连忙往后退了两步，定了神，站稳了脚跟，想起方才几乎要把我卷下去的巨浪，还止不住心的跳动。

　　黑暗一秒钟一秒钟地增加。海疯狂地拼命撞击岸。风带着一长列的怪声迎面飞过来。这一切都像在寻找它们的牺牲品一般。

　　对着这可怖的景象我也感到惊奇了。平日是那么恬静的海遇着大风的时候也会这样奋激地怒吼起来！

　　"可惜，堀口君不在这里，不然也可以给他一个教训。这海可以使他知道一些事情。"我这样自语着，一个人渐渐地进入了沉思的状态。

　　风刮着我的脸和手，我也不觉得痛；浪打湿了我的脚，我也不觉得冷。我一个人屹立在风浪搏斗的壮剧的前面，像失掉了全部知觉似的。

　　"张君，你来了！"一个意外的声音使我惊醒过来。我掉头看后面，正遇着堀口君的发光的眼睛。在那张清癯的脸上我看见这样的发亮的眼睛还是第一次。尤其使我惊讶的，是他会到这个地方来。

　　"你看见了这一切吗？"我略一迟疑便惊喜地发出了这句问话。

　　他点了点头，然后低声说："我比你早来了许久。"

　　我惊疑地望着他那发光的眼睛，带了暗示地自语道：

　　"想不到那么恬静的海也会这样可怕地怒吼起来。"

　　"不要说了。"他一把抓住我的脖子烦躁地说。我觉得他的手在微微地颤抖。我不答话，只是惊疑地望着他。

　　"回去罢，回到家里我有话对你细说。"过了半晌他又说了一句。

1935 年 2 月 3 日在日本横滨

短篇小说《鬼》是《神·鬼·人》系列中的第二篇，1935年2月初写于日本的横滨。作者是1934年11月下旬由上海乘船来到横滨的，经朋友介绍，他住在当地高等商业学校一位姓武田的副教授家中。这时的日本已侵占了我国的东北三省，制造了一个傀儡政权即所谓"满洲国"，并逐步蚕食我华北地区，一年后终于发动了"卢沟桥事变"；为适应侵略战争的需要，对内实行法西斯统治，人民的民主权利和自由被剥夺。武田原是急进的知识分子，无神论者，处此高压之下虽心怀不满，却无力反抗，转而信神拜佛，逃避现实。他在家念经的声音从清晨至深夜不绝于耳，有一次甚至进入巴金的卧室驱鬼。巴金对他的迷信很有反感，住了大约3个月即因无法忍受而离开武田家前往东京去了。

但武田家的生活给了他深刻的印象，他以武田的言行为题材写了短篇小说《神》，接着准备创作分别以《鬼》和《人》为题目的两个短篇小说，以构成相互关联的系列。《神》和《鬼》是在武田家完成的，《人》则在到了东京后才开始执笔，却因作者被日本警方无故捉进牢里去而改变了构思，写的不是原先设想的一个拜神教徒怎样变成了无神论者，而是追记在牢里14个小时的遭遇了。

《神》写一个叫做长谷川的公司职员本不信神，在政治的、社会的和家庭的各种压力之下屈服，企图仰仗宗教的力量压制自己对现存社会秩序的不满，结果适得其反，他的下场可能是"跳进深渊"。小说里的长谷川就是生活中的武田，小说是按照作者在武田家的见闻和体验如实地写成的。

《鬼》是《神》的补充，描写同一个武田的事情，只是把人物的姓改作堀口，并有曲折的情节。故事是这样的：堀口在大学求学时同一位姑娘相爱，私订终身，遭到双方家长的反对，不得不断绝关系。姑娘几次约堀口一起殉情自杀，均被拒绝；他劝姑娘顺从命运的安排，以后终会有好的结果。堀口毕业后结了婚，姑娘嫁给一个商人，不久却患肺病过早死去。这对不忘旧情的堀口是一个沉重的打击，他终于表示了悔恨。小说的结尾暗示了他开始觉醒，这也是与《神》不同之处。

　　但《鬼》的积极意义更在于它塑造了一个主张对命运进行抗争的人物，这个人就是小说中以第一人称叙述故事的"我"，亦即堀口的大学同学"张"。他对堀口的敬神信鬼、顺从命运的摆布不以为然，宣称"不能支配自己的人才会被命运支配"；他不相信有命运，即使真的有，"我也要使它变成没有"！堀口最终之开始觉醒，固然由于亲友们悲惨的遭遇给予他的打击所促成，张的启发无疑也发挥了重要的作用，而这种作用也不止是对堀口一人而已。

　　这篇小说在艺术上有许多特色。首先是布局精巧。论它的情节，并不复杂，它也不是以情节取胜，但布置得层次分明，层层深入，直到最后才点出了堀口多次拒绝与姑娘一同情死的关节，加强了人物命运的悲剧色彩。

　　其次是人物性格鲜明。作者在外形的描写上下笔不多，但寥寥数语，却栩栩如生。例如描写初次在堀口房里见到跪着的姑娘，以及谈话中姑娘被热情燃烧着时的相貌，极为生动，而用字只有两三行。写堀口的脸是"清瘦少须"四字，至于"我"，则一个字的形容也没有，读者却如见其人，如闻其声。

　　作者着重于发掘人物的内心世界，并从人物的活动中表现他们的性格特点。堀口的温和实即软弱，小说中设置了念经、上供、通灵以及不断为亡友超度等细节，表现得淋漓尽致。与他的性格相对应的是那位热爱着他的姑娘，她天真热情，执著地追求自由的生活，作者显示她的这一性格特征并不借助于直露的表述，而是她本身的行动。开始时是她与"我"初次相见的谈话，她不厌其烦地询问欧洲和法国妇女的生活，羡慕她们的自由和享受着自由的幸福；后来是她与堀口对跪而哭，暗示她为了追求自由而进行最后的绝望的挣扎，都没有也用不到附加任何说明。

与堀口的性格相对应的还有一个"我"。"我"的性格如同野马，虽处于种种艰难的逆境之中，却坦然地下着脚步，从不相信命运，根本否定神鬼的存在。但对于"我"的性格的写法稍有不同，大多是作者的叙述，这也许是因为这篇小说是用第一人称的自述的体裁写成的缘故。这种体裁容易使人误认作者与叙述故事的主体（"我"）同为一人，但也不能完全排除自我写照的成分。到了晚年，当巴金回忆《鬼》的写作过程时，他曾经这样说："我当时刚过30，血气旺盛，毫无顾虑，不怕鬼神，……我在小说《鬼》里面找到了45年前自己的影子。"（《巴金全集》第20卷第615页）

此外，即使是无关紧要的因而不妨认为是可有可无的人物，一到作者笔下，也变得活灵活现，而作者只让她表演了一个动作，说了一句话，她的热情而厚道的性格也呼之欲出了，如堀口的房东太太。

小说中还利用景物的衬托以表示人物的心理变化。这一点是作者自己点明的。与《神》相比较，那里面的景物描写的作用在于加强故事的真实感，与情节的发展并无联系；《鬼》则不同，"海的变化和故事的发展和主人公堀口君的心境的变化都有关系。没有海，故事一时完结不了。小说从海开始，到海结束"。（同上书第614页）

《鬼》是巴金的短篇小说的代表作，它的成就可以看做巴金短篇小说总体水准的概括。

（刘麟）

窗 下

这些事情在从前我决不会注意。但是现在我却这么贪婪地想知道它们。而且我可以静静地在窗前站或者坐几个钟头，忘掉了自己，而活在别人的琐碎的悲欢里面。

敏，我现在又唠唠叨叨地给你写信了。我到了这个城市已经有两个多月。这中间我给你写了5封信。可是并没有收到一个字的回音。难道你把我忘记了？还是你遇到了别的意外事情？你固然很忙，但是无论如何你得给我一封回信，哪怕是几个字也可以。再不然就托一个朋友传几句话。你不能就这样渺无音信地丢开了我，让我孤零零地住在这个陌生的大城市里。你知道我有着怎样的性情，你知道这样一种生活在我的精神上会产生什么样的影响，那么你为什么默默地让我受这些折磨呢？

我还记得两个多月前我离开你的时候，月台上人声嘈杂，我们躲在车厢的一角，埋着头低声谈话，直到火车快开动了，你才匆匆地走下去，你在车窗下对我笑了笑，又一挥手，就被火车抛在后面了。你不曾追上来多看我几眼，我也没有把头伸出窗外。我只是埋着头默默地回想你刚才说的那几句话："到了那里，你也许会感到寂寞。你要好好地照应你自己。你也该学会忍耐。……我就怕你那个脾气，你激动的时候，连什么事情都不顾了！……"

你看，现在我也能够忍耐了。我居然在这个陌生的地方，在这个寂寞的房间里住了两个多月，而且不知道以后还要住多久。这其间我也曾起过冲动，但是我始终依照你的劝告，把它们一一地压下去了。这些时候我很少到外面去。每天我就坐在一张破旧的写字台前，翻读我带在身边的几本旧书和当天的报纸。等到我的腰有些酸痛了，我才站起来，在房里默默地踱一会儿。这样的生活有时连我自己也觉得单调可怕,我的心渐渐地像被火烤似的痛起来。我昂起头大大地吐了一口气。我跨着大步正要走出房门,但是你的话忽然又在我的耳边响了。我便屈服似的回到写字台前,默默地坐下,继续翻读书报。直到朋友家的娘姨给我送晚饭来,我才明白这一天又平淡地过去了。

　　我常常坐在窗前给你写信。我觉得最寂寞的时候或者火在我心里燃烧起

◎ 巴金在医院会见电影《寒夜》摄制组。左起:许还山、林默予、巴金、潘虹、阅文(1982)。

来的时候,我就给你写信。我的写字台放在窗前,窗台很低,我一侧头便可以看见窗外的景物。上面是一段天空,蓝天下是土红色的屋顶,淡黄色的墙壁,红色的门,墙壁上一株牵牛藤沿着玻璃窗直爬到露台上面。门前有一条清洁幽静的巷子。其实这对面的房屋跟我住的弄堂中间还隔了一堵矮墙。超过这堵矮墙才是我的窗下。从我住处的后门出去,也有一条巷子,但是它比矮墙那面的巷子窄狭而污秽。墙边有时还积着污水和腐烂的果皮、蔬菜。

这一带的街道本来就不热闹，近几天来，经过一次集团搬家①以后更清静了。白天还有远处的市声送来，街中也有车辆驶过，但是声音都不十分响亮。一入了夜，一切都似乎进了睡乡。只偶尔有一辆载重的兵车②隆隆地驶过，或者一个小孩的哭声打破了夜的沉寂。平常傍晚时分总有几个邻家的小孩带着笑声在我的窗下跑过，或者就在前面弄堂里游戏，他们的清脆的、柔和的笑声不时飞进我的房里。那时我就会凝神地倾听他们的声音。我想从那些声音里分辨出每个小孩的面貌，要在我的脑子里绘出一幅一幅的图画，仿佛我自己就置身在这些画图中而忘了我这个寂寞冷静的房间。

如今连这些笑声也没有了。这几天里面我的周围似乎骤然少去了许多人。这周围的生活也起了改变。甚至那个说着古怪的方言的娘姨送饭来时也带着严肃而紧张的面容，吃力地向我报告一些消息。我似懂非懂地把她的话全吞下了。其实报纸上载的比她说的更清楚。

这里一个多月没有下雨，一连几个晚上月色都很好。敏，你知道我是喜欢月夜的。倘使在前几个月，我一定会跑到外面去，在街上走走，或者到一个清静的地方坐坐。但是现在我却没有这种心思。而且外面全是些陌生的街道，我又没有一个可以和我同去散步的朋友。所以我依旧默默地坐在写字台前面，望着摊开的书本。时间偷偷地从开着的窗户飞出去，我一点儿也不曾觉得。只有空气是愈来愈静，愈凉了。

"玲子，玲子。"下面忽然起了一个男人的轻微的唤声。

我惊讶地掉头往窗外看去。我的眼前一阵清亮。越过矮墙，万条水门汀的巷子静静地躺在月光下面。一个黑影扑在门上。

声音是我熟悉的，影子也是我熟悉的。穿着灰布长衫的青年男子到这个地方来，并不是第一次。

"玲子，玲子。"那个年轻人用了战抖而急促的声音继续唤着。他走下石阶到墙边踮起脚轻轻地叩玻璃窗。

房里有了声音，窗户呀的一声开了半扇，一个黑发蓬松的头探出来，接着是女人的声音着急地说：

"你——你，我叫你晚上不要来。外面情形不好，你怎么又跑来了？"

"你开开门，出来，我跟你说几句话。"男人催促道，他的声音里含了一点喜悦，好像他看见少女的面貌，心里得到一点安慰似的。

"你快说，快说！你快点走，会给我爹碰见的！"女的不去开门，却把头往外面伸出来些，仍然带着畏怯的声音说话。一阵微风吹过，牵牛藤跟着风飘舞。几片绿叶拂到她的浓发上。

"你快点出来说。我说完就走，不会给你爹看见的。"男人固执地央求道。

少女把头缩回去关上了窗户，很快地就开了门出来，站在门槛上。男人看见她，马上扑过去抓起她的一只膀子。

她把身子一扭挣开了，也不说什么抱怨的话，却只顾催促道："你快说！快说！我爹跟东家①就要回来了。

"你为什么怕见我？难道你真的相信你爹的话？"男人惊疑地说，他轻轻地干咳了两声。

"你不要故意说话来气我。我怕我爹会碰见你。我爹要晓得你还常常来，他定规要想方法对付你。"少女胆怯地答道。男人还没有答话，她又关心地接着说："这样晚你还跑来做什么？你的身体不好，你又在咳嗽。"

少女依旧站在门槛上，男人背靠在门前墙边。等她闭了口他便气愤地说："这个我倒不怕。你爹太岂有此理。从前我们在乡下的时候，他待我很好。那时我们在一起，他没有说过一句话。现在他在你东家这里很得意，就连我的面也不要见了。其实我在小学堂里教书，挣来的钱也可以养活自己，就跟他女儿来往，也不算坍他的台。况且他的行为就不是什么高尚的。"

① 她 的 东家 是 日 本人。

少女伸过手去把他的一只手捏住，温和地说："我爹是个糊涂人。他只听东家的话，东家说什么好，就是什么好。我爹说你们是坏人，说你们专教小孩子反对'友邦'①，又说你们鼓励小学生抗这抗那的。"

①反对"友邦"：指抗日。

"这一定是你东家的意思。你爹真是个汉奸！"男人摆脱了少女的手气冲冲地插嘴说，"你难道也相信我是个坏人？"

少女望着男人忧戚地微笑了，她温柔地答道："我当然不跟他一般见识。我相信你是好人。不过我爹完全跟着东家一鼻孔出气。他说过他看见你领着小学生游行，喊口号。他恨你，他说你是个乱党。你跑到此地来看我，很危险。我很不放心。"

◎巴金在杭州。

"我不怕。我不相信他敢害我！"男人依旧气恼地说，他接连干咳了几声。他把一只手按住胸膛，喘了两口气。

"你看，你的病还没有好，你又要生气！你也要好好地养息养息。你还在吃药吗？"少女怜惜地说。

"近来倒好一点。好些时候不吐血了。咳嗽也不多。我想大概不要紧。"男人温和地答道。

"我看你千万不可大意。你也应该当心。现在不早了，你还是回去吧。"

少女关心地劝道。

这时候，从巷子的另一头送过来皮鞋的声音，在静夜里听起来非常响亮。

"好，玲子，我走了。"男人慌张地说，就伸手去握住玲子的一只手，不立刻放开，一面还继续说："我也就因为这两天外面谣言很多，我很担心你，才特地跑来看看。你要早早打定主意。你从你爹那里听到什么消息吗？"

少女微微地摇头，回答道："我爹什么话也没对我说。他整天跟东家在外面跑。他从来不给我讲那些话。你不要担心我。这两天情形不好，你自己跑到此地来，倒要当心在半路上出毛病，冤枉吃官司……"她没有把话说完，远远地响起了汽车的喇叭声。她连忙挣脱手，急急说："你快走，东家回来了。"

"玲子，我走了，明天晚上再来看你。"男人下了决心似的说，就转过身朝外面大步走去。

"明天晚上你不要来。"玲子还跑下石阶挥手嘱咐道。但是他好像没有听见似的连头也不回就走出去了。

少女还在门前墙边站了一会儿。她倚着墙仰起头看天空。清冷的月光没遮拦地照在她的脸上，风把她的飘蓬的浓发吹得微微飘舞。她的并不美丽的圆脸这时突然显得十分明亮了。那一对不大不小的眼睛里充满着月光。我静静地注目看，我不能够看见她的黑眼珠。原来眼眶里包了汪汪的泪水。

并没有汽车开进巷子里来，喇叭声早消失在远方了。少女方才的推测显然是错误的。这个清静的巷子比在任何时候都更静。地上是银白色的。红色的门，浅黄色的墙，配上她那身白底蓝条子布的衫裤。在玻璃窗旁边还有一株牵牛藤在晚风里微微舞动它的柔软的腰肢。这是一幅静的、美丽的、幻想的图画。我不觉痴痴地望着它。我忘了我的房间。我觉得我是在另外一个世界里面了。

少女忽然猛省似的叹了一口气，便走上石阶，推开门进去了。深红色的木门关住了里面的一切。墙壁上的牵牛藤依旧临风舞动，而且时时发出轻微的叹息。

空气愈来愈静，而且愈凉了。房间里渐渐地生了寒气，我的背上忽然冷起来。远远地响起了火车头的叫声。接着就是那喘气似的车轮的响动。我知道我这一天坐了够多的时候了，便站起来阖上书，伸了一个懒腰。就在这个时候一辆汽车驶进水门汀的巷子里来。车子在牵牛藤旁边停住。汽车夫下来打开车门，一个艳装的中年妇人和两个中年男人从车上出来。三个人都穿西装，我认得他们的面貌。汽车往外面开走了。

"玲子！玲子！"那个圆脸无须的胖子大声叫道。他伸出手在门上捶了几下。这个人就是玲子的父亲。玲子在房里答应着，开了门。她的父亲恭敬地弯着腰让东家夫妇走进里面，然后跟着进去。门又紧紧地关上了。他们在房里大声谈话，说的全是异邦的语言。① 我不明白他们在讲些什么。

①异邦的语言：指日本话。

敏，我告诉你，玲子和她的父亲，还有小学教员，还有东家夫妇，这些人我都熟悉。我并不曾跟他们谈过一句话。但是我这两扇窗户告诉了我种种的事情。倘使我的小小的房间就是我的世界，那么除了我的两三个朋友外，他们便是我的世界中的主要人物了。他们每天在我的眼前经过，给我的静静的世界添了一些点缀。所以他们的言语和行动会深深地印在我这个渐渐变迟钝了的脑子里。

小学教员第一次到这里来是在一个黄昏。那个时候我还不知道他的职业。玲子的父亲一早就出去了。东家是下午回家以后又带着太太一道坐汽车出去的。玲子站在门前。这一家就只有她一个人。东家夫妇似乎没有小孩，也没有别的亲人。他们去了不多久，玲子正在窗下伸手到牵牛藤上去摘那刚刚开放的紫色花朵。一个人影轻轻地飘到她的身边。接着是一个欣喜的唤声。"玲子！"

我看见那个天真的少女掉过头，满脸喜色地接连说："你——你！"

"你看，我果然来了。我答应你，我决不失信。"男人得意地说。

玲子不说什么话。她把身子倚在牵牛藤上，梦幻似的打量他。

"玲子，你老看我做什么？你难道还认不得我？"男人微笑地说。

玲子的圆圆脸上露出天真的微笑。她说："我看你气色好多了。"

"近来我自己也觉得好多了。"男子笑答道。他把声音压低了问："你爹跟你东家一道出去的吗？他们什么时候回来？"

"我爹先出去。他们今天最早也要十一二点钟才回来。你多坐坐，不会碰见他们。"玲子低声回答。

"玲子，我说，我——我看你还是早点打定主意，在此地做事情终归不是好事。"男人说话的声音更低了些。但是我那注意倾听的耳朵还能够抓住话的大意。"你那个东家不是正当的商人。你爹简直是个……"我想他接着一定会说出"汉奸"一类的字眼，但是他突然换了另外的几个字："他简直忘了本了。"

"你当心点，不要瞎说，会给人听见的。"玲子变了脸色惊惧地阻止道。她又皱起眉头忧郁地说："我爹决不肯放我走的，我有什么办法？我也明白在此地做事情不好。东家不是个好东家。他们那种古怪脾气也叫人够受。可是我爹说过他将来还要带我到东家那边去。我真有点害怕……"

◎ 巴金坐在晚年工作的小桌前（1995）。

男人着急起来，他忽然扬起声音说："那么你还痴心跟着你爹做什么？我害怕他将来真会带你到那边去，他会入那边的籍做那边的人。难道你肯跟着他去当——？"他似乎要说出先前突然咽住了的那两个字，可是一阵皮鞋的声音打岔了他。三个混血种的青年男女带笑地说着英国话走过来。

"我们进去坐坐。"少女看见人来，吃了一惊，就轻轻地拉了一下男人的衣袖，两人走上石阶推开门进去了。深红色的木门关住了他们的影子。

我依旧坐在窗前。写字台上的书和别的东西渐渐地隐入阴暗里去了。我并不想看见灯光。我让电灯泡板着它的冷面孔。我把身子俯在窗台上，静静地望着下面清静的巷子。空气似乎凝固不动，让黄昏慢慢地化入了夜。灯光从那个房间的玻璃窗里射出来。我听不见讲话声。但是突然从邻近的房间里响起了西方女性的歌声，有人在开无线电收音机了。

过了好些时候，红色的木门开了，一个影子闪出来，就是那个男人。被

◎巴金在日本箱根小涌园受到热烈欢迎（1984）。

称为"玲子"的少女也在门槛上出现了。男人急急地往外面走去。玲子却倚着门框默默地望着他的背影。

那个男人以后还来过两次。有一次是在早晨。玲子的父亲和男东家刚出门不久，女东家似乎还在睡觉。男人匆忙地在隔壁门前跟玲子耳语片刻，便走了。

另一次还是在傍晚，那个男人来了以后，他们两个在门前谈了半个多钟

头。从这次的谈话我才知道男人在小学校里教书，他患着肺病，而且在这个都市里没有一个亲人；我也知道一点玲子的父亲和东家的关系。

以后许多天都没有看见那个男人的影子。玲子有时候也出去。我见过两次她急急地从外面走回来，都是在傍晚。其实也许不止这两次。我的眼睛有时候也会看漏的。

这个人家还有一个娘姨。不过每天晚饭后我就看见她回家去。有时她白天也似乎不在这里。究竟她是在怎样的条件下被雇用的，我的眼睛和耳朵却不能够帮忙我探听了。

男东家永远板着面孔，在鼻子下面留着一撮黑胡子，短胖的身子上穿着整齐的西装。女东家永远是浓装艳服，连颈项上也抹了那么厚的白粉。那个圆脸无须的玲子的父亲永远带着谄谀的微笑。

有一次在晚上玲子的父亲一个人先回来了。这一对父女起初平静地在楼上房间里谈话。后来我就听见了玲子的哭声和她父亲的骂声。我听不出来他们为了什么事情在争吵。他们好像在讲那个小学教员的事。又似乎在讲别的事。我仿佛听见他厉声说，不许她再到什么地方去。

这哭声和骂声并没有继续多久，后来父亲和女儿似乎又和解了。楼上露台前两扇玻璃门紧紧闭着。玻璃上盖着花布窗帷。此外我的眼睛就看不见什么了。

但是第二天夜里8点钟光景，玲子一个人悄悄地跑出去了。大约过了一个钟头，我才看见她站在石阶上摸出钥匙开门。水似的月光软软地冲洗着她那苗条的身子。

再过一天那个小学教员来了，就是我在前面提到的他敲着玻璃窗低声唤"玲子"的那一次。

敏，你看，我现在变得多了。这些事情在从前我决不会注意。但是现在我却这么贪婪地想知道它们。而且我可以静静地在窗前站或者坐几个钟头，忘掉了自己，而活在别人的琐碎的悲欢里面。你看，我真的学会忍耐了。我居然冷静地伏在案头写了这么长的信，告诉你这些琐碎的事情。我为什么要拿这些来耽误你的繁忙的工作呢？

敏，我是告诉你：我已经学会忍耐了，我已经学会忍耐了！忍耐了！忍耐了！

"今天听说外面情形很不好，住在这一带的人都往别处搬，你还跑到此地来？你胆子真大！"又是玲子的声音。

"有你在此地，我怎么放得下心！外面情形真的不好，不一定全是谣言。你应该早早打定主意。"小学教员焦虑地说。

这是在傍晚，两个东家都出去了。玲子一个人在家里。这天从早晨起就看不见太阳。天空带着愁眉苦脸的样子。忧郁的、暗灰色的云愈积愈多，像要落雨，但始终不见落下一滴泪水。空气沉重，也没有一点风。在我这边隔壁人家连床也搬走了。娘姨送晚饭时来告诉我，邻近几家的主人昨晚都在旅馆里睡觉。我还不大了解她的方言，但是我懂得大意。

"女东家要回那边去了。爹一定要我跟她去。你说我还打什么主意？"玲子的苦恼的声音不高，但是我已经听清楚了。我掉头去看下面的巷子。玲子站在牵牛藤旁边。男人挨着窗台。

"你跟她去？你为什么要跟她去？你又不是把身子卖给他们的！"男人气愤地说，但是声音也不高。话刚完，他咳嗽了两声。

玲子关心地望了他半晌，才胆怯地说："我爹跟他们商量好的。东家说此地不能住下去了，中国人坏得很，万一打起仗来会乱杀人。女东家怕得很，她不肯在此地住下去。她就要回到他们那边去。我爹也说一定要打仗。中国人打不赢，自然就会乱来。……"

"难道你爹就不是中国人？玲子，你是明白的，你一定不会相信他这种话，……"男人似乎咬牙切齿地说。这时候一种火似的情感猛然从我的心底冒上来。我的注意滑开了。我听漏了几个重要的字，我只得用黑点代替他们。

等到我再用心去听他们谈话时，送进我耳里来的就只是一阵被压抑住的干咳。

"你刚刚好一点，又生气了，咳起来也怪难受的。"她的声音里交织着好几种情感，连我的心也被打动了。

"玲子，你得马上打定主意跟我走。你跟你女东家到那边去，不会有好处，你跟着你爹那种人过日子，不会有好处，不过白白害了你自己。"男人半劝告半央求地说。他把身子从窗台移开，挨近她，差不多就在她的耳边说话。

"你——你怎么办？"玲子埋着头不回答，却关切地问。

"我？我也是一个中国人。我怎么办？你问你东家，你问你爹，他们知道的！"男人忽然提高声音答道。

"你小声点，会给人听见的。我怕，我怕得很。你说真的会打仗吗？"玲子略略抓住男人的脖子，惊惶地低声问。

"你还是问你爹，问你东家吧。他们比我更知道。"男人生气似的答道，然后又换了语调问："你女东家几时动身？"

"我不晓得。多半还要等几天。他们做事总是鬼鬼祟祟的。我真不要到那边去！可是我又怕我爹。"

"你怕他做什么？有我在。你打定主意明天就逃到我那里去，你跟我走！"男人的后面两句话是用很轻的声音说出来的。我没有把字眼听准。但是我猜到了那个意思。

"我怕我爹他会害……"玲子迟疑了一下，就用了同呜咽相似的声音说。但是刚说到"害"字，她忽然变了脸色，好像看见了什么可怕的东西似的，一把推开男人，慌张地急急说："东家回来了，你快走。下回来吧。"

男人吃惊地回头一看，连忙说了一句："我明晚再来。"就转身往外面走去，这时玲子已经跑上了石阶。

女东家捧了许多纸包坐着人力车回来了。玲子推开门，又把纸包接过来，等着主人下车，然后跟着往房里去了。

楼下房里有了灯光。然后楼上房里也有了灯光。露台前的玻璃门依旧紧紧闭着。没有人来拉起花布窗帷。

风在我的窗前吹过了。一些细小的声音开始打破了沉闷的空气。声音渐渐地大起来。雨毕竟落下来了。

我关了窗户。我不去听外面的声音，也不看花布窗帷。我看书，我写信，我把我的心从窗下那条巷子里收回来。我做我自己的事情。

但是有一件事情，我知道得很清楚：对面房间里似乎整夜都有灯光。半夜我从睡梦中醒来时，还听见搬东西声，说话声，女人的低声哭泣和男人的责骂。但是我太瞌睡了。

早晨，我醒得很迟。阳光灿烂地照在露台上。牵牛藤的绿叶在微风里颤动。我在床上听见墙外巷子里汽车的声音。等我走到窗前去看时，玲子刚刚俯下头进汽车去。她的脸在我的眼前一晃。这匆匆的一瞥使我看清楚了少女脸上的表情。天真的微笑失去了。除了一对红肿的眼睛外，就只有憔悴的暗黄色。

汽车很快地开走了。留下来的是孤寂的巷子。我把两只膀子压在窗台上，痴痴地望着下面。那里并没有什么可看的景象。但是三个混血种的男女哼着流行的英文歌曲走过了。

蓝的天空，土红色的屋顶，浅黄色的墙壁，围着铁栏杆的露台，红色的门，这些跟平时并没有两样，而且朝阳还给它们添了些光彩。一张面孔在阳光里现出来，又一张面孔在阳光里现出来。仿佛有两个人站在窗前牵牛藤旁边低声讲话。……我的眼睛花了。

"我明晚再来。"

这句话并不是对我说的，但是它却清清楚楚地在我的耳边响来响去。

火一般的情感忽然在我的心上升起来，好像是阳光在我的心上点了一把火似的。

敏，我又来跟你谈话了。我又告诉了你许多事情。现在我似乎应该搁笔了。我为什么拿这些事情来打扰你呢？而且我翻看我写好的20张信笺，连我自己的心也被那些话搅乱了。我读到"忍耐"，"忍耐"，"忍耐"，这些重复的字,我看到那几个惊叹符号,我对我自己也——

嘘,一个影子在我的眼前掠过。这两个多月来的孤寂的生活倒把我的眼睛和耳朵训练得很锐敏了。我不用掉头就知道那个小学教员来了。

敏,这一次你猜我怎么办?我还是像平日那样连忙把头掉过去看红色的门和牵牛藤么?我在前面不是明白地说过我能够忍耐,而且我能够冷静地旁观着别人的悲欢么?

但是这一次我却不能够忍耐了。我听见唤"玲子"的声音,我突然失掉了控制自己的力量,一下子就把头俯在写字台上,我不愿意再看见什么。

然而我的耳朵是能够听见的。他唤了几声"玲子",敲了几次玻璃窗,接着就在水门汀地上走来走去。他干咳了几声,后来又去敲门。

一个人的皮鞋声自远而近。于是一个男人不客气地大声说:

"没人。通统走了。"

"我找玲子。"小学教员讷讷地说。

"给你说通统走了!今朝弗会回来!"看弄堂的巡捕粗暴地嚷起来。接着我又听见皮鞋声由近而远。

"玲子。"小学教员忽然轻轻地唤了这一声,过了半晌,他还在那里低声自言自语:

"我知道你会跟他们走的。你太——"

我等着听这下面的话。但是他猝然闭上嘴走了,我听见他的急促的脚步声。

这些又是我所料不到的。

敏,我不再写下去了。我最后还是告诉你:我不能忍耐了,我不能忍耐了!

我后悔昨天晚上为什么不跟着出去追他。但是现在还来得及。我要出去找他。我相信在那个小学里一定可以把他找到。我有许多话要问他。……

1936年9月在上海

赏析

　　《窗下》这篇小说写于 1936 年 9 月，当时距抗战正式爆发不足一年。自"九一八"以来，日本帝国主义对中国虎视眈眈，步步紧逼，继侵占东北全境之后，1936年四五月间又向华北大量增兵。就在巴金写这篇小说的 9 月，日军在丰台向中国军队公开挑衅，派兵包围了驻守的中国军队二十九军兵营，上海的日军也借口士兵在海宁路被枪击，开始越界布哨。战争呈一触即发之势。《窗下》一开始就通过艺术的描写，把这种特定的历史背景和紧张气氛再现出来："这一带的街道本来就不热闹，近几天来，经过一次集团搬家以后更清静了。白天还有远处的市声送来，街中也有车辆驶过，但是声音都不十分响亮。一入了夜，一切都似乎进了睡乡。只偶尔有一辆载重的兵车隆隆地驶过，或者一个小孩的哭声打破了夜的沉寂。"原来傍晚还会有小孩清脆的柔和的笑声，"如今连这些笑声也没有了"，"周围似乎骤然少去了许多人"。甚至送饭的娘姨"也带着严肃紧张的面容"。在这艺术氛围中，冷清与沉寂是主要的，给人以高度的紧张感与极度的压抑感；而偶尔传来的兵军隆隆声和小孩的哭声则包藏着恐惧，充满着杀机。此后，在小说情节的推进中，这种气氛也始终笼罩着。玲子和小学教员的交谈始终是小声的、急促的；对面房屋那深红色的木门和挂着帷幔的窗户经常是紧闭的；偶尔出现的皮鞋声和混血男女的说笑声，似乎更反衬出神秘的死寂。

　　在这样的历史氛围中，弄堂里演出了年轻的女佣迫于父亲威严与日本东家一起迁往国外，因而和热恋中的情人分手的动人故事。表面上看，这小说采用的是青年

男女悲欢离合的古老叙事模式，但巴金并没有把这故事写成一般的爱情悲剧，而是通过对男女青年思想性格的刻画赋以作品鲜明的时代内容。

小学教员是一个爱国青年的形象，他具有强烈的爱国热情和鲜明的民族意识。他不仅向小学生宣传反对侵略、热爱祖国的思想，而且还"领着小学生游行、喊口号"；他热恋着玲子，但对她父亲的奴颜和媚骨仍然表示出极大的鄙视和痛恨。更为可贵的是他对祖国、对恋人的责任感。虽然身体极为不好（肺结核、经常咳嗽、吐血），时局又十分紧张，他还是冒着生命危险几次寻找玲子，劝说她离开日本东家。从小学教员身上，人们可以看到他那有理想、有热情、有献身精神的思想性格。在民族存亡的关键时刻，塑造这样的青年形象无疑具有积极的社会意义。

在思想性格上与小学教员形成鲜明对照的是玲子形象。从理智上看，她也觉得自己的父亲是个"糊涂人"，也明白在日本人家里做事情不好，知道东家"不是个好东家"。在感情上，她也一直关心小学教员的健康与安全，甚至还冒着被骂的风险，几次与小学教员偷偷相会。但玲子最终还是屈服父亲的威严踏上去日本的路。当然，她反抗过、哭泣过，从另一方面看，她顺从父亲也是为了小学教员的安全，因为父亲曾威胁过要"想方法对付"自己的恋人，但是，在民族存亡的年代里，向正在武装侵略自己祖国的敌人妥协和退却是不足取的，可悲的。小说通过这一形象的塑造，从反面告诫那个时代的青年应该如何保持民族的气节与个人的尊严。

除小学教员与玲子之外，《窗下》这一小说中还有一位易于被遗忘的人物，这就是写信人"我"。这个"我"被困于陌生的城市，被困于寂寞的斗室，因而成为小学教员与玲子故事的见证人。但是，"我"孤独并不等于冷漠。在信中，他一而再，再而三地谈到自己曾经起过的"冲动"，谈到火在自己心里燃烧的"痛苦"。而和这冲动与痛苦相对立的是"忍耐"，--开始他就谈到朋友的告诫，谈到自己已经学会了忍耐。实际上，他的忍耐是暂时的，在耳闻目睹窗外年轻人的几次交谈后，他在信中写道："我真的学会忍耐了。我居然冷静地伏在案头写了这么长的信，告诉你这些琐碎的事情……我已经学会忍耐了，我已经学会忍耐了！忍耐了！忍耐了！"自嘲的笔调已流露出对忍耐的怀疑，无数"忍耐"的呼号也反照出无法忍耐的激情。所以，当后来看到日本人的汽车吞噬了中国少女那红肿的眼睛和憔悴的脸色，听到小学教员"猝然"中断的话语和急促远去的脚步声，他终于发出了"我不能忍耐了，我不能忍耐了"的呼声，终于决心去找小学教员，去找那个有理想、有热情、有献身精神的爱国青年。可见，小说始终贯穿着写信者激烈的内心冲突，表现了写信者的由忍耐到爱国激情高涨的心灵转变历程。

◎ 巴金九十华诞（1993）。

　　文学作品并非都是作家的自叙传，一般小说中的"我"也不全是作家自身的写照。但是，《窗下》里的写信人却完全可以看做巴金情感的化身，他最后的抉择，正是巴金爱国主义激情的体现。

　　除了艺术氛围的创造和人物形象的描写之外，这篇小说的构思也很精巧。它以"窗口"为凝聚点，把窗外青年男女的悲欢故事与窗内"我"的心路历程巧妙地联结到一起，"我"是窗外故事的见证人、叙述者，但窗外的故事反过来又影响和推动"我"

的思想的转变。就窗外故事而言，小说采用的是旁观的叙事角度（他知观点）。这就把叙述的范围严格限制在窗口之内，即写信人通过窗口所能看到的、听到的，省略了窗外故事的许多枝蔓而使情节呈跳跃性发展。而对于写信者心灵故事来说，作品不属于主观的叙事角度（自知观点）。这种叙事角度有利于人物内心世界的展示，而对其外部行动则可少写或完全不写。因此，双重叙事角度的选择，既在有限篇幅内包纳了较为丰富的内容，又同时增强了窗内窗外故事给人的真实感。

另外，除了开头的必要介绍外，这篇小说里没有集中的、冗长的景物描写。作者把对月光、巷子、牵牛花以及红色的门、花布的窗帷等景物的零星点染反复地穿插于情节发展之中，从而使景物的描写与故事内容的叙述紧密地结合在一起。在作家的笔下，这些景物有时带有特殊的感情色彩，如"寂寞冷静的房间"、"忧郁的、暗灰色的云"、"孤寂的巷子"等等。有时还具有人类的形状与动作，如用"牵牛藤在晚风里微微舞动它的柔软的腰肢"，"而且时时发出轻微的叹息"来写微风下的牵牛藤，用"水似的月光软软地冲洗着她那苗条的身子"来写女主人公身上的月光，还有"天空带着愁眉苦脸的样子"、"电灯泡板着它的冷面孔"等等。拟人手法的广泛运用，不仅使作家笔下的景物显得形象逼真，也使作品的景物描写成为渲染气氛，抒发感情的艺术手段。

（辜也平）

附

巴金作品要目

《巴金全集》（1—26卷）

人民文学出版社 1986 — 1993 年出版

第 一 卷 《家》

第 二 卷 《春》

第 三 卷 《秋》

第 四 卷 《灭亡》《新生》《死去的太阳》

第 五 卷 《海的梦》《春天里的秋天》《砂丁》《雪》《利娜》

第 六 卷 《爱情的三部曲》

第 七 卷 《火》（一）（二）（三）

第 八 卷 《憩园》《第四病室》《寒夜》

第 九 卷 《复仇集》《光明集》《电椅集》《抹布集》

第 十 卷 《将军集》《沉默集》《沉落集》《神·鬼·人》《长生塔》

第十一卷 《发的故事》《还魂草》《小人小事》《英雄的故事》《明珠和玉姬》
《李大海》《杨林同志》

第十二卷 《海行杂记》《旅途随笔》《生之忏悔》《忆》《点滴》《控诉》

第十三卷 《短简》《梦与醉》《旅途通讯》《感想》《黑土》《无题》《龙·虎·狗》《废园外》《旅途杂记》《怀念》《静夜的悲剧》①

第十四卷 《慰问信及其他》《华沙城的节日》《生活在英雄们的中间》《保卫和平的人们》《谈契诃夫》《大欢乐的日子》

第十五卷 《友谊集》《新声集》《创造奇迹的时代》《赞歌集》《倾吐不尽

①注：1.其他各种文集、选集、图书集和单行本此处从略不录。

　　　2.巴金的译著和政治论著等此处从略不录。

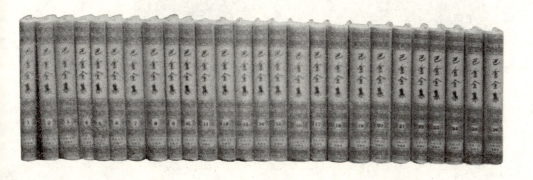

巴金著作外文翻译情况

巴金著作被译成世界各民族语种的译本约有28种。其中有

日文	乌克兰文	罗马尼亚文	挪威文
俄文	乌兹别克文	塞尔维亚文	荷兰文
英文	捷克文	克罗地亚文	西班牙文
波兰文	蒙古文	瑞典文	葡萄牙文
泰文	阿尔巴尼亚文	意大利文	芬兰文
越南文	匈牙利文	法文	阿拉伯文
朝鲜文	保加利亚文	德文	世界语

《巴金译文全集》十卷（1997）。

巴金获得各国（或地区）荣誉情况

1982 年 意大利卡森蒂诺文学、艺术、科学、经济研究院授予"但丁国际奖"。

1983 年 法国政府授予"法国荣誉军团勋章"。

1985 年 美国文化艺术学院授予名誉院士称号。

1984 年 香港中文大学授予荣誉文学博士学位。

1990 年 苏联最高苏维埃主席团授予"人民友谊勋章"。

1990 年 日本首届"福冈亚洲文化奖"授予特别奖。

1993 年 亚洲华文作家文艺基金会授予"资深作家敬慰奖"。

1993 年 意大利"蒙得罗国际文学奖"授予特别奖。

1998 年 香港艺术发展局授予"终身文学成就奖"。

1998 年 香港文艺协会授予"当代文豪金龙奖"。

1999 年 国际天文学联合会小天体命名委员会批准将 8315 号小行星命名"巴金星"（载该会 1999 年 7 月 28 日公告《小行星通报第 35491 号》）。

2003 年 中国政府授予"人民作家"称号。

巴金传记资料目录索引

1.《巴金的生活和著作》 （法）明兴礼

  上海文艺出版社 1950 年版

2.《作家巴金》（香港）余思牧

  香港南国出版社 1964 年版

3.《巴金和他的著作》 （美）奥尔迦·朗

  美国哈佛大学出版社 1967 年版

4.《巴金》 （美）内森·K·茅

  美国特维恩出版社 1978 年版

5.《巴金和无政府主义》 （日）樋口进

  日本福冈市西南学院大学学术研究所 1978 年版

6.《巴金评传》 陈丹晨

  河北人民出版社 1981 年版

7.《巴金民主革命时期的文学道路》 李存光

  宁夏人民出版社 1982 年版

8.《巴金的生平和创作》 谭兴国

  四川人民出版社 1983 年版

9.《青年巴金及其文学视角》 艾晓明

  四川文艺出版社 1989 年版

10.《巴金年谱》（上）（下） 唐金海、张晓云

  四川文艺出版社 1989 年版

11.《我忆巴金》 田一文

四川文艺出版社 1989 年版

12.《巴金传》 徐开垒

上海文艺出版社 1991 年版

13.《巴金传》(续卷) 徐开垒

上海文艺出版社 1994 年版

14.《人格的发展:巴金传》 陈思和

台北业强出版社 1991 年版

上海人民出版社 1992 年版

15.《巴金影集》 李舒、牟航远

四川美术出版社 1992 年版

16.《巴金的梦》 陈丹晨

台北锦绣出版公司 1992 年版

中国青年出版社 1993 年版

17.《巴金对你说》 张瑛文、包启新

上海少年儿童出版社 1992 年版

18.《巴金与泉州》

厦门大学出版社 1994 年版

19.《生命之华——巴金》 陈琼芝

山东画报出版社 1998 年版

20.《巴金传》 李存光

　　北京十月文艺出版社版

21.《世纪巴金》（画册）

　　上海美术出版社2000年版

22.《简明巴金词典》 汪应果　吕周聚主编

　　甘肃教育出版社2000年版

23.《天堂·炼狱·人间》（《巴金的梦》续编）陈丹晨

　　中国青年出版社2000年版

24.《一个纯洁的灵魂——记病中的巴金》纪申

　　上海文艺出版社2001年版

25.《另一个巴金》 周立民

　　大象出版社2002年版

26.《老巴金》 汪致正主编　李舒图文

　　中国摄影出版社2003年版

27.《我的四爸巴金》 李致

　　三联书店2003年版

28.《百年巴金——生平及文学活动事略》 李存光编

29.《晚年巴金》 陆正伟

　　文汇出版社2003年版

30.《一个小老头名字叫巴金》 谷苇

上海辞书出版社 2003 年版

31.《巴金全传》 陈丹晨

中国青年出版社 2003 年版

32.《一个知识分子的历史肖像》 李辉

四川人民出版社 2003 年版

33.《感觉巴金》 赵兰英

上海人民出版社 2003 年版

34.《巴金的一个世纪》 唐金海 张晓云

四川文艺出版社 2004 年版

35.《作家巴金》 余思牧

香港利文出版社 2006 年版